EX - LIBRIS

《瓦尔登湖》插画　藏书票

泥土就在我身旁

苇岸日记（中）

（一九八九至一九九四）

苇岸 著

冯秋子 编

广西师范大学出版社

·桂林·

泥土就在我身旁：苇岸日记
NITU JIU ZAI WO SHENPANG: WEIAN RIJI

出版统筹：多　马
策　　划：多　马
责任编辑：周祖为　吴义红
产品经理：多　加
书籍设计：鲁明静
责任技编：伍先林
篆　　刻：张泽南

图书在版编目（CIP）数据

泥土就在我身旁：苇岸日记：上中下 / 苇岸著；冯秋子编. --桂林：广西师范大学出版社，2020.11
ISBN 978-7-5598-3085-2

Ⅰ．①泥… Ⅱ．①苇…②冯… Ⅲ．①日记－作品集－中国－当代 Ⅳ．①I267.5

中国版本图书馆 CIP 数据核字（2020）第 141784 号

广西师范大学出版社出版发行
（广西桂林市五里店路 9 号　邮政编码：541004
　网址：http://www.bbtpress.com ）
出版人：黄轩庄
全国新华书店经销
湛江南华印务有限公司印刷
（广东省湛江市霞山区绿塘路 61 号　邮政编码：524002）
开本：889 mm × 1 194 mm　1/32
印张：50.625　　字数：900 千
2020 年 11 月第 1 版　　2020 年 11 月第 1 次印刷
印数：00 001~10 000 册　　定价：228.00 元（上、中、下）
如发现印装质量问题，影响阅读，请与出版社发行部门联系调换。

苇岸肖像　丁乙 作

苇 岸

原名马建国，一九六〇年一月生于北京昌平北小营村。一九七八年考入中国人民大学一分校哲学系，毕业后任教于北京昌平职业教育学校。一九八二年在《丑小鸭》发表第一首诗歌《秋分》，一九八八年开始写作系列散文《大地上的事情》，成为"新生代散文"的代表性作品。一九九八年，为写作《一九九八 廿四节气》，选择居所附近农田一处固定地点，实地观察、拍摄、记录，进行廿四节气的写作。一九九九年在病中写出最后一则《廿四节气·谷雨》，五月十九日因肝癌医治无效谢世，享年三十九岁。按照苇岸遗愿，亲友将他的骨灰撒在故乡北小营村的麦田、树林和河水中。

苇岸生前出版散文集《大地上的事情》（中国对外翻译出版公司，一九九五年四月）；编选"当代中国六十年代出生代表性作家展示"十人集《蔚蓝色天空的黄金·散文卷》（中国对外翻译出版公司，一九九五年十二月）；在病榻上编就散文集《太阳升起以后》（中国工人出版社，二〇〇〇年五月）。其后有《上帝之子》（湖北美术出版社，二〇〇一年四月）；《泥土就在我身旁——苇岸日记选》（《特区文学》双月刊连载，二〇〇四年至二〇〇五年）；《最后的浪漫主义者》（花城出版社，二〇〇九年十月）；《大地上的事情》（广西师范大学出版社，二〇一四年五月）。

一月

1月1日

很久没有动笔了，今天是新的一年第一天。我的大事早早地回野郊游。终点是我的故乡。养育我的祖父和祖母。我既无祖神，周身依旧这是开百的乡村的情况。我从未觉到像现在这样舒展，总觉得周身无朋的风和水一样，向着四处扩散。花草树与鸟虫翩翩纷飞，遨游在长时的岁月之回溯。使得我的温暖的心间也未松解任由如。借此好日，命我的脑体像树木一样生长，像岩心一样舒松如季节。

1月2日

一生经历苦难也能泰然度过的时候长的人，我看是不多的。艾在火坑上读《世界谭》，《世界谭》是我最喜欢的刊物。这期刊出东山魁夷写川端康成的者文《巨星陨落》，我读到了川端这样的话：

"可以认为《作家的》等文，是带来与世界相近的艺术春意地。但是另一面，世家的后续都是依他的笔写的。因此，也可以把作家看成是艺术灵感的奴隶。像被火或的火焰烘烤到了尽头。这者黄己地尽焚烧了。"

川端的作品是昇多寂寞的。芥川龙之介这也有这样一段话："啥有大自然比起这种奇妙的美更美，也没什么能令我，既黑然名向着的美时提意的美。又比我的精神。遥印，所谓白然的美，是在我临终的眼里映现出来的"。川端成此写有《临终的眼》的文章。

1月3日

今年的阅读，我看先把总高尔给泰定了。我坚信，泰文尔是二十世纪最伟大的作家，因为他的灵魂里有神，睿智慧，是和豪于一身。

我读《泰戈尔·泥文学》，在泰氏作家到现，小说，诗，散文，评论的界限是不存在的，这都像同一题流，你都好用同化的方式表述。

在读泰如中，我有到了总结如思想："一个人在沉青时，最成遍过犯贝蓄情，有书到地和有此详地去做心要知话。一个要到孤独的复杂和通题上战时刻，根推陶成这种独真如知，即如给予他更得的如建生的知给话是十分必要的。人的文章，是好于他的我们所经么如识到知发展同时的五倒。我们各和着有一个笔家的题目。却当心如其事如笔到，已有同理。为新如回应。写考考在其如人的相描有天度，另一方面也是示考如情。他要能随心如如知，要重有心灵的恐怖和感到"。

11月8日
《希腊神话和传说》。"从君巴"，人类的起源。
这是人类的早期事迹，人类的童年世界。人类精神世界的各种隐毒以本色呈现，意外与奇迹，勇敢与懦弱，奸诈与大度，嫉恨与吝啬，热情与冷漠等等，直接却单纯。人神共生，神跟凡人一样同分忧和喜。（似乎凡神有着人的弱势）。复仇在神那里是头等事情，当他即要时他恨如不中止。神很动是双向造成的。神做成他得到供奉，也不父多助人。人类因信仰即使他有所约束，只有虔诚信仰才会使人们的幸福。人类也因信仰而惶恐了自己。当太阳而把剑悬挂在了头上。同意还未来生，在希腊面前，大问题尚如小问题，只是同题的虚掌。儿童的问题这么，早期的人类是象如儿童的。故事已是复杂的纠缠误。

11月9日
头场雪。雨是从这个世界落下去的，雪则从另一世界增添了么么。第一场雪大都是凌乱的，像一群群队与地队一样。雪来的而来，大地对这些客人的进门签到签好供外和毫无准备的忙乱。虽然大地还未准备收留他们，还没有地方可供雪容身。所以尽管空中雪纷纷，地面上依然空着，雪如同一群不倦的野蜂。看到了雪才感到一个季节已经结束。一个新的生的冷冽的季节自己经事情。

11月11日
收获完。田野安静下来，你平己的好一切作着如是扫尽下来，等待着或吉或凶的事情发生，田野到处收拾得干净，如同新始在房间一样。它散或后的了闲，什么都可以容纳。包括声音和寂静。我能看到的乌巢，那枝稍或的那明如巢，总是忘得很暂蠢的，是我们现在才可以见到许许多多的乌巢。高大的水杉成灯，雪鹊甚至完在野雪低幼的树枝上筑窝，能让我们能参较到它的外部。这时我求还是一群早。付着鹅去那等是一群不安。早是晚了些，仍向着北龙来摇着一串水桂。对外对的他远到望气腾，漫延很远。我想起一匹刚出生的马驹，水淋淋的情景。太阳升起后，浴雾不青，池河的澎湃涉水，清淅见底，给深到的凡的刺激。

14日
　读古马尔克斯阿舍到马斯小说《金鱼眼》。作品可以将世当作故事来读，可以看到美国南北部，欧洲人的面貌。但现代小说家有理由从中学到直言，大胆，文学的纯洁，隐约不显的想象。一种白色的力量，一种永无同色的情绪坑。哗哗的食般的清纯，该李愿望般的坦率。

1月15日
　我们如如先吃了苦求才找到臆想出来的，美无比的，同精神之间分离的耶稣。也以精美清是千百年来现在在针寻求来向我的，是有理智的人给予了种种同样的迷惑和萦惑后编造出来的。用那日家的话说，他却呼，到在吾，造就他的世界，向苦问他的回复，梦幻，来问。民他滋养的编造我的世界，由人在他向生命的程中给予他神，失望和欢乐到编造我的世界。《陛时代告》。

1月16日
　我对同题参与趣有两处。一次是初到创业时，一次是近期的提高阶段。从此同样中可以学到党眼思想，全局感。心要的追求就是，超脱于美满和发。放松对无事的轻易，变化的始料不及。

1月17日
　英国人天性有一种热爱风景的倾向。这样先比世界上发达民族要勉强点。哈我华新的回国识，读取，逐渐的内心回。哈久你到托·渡都喜欢他这般的地色倾向。就连作家哈托和特·德莱布了，在1975还出版了一部引人胖的和《作家的未能魂》。也引起了古佳以来诗人及作家们作品中相关英国古迹。传的风格的浮现和风字陷落。他也不见决在于荣一胡以笑地照片。另一次是你在中浮醒风迎近到的小镇上，也也他作家好找。拿子园有独国的他吧首的的条缝》。和·纲羽郑活遥的摘写了小镇，社的同层的美心。以及居民他的生活风俗。固托头一件支朋的半单到在许西里中的的深，成为了和华相远的领民写作的激起。这行同时的小领是其的影响轻少，持代和他十事的文信学的学取起从。这样的美又能程之为伟大人但还是很特的。国西作作恐轻鸣。

2月16日
这枝笔不慎掉在了地上，摔坏了笔身，竟然摔断了。我们整理着手里于骑着摔坏了他的信心。也把笔丢给伴了我七、八年，怎知同我们告别。我如没有作品类作此问念。摸样了还等着关闭了我们仅志去到世上她们。

2月17日
上午，细赏他的大雪飞漫天雪的动。连续九天了，散雪不一样，天终同沉，发现了几次大雪，全之想念，太阳日。雪像佛是沉重，款前起早，纹纱了夜晨少的阳光。却雪像佛号太阳醉了。雪所者到地上便溶化了。很长时间地面色没有雪的浪迹。仿佛远去香唾了远的。雪太臂在地面把起来，雪问雪便仿佛是无聚知我太小细身之地的鸟。这号在在看大的不和潜,女自然,学见，雪落在水里的样子很美观。就被黄在说默里，逗湘里，鱼口里。

2月18日
终于停有刘我雪，另一场雨降临了。没有雪号，雨滴是细小的，这是看雨的特点。如果地面水溶中不易于出雨点硒在里因的，我们必然。在门窗紧闭的屋里，子即看不到雨刘，也听不足小雨的。俄译斯有司诗诗，雨水滑打仓蝇。差整号不可解似事。却雨与书耀，铁地的纸本都遇你佛号不可能事诗如菜观。总纸纸我没样一和整觉。雨着必纸不落在叶面上吧。野在大柳树下不为之歌之避雨吧。雨在那垂垂的树枝上对我做小知珠儿。伤佛是轻似木的萌萨。全上整动的俘物。雨使这个同末萌芬的世界黑起来了。

2月19日
我如沉雪易和奶佩成焦·布枣克如《天夏与坊路，闸》。以邻我侦也伴一了发觉。就是李少都人类如诗歌来便记。我也大始。他们有着诗都让我觉得都能把我去例。甜意如睡眠，做渗睾和天亮一样，在我坐到你孩子头顶上最初某知。""你寻我那美好你营黄的地方，在列哩旅人络来了他的征途。随时可以出视如这样如的上，令我几岁共看。激动如烟地纪来。却垂觉使我做梦了十八世纪、十九世纪诗歌你看法。最好布教诗中十七八七年。我们以得回花为他把他做纪一下被代诗人，却置毛屋又硬造诗诗添如达人。在萌现业，雨德。但月如无空中，布菜觉身一

(illegible handwritten page)

目　录

第四辑　　日记⋯⋯001

一九八九年

第五辑　　日记⋯⋯113

一九九〇年

第六辑　　日记⋯⋯201

一九九一年

第七辑　　日记⋯⋯241

一九九二年

第八辑　日记………281

一九九三年

第九辑　日记………387

一九九四年

第四辑 日记

一九八九年

一月

一月一日

很久没有到田野上来了,今天是新的年第一天,我的大事是穿越田野而过。端点是我的故乡,养育我的村子、祖父和祖母。我脱开城市,周身仿佛迸绽开层层外壳的鳞片。我从未感到像现在这样舒展,这感觉同春天萌动的树木一样,向着四外的空间。花喜鹊与灰喜鹊纷飞,啼声在空旷的冬天久久回荡,即使我的温暖的心间也未能留住它们。伟大的冬天令我的肢体像树木一样生长,像鸟儿一样欲飞的季节。

一月二日

一生在房子里比在露天度过的时光长的人,我看是不幸的。坐在火炕上读《世界文学》。《世界文学》是我最喜欢的刊物。这期刊出东山魁夷写川端康成的散文《巨星陨落》。我读到了川端这样的话:

"可以认为,作家的产生是继承了世家相传的艺术素养的。但是另一面,世家的后裔一般都是体弱多病。因此,也可以把作家看成是行将灭绝的血统,像残烛的火焰快燃到了尽头。这本身已经是悲剧了。"

川端的自杀是早已想过的，芥川龙之介遗书有这样一段话："唯有大自然比持这种看法的我更美。也许你会笑我，既然热爱自然的美而又想要自杀，如此自相矛盾。然而，所谓自然的美，是在我'临终的眼'里映现出来的。"川端以此写有《临终的眼》的作品。

一月三日

今年的阅读，我首先把它献给泰戈尔。我断言，泰戈尔是二十世纪最伟大的作家，因为他的灵魂里有神，集智慧、爱和美于一身。

我读《泰戈尔论文学》。在伟大作家那里，小说、诗、散文、评论的界限是不存在的，它就像同一句话，区别在于用什么方式表达。

在《美感》中，我看到了这样的思想：一个人在年轻时，应该通过独身苦修，有节制地和有规律地丰富心灵生活。一个人要想在通向终极真理的道路上战胜种种艰难险阻，达到完美的话，那对于他来说有规律和节制生活是十分必需的。人的不幸，是在于他的主要目标往往为别的次要目标所压倒。任何事物都有一个坚实的基础，这个坚实的基础就是节制，它含有思想、力量和刚毅。富于艺术才华的人一方面确有天资，另一方面也是个苦行者。他不能随心所欲，需要有心灵的专注和克制。

一月四日

《圣经》说:"一代过去,一代又来,地球却永远长存。"不,地球并不会永远长存。科学家们预测地球的生命最多还能维持四十亿至五十亿年,那时太阳的氢将燃烧殆尽,膨胀的太阳会烧毁周围的行星。能等到那时吗?人类甚至已将这个过程缩短到了今天。

美国《时代》周刊每年都要评选一位风云人物,今年一月二日它出人意料地评选处于"危险中的地球"为一九八八年"风云行星"。因为在一九八八年"没有一个人、没有一件事比这个由石头、土壤、水、空气组成的人类共同居所更发人深思、更被突出报道了"。周刊称一九八八年为"遭受破坏的地球年",它呼吁组织一支全球性的十字军,保护地球免遭破坏。

启蒙运动使人类认为可以通过科学来创造自己的未来。科学的每一次成功,也带来了副作用:麻醉剂和牛痘等医疗技术进步,降低了婴儿死亡率、延长了人的寿命,同时出现了人口剧增问题;省力机器等工业的进步,污染了空气;农药的使用使作物增产,却又污染了水源,等等。那么,地球遭受破坏,科学无疑是罪魁。

《中国青年报》今天第二版,整版缩写了美国《时代》周刊文章:《地球敲响了警钟》。

一月五日

古老一池塘
一蛙跳在水中央
扑通一声响

山间有柿子
母亲在吃
生涩的部分

这是两首日本"俳句"。只有精神封闭的岛国才能挽留住传统的东西，日本，东方美的体现者。西方人称俳句为"整个东方文化的终极之花"。"对于以真诚的感情去摸索它的人而言，没有一样东西是微不足道的。"这是为关切单纯、平凡事物的俳句觅得了一句适当的"箴言"。在受禅学启示的远东文学作品中，俳句乃是一种悠久传统的最后精练。

生命自会以最文明的方式展示它的本身，这便是禅的秘密之处。一看即过而不瞪目凝视的时候看得最为真实。最伟大的俳句诗人芭蕉如此说：电光闪烁后／不想"生命飞逝"的／人多么可羡！这也许是一首差劲的俳句，因为它已开始哲学的说理了——尽管它系为了反对哲理的说明而做哲理的说明。禅与俳句均皆重视"与所谓心相对的物"。它运用语言，并非为了表现什么，而是为了清除似乎挡在我们与真物之间的东西。

一则俳句并不是一首诗，因为它不是一种文学作品；它是一种手势，一扇半开着的门，一面拭净的明镜。它是一种恢复自性之道：恢复我们的明月之性，恢复我们的樱花之性，恢复我们的落叶之性，简而言之，恢复我们的佛性。

——据《禅与艺术》

一月六日

从昨天开始，天已有下雪迹象，只是不太让人相信雪真会下起来。现在冬天能见到雪，见到一场雪花纷纷扬扬的真正的雪仿佛已不可能了，工业社会剥夺了我们这个权利。

一觉醒来，雪在淅淅地下，还有什么能给我带来这喜悦和幸福呢？就像孩子们一早爬起来看到圣诞老人送来的礼物。房顶已积了一层，细密的雪犹如面粉软软地积起来，那先驱者贴着大地已融进泥土。这雪不是雪片，也不是雪粒，而是雪粉，落在衣服上就再也不愿离去，有些让人睁不开眼睛。

雪下了一天，不紧不慢，一个节奏，天黑后也没有停下来的兆头。但是地上的雪层并未厚起来，路旁已有人堆起了雪人。我就像看到了全部童年。

一月七日

今天是我二十九岁生日。在二十岁时我曾想这一天非常遥远，但今天往回一看，这十年仅仅是一瞬间，人弥留之际想想自己的一生也是如此。因为此，人应该时刻想到每一刻光阴都是一去不返的。只有在儿童时我希望这一天来临，现在我则希望这一天应永远在明天。

二十九岁是人生生长停滞、孕育果实的时期，像抽穗的玉米或泛黄的麦子每天都会面貌一新，这一时期的人生每年都会发生新的蜕变。你感到童年一直连贯的年与年断裂了。一年向另一年的过渡，仿佛由虫变为蛹。生命的进程仿佛由徒步变成了车行。

我二十九岁了，我即使在祖母的眼里也由孙子变成了男人。那个让我时时缅怀的童年世界渐渐地在远去，这周围的世界也在迫使我忘却它而给其以正视。我此时站在一座桥上，这桥一端连着童年，连着美好的传统，一端连着成人世界，连着令人恐怖的未来。

一月八日

我见到好像是刘心武在文中谈过米兰·昆德拉，他说文艺界先锋人士那里在谈论这个捷克流亡作家。后来见到出他的书

《生命中不能承受之轻》等的预告。我记住了这个作家。

今天的《文艺报》用整版介绍了昆德拉。他一九二九年生于捷克布尔诺，一九七五年起流亡法国。他是以诗出名的，后来改写小说。主要小说作品：《玩笑》《生活在别处》《为了告别的聚会》《笑和忘却集》《生命中不能承受之轻》。

昆德拉说："我的敌人是媚俗。"媚俗就是不择手段去讨好大多数人的心态和做法。他认为：长篇小说自福楼拜《包法利夫人》起在艺术上已提高到诗歌的美学高度。真正的有价值的长篇小说已经诗歌化，即写小说像诗一样推敲每一个字而非诗的抒情化。他说，所有时代的小说，都关注自我这个谜。我是什么？通过什么我能被抓住？这是一个基本问题。小说这个东西就建立在它上面。对它的不同答案，可以看出小说历史的不同时期。欧洲早期的叙述者们有这样一个信念：人通过行动把他自己与他人区别开来，并因此而成为个体的人。薄伽丘只给我们讲述一些情节和冒险。但丁说"在任何行动中人的第一个意图都是揭开自己的面貌"。四个世纪后，狄德罗持有更多的怀疑态度，他笔下的宿命论者雅克永远不能通过自己的行动认识自己。这是小说的一大发现。于是这样一个时刻来到了：寻找着自我的小说只得离开行动的可视的世界，去关注不可视的内心生活。在十八世纪中期，理查森（英国小说家）从书信中发现了小说的形式，在书信中，人物可以倾吐他的思想与情感。这一演进的顶峰在我看来是普鲁斯特和乔伊斯。

一月九日

今天我又看到那两只麻雀了，飞到阳台上来，声音朴实而亲切。只因为它们吃植物的核实，人类便视它们为敌人。因为人类也以谷粒为生，这便是人类的逻辑。它们没有多停留，也许它们还会再来。我抓出一撮小米，撒在阳台横栏的平顶上，黄灿灿的耀眼，也许能够使它们在很远的地方便看见。米粒很轻，风能吹动，我用一截电线将它们挡住。我想，从此麻雀会记住这个地方。从中午到傍晚，米粒依旧，我不知那两只麻雀正在什么地方。现在见到它们，已是一种困难的事情。国有国鸟，如果每个人都有一只鸟的话，即便是一千次，我也会选择麻雀。麻雀是我的灵魂之鸟。

一月十日

我是作家，我是文字的母亲。我坐在稿纸前时，文字就从远处纷纷跑来，围拢在我面前，就像孩子们跑到坐在院中的母亲身边。只有作家能给文字以生命，作家让文字从无形的世界出世就像母亲将孩子降生到世界上，有了孩子世界就有了欢乐，有了文字世界因此繁荣。

一月十一日

"好像有过那么一匹白得纯洁,白得心醉的银鬃大马。好像有过一片大得无边,辽阔得完全忘了世界的银装素饰的雪原。原来,自由是白色的;在白马鞍上纵情驰意地在白色雪原上游逛着,人会觉得白色是不能解释的。白色的崇高的极致,是永恒的秘密。白色是不可洞彻无法探究的颜色。在那样像母亲胸脯一样起伏的洁白世界里,儿子心中升起过真正的自由。当然白鬃马是坚实的依靠;由于它,由于这匹能让寂静中生风,能使地平线迎面扑来的神骥,那不曾敢想的自由猝然而至,在生活的那一瞬成了现实。"

这是张承志的美文,渗透着伊斯兰教信仰的文字,有凡·高绘画封面的《金牧场》。

一月十二日

奥登(一九〇七至一九七三)是一个理性的诗人,一个善于将抽象名词形象化的深奥的诗人,一个为每一位杰出人物都可写出一首诗的思想诗人,一个避开自然意象的博尔赫斯式的宗教诗人,一个让我总想到里尔克的诗人。我还记得他写"空旷得像八月的学校"这样的诗句,一个总能令人吃惊,文化味很浓的诗人。

奥登早期是欲救现世的、左派革命的、反法西斯反战争的，支持同佛朗哥作战的西班牙政府，写有进步诗歌《西班牙》《战时》等。但他像聂鲁达一样，后期是反悔的，他一九三九年离开战时的英国去了美国。并对自己过去的作品产生了异常的反感，《西班牙》一诗不肯收入全集，也不许别人收在选本里。作为诗人，他可能感到早期误入了歧途或对左派有了新的看法。

对一个暴君的悼词

他追求的是某种的完善，
所创造的诗不难了解；
他熟悉人的愚蠢，犹如他的手掌，
对于军团和舰队兴趣特浓，
他笑，高贵的参议员也笑而又喊，
他哭，孩子们在街上纷纷死亡。
——《外国文艺》一九八八年第六期

一月十三日

我撒在阳台上的那撮米粒，除了被风吹跑，那挡在电线内的依在，已失去光灿，蒙上了尘土。麻雀没有动，它们一定又来过了，因为我在阳台上见到了新鲜的鸟粪。它们为什么不啄那黄米呢？是没有看见还是怀疑这里存在阴谋？我想，这是我做过的所有事情上的最大的失败。

一月十四日

A的灵魂常常被某些文学大师（梭罗、纪伯伦、托尔斯泰、泰戈尔）的灵魂所攫住，A的心灵轻易便被他们的语言所打动，并非因为A是一个被动器、接受者，而是因为A的灵魂和那些灵魂相通，就如一个走出家门的孩子被一伙顽童引去一样；因为A看到了说在自己前面的、仿佛从他口中说出的话语，因为他们便是A一生想要做的人。正像你坐在家里，灵魂可以升上山巅一样，灵魂不可久居这个世界正如鸟不会久居巢一样。

一月十五日

希腊神话说，男人和女人原本是一体的，那时人没有性别和区别，人是神造的。后来神将人分为两部分，用男性和女性加以区分。人像植物种子一样被风吹散，于是，人有了孤独感，有了寻求完整、驱除孤独的追求，有了爱恋和爱情。

只有另一个人是自己的另一部分，人依旧在芸芸众生中备感孤独，只要他（她）寻找不到属于自己的、从自己体上分离出的那个部分。你的那个部分和你有着同一的心灵，因而心灵能够相通；和你有着同一的思想，因而在她口中能够说出你欲讲的话或你讲出她欲说的话。太阳在宇宙中是孤单的，只有太阳照耀到地球，才能使它的光辉显现出来，太阳才真正地存在；你在世界上是孤单的，只有你的思想到达她的心里，你的价值才放出光彩，你才感到真正作为一个人存在。

你爱她，就像爱你自己；你爱她，胜于爱你自己。她使你的生命生辉，她使你的路途伸远，她是你的力量和幸福之源。

一月十六日

很少这样做过，从头至尾读了林彪秘书张云生的回忆录《毛家湾纪实》，我极少读这类书。它使我看清了我头脑中早已破碎了的那个神话，知道了"上层"意味着什么，更改变了我那个十年比这个十年要接近理想的人，使我相信区别在于儿童与成人，而不论那个时代的成人都是一样的。

林豆豆和作者的一次对话说出了一个我现在也坚信的一个事实："人为什么活着？""活着为了革命。""革命是为了什么？""为大多数人谋利益。""为什么要为大多数人谋利益？""因为大多数人是好人。""为什么说大多数人是好人？"多数人并不一定就是好人。

一月十七日

　　加里·斯奈德，美国的奇诗人。早年与避世运动有联系，现代文明的抵制者，主张青年过集体生活，是关心生态保护的发言人。他当过一直令我羡慕的护林员、伐木工和海员。二十六岁东渡日本，十年悟禅。他译的中国诗人寒山，使寒山及其生活风范成为现代的传奇。他曾在高原沙漠地带独居五个月，风餐露宿静坐。他把东方哲理、宗教信仰同日常生活结合在一起。他定居在加州北部山间一块处女地由自己一手建筑的房子里，拒绝用任何污染人类、残害自然的工业产品。"垮掉的一代"作家克尔洛艾将他与寒山并为一体加以小说化，使其成为六七十年代大学生的民众英雄。

　　他认为，诗人面对两个方向：其一，对人群、语言、社会的世界和他传达的媒体工具；其二，对超乎人类的无语界、以自然为自然的世界，在语言风俗习惯和文化发生之前，在这个境中没有文学。

　　他的散文集《大地家族》有这样的话："最受无情剥削的阶级是：动物、树木、水、空气、花草。""那包含万变的永远不变。"

一月十八日

观电视中朝鲜歌舞，它使人又回忆到那个红色时期。它给我一种圣洁、节制、和谐、严整的感觉，它的合唱队犹如唱诗班的天使。这气氛来自信仰，来自集体主义，来自忘我境界。信仰上帝与信仰政党在人的心里是同一的：关心自身之外的东西胜于关心自己。节制由此而来，牺牲由此而来，献身由此而来。信仰是人类不可缺少的，即使它给人带来的是清贫。抛弃信仰就是只关注自己，放纵由此而来，贪欲由此而来。

一月十九日

台湾诗人叶维廉有一文《禅与中西山水诗》，除了港台的不爽的文字外，文中还是使我清楚了一些东西。我主张文中应有"我"介入，故我推崇西方文学中的可以看到作家灵魂的作品。该文动摇了我的这一观念。

他以王维和华兹华斯为例来谈中西山水诗。王维的诗，景物自然兴发，作者不以主观的情绪或知性的逻辑介入扰乱景物内在生命的生长与变化的姿态；华氏则强调智心是意义的制作者和调停者，"无法赋给意义的智心，将无法感应外物"。这两种观物的方式，反映了东西方的传统。

山水在中国古代诗歌由《诗经》《楚辞》中的衬托地位升为

主位的美感关照对象,是在道家中兴的魏晋。道学反对用抽象的概念来划分界定原是浑然不分整体的宇宙现象。物各具其性,各得其所,怎应把此物视为主、彼物视为宾呢?人类有什么权利去把现象界的事物分等级?怎可以"我"的观点硬加在别人的身上作为正确的观点、唯一正确的观点呢?"物各自然"。故中国诗是不依赖隐喻不借重象征而求物象原样兴现。

西方自柏拉图始,把宇宙两分为现象世界和理念世界,这是人与自然第一次分极。亚里士多德为维护诗人被逐出柏拉图的理想国,提出诗中"普遍的结构"为可达致的"永恒形象",这样把人视为秩序的制作者,把无限的世界化为可以控制的有限的单元,用人的理智命名界说囿定的世界代替了野放自然的无垠。由浪漫主义起,"彻底地返回原质"一直围绕着西方现代哲学家和诗人。

克尔凯郭尔要求离弃抽象的系统(概念世界),回到具体的存在;海德格尔要求恢复苏格拉底以前对于物理世界的认识。庞德说:"剔除事物的象征意义,事物本身就是一个自足的象征,是一只鹰就叫它一只鹰。"威廉斯:"没有先入为主的观念,没有随后追加的意念强烈地感应和观看事物,体现实有,不依赖象征。"

在《现代物理学与东方神秘主义》一书中也谈到这一现象。

一月二十日

一首值得录下的诗,史蒂文斯的诗:

关于存在

一棵棕榈树,在心的尽头
最后的思维之外升起
自铜色的远处

一只金羽鸟
在棕榈树里歌唱,没有人的意义
没有人的感受,唱一首异国的歌

如此你便知道这不是
使我们愉快或不愉快的理由
鸟鸣唱,羽毛闪耀

棕榈树站在空间的边缘上
风缓缓地在树枝间移动
鸟的火煌的羽毛摇摇坠下

一月二十一日

　　我们把这样的人称为朋友。在他面前，我们可以摘下面具，我们游离在外，为了应付现在而分裂出的另一个"我"，可以返归。像主人在家里，狗可以进窝。与他交谈，我们可以用自己衡量事物的标准，而非符合社会流行的好或坏，是或非。像鸟儿无论在北方或南方都唱同一支歌。这才是我们的朋友，你同他能够交流，能够沟通。感应由此而生。你的思想之风，能够使他的树冠拂动，他的树冠也使你的思想之风具备了形态。

一月二十二日

　　在认识你以前，我结识过许多女人。只有你从我的眼前，走进了我的心里，我的心第一次有了主人。我的一生只应说一次的那句最神圣的话，今天它可以为你而表达。在认识你之后，我还会结识许多女人。她们当中或许有人比你还美丽，就像宇宙中会有星辰比太阳更明亮；但地球永远只需要太阳照耀，我的一生只需要你的光辉来照耀。

　　我不用文字赞美你，我用心赞美你。我可以用文字写出任何一篇文章，当我要用文字赞美你时，我发现现存的文字非常有限，能够让我赞美你、描绘你的文字还有待创造出来。

一月二十三日

读完《金牧场》。它给我两点感受：一、张承志对文字的运用，似乎是任何中文写作者都不可比拟的，让我无懈可击；他的美文是独特的，令我愉快。二、张承志的理想主义、英雄主义倾向在当代作家中是罕见的，也是我推崇的。

一月二十四日

寒冷只占据冬天，月亮只照耀夜晚。任何事物都有它适用的场所。人的智慧、谋略、心计可以用来交际，用来谋生，但不可用来交友，尤其不可用于爱情。爱情是与生命结为一体的，是与生命一样自自然然的。爱情不问为什么，就像向日葵，早晨就面向东方，黄昏就面向西方。

一月二十五日

人生有两极，或者上天堂，或者下地狱。上帝或魔鬼都潜伏在你的体内。所谓上帝或神，就是人有可能达到的至善至美。天堂的欢乐就是人追求和通向至善至美境界的欢乐；地狱的痛苦就是丧失信仰、放纵感官的堕落了的精神的痛苦。

世界上曾存在过许多人，每一代都有刻意迈向至善至美境界的人，我们将他们称为智者、伟人、圣贤。我们迈向彼岸，就是让我们身上体现神或上帝的影子，体现完美和至善。

一月二十六日

今年的冬天是平静的，降过一次温，下过一次雪，刮过一次风。今年的冬天过得很快，让人看得清清楚楚。现在冬天仿佛老了，它在将体内的能量最后尽全力释放出来，就像你使劲吹一口长气。这是黎明前的黑暗，也是强弩之末，它给人一种阴柔的冷，它不冷在皮肤上，而是冷在骨子里。只有到了这种时候，我们才开始讨厌冬天，即使它再给我们一场雪。我们知道，某种人们期待的东西已在路上了，我们在这冬天里默默地想着那个东西。

一月二十七日

一月二十三日，八十四岁的萨尔瓦多·达利因心脏病在故乡菲格拉斯逝世。我在电视上看到了他的遗容。达利一九〇四年生，一九二八年再次旅行巴黎，结识毕加索，始同超现实主义者交往。一九二九年，诗人爱吕雅偕夫人去西班牙探望达利，结果这位夫人爱上了达利并与他结合。达利一生作画一万多幅，他还经常写作。他为夫人写有小说《无形女人》以及《爱情与记忆》等。

达利生性天真，待人温和，留长长头发，着古怪衣服，喜欢怪诞。达利有个令人费解的习惯，喜欢在空白纸上签名，然后任其被复制。达利死前曾讲："我不会死，因为我是个神仙。"但他还是要求死后将他的尸体药物处理，并葬于家乡的达利博物馆之下。

一月二十八日

吃宴席后，我常常后悔，因为它没有吃便饭舒服；乘汽车后，我也常常后悔，因为它使我失去了一次徒步的机会。

一月二十九日

你从温暖、光明、欢乐、幸福之地来，你是一个天使。你给他带来的是温暖，是光明，是欢乐，是幸福。春天使他感到冬天的寒冷，光明使他看到夜晚的黑暗。你是春天和光明的化身，你的到来使他感到了他过去生活的寒冷和黑暗。他等待你，就像在夜晚等待黎明，在冬天等待春天。

过去他这样回答自己：工作为了吃饭，吃饭为了活着，活着为了写作。今天他能够继续说了：写作为了你！

一月三十日

以前，他从文字中了解人类，从"人类"这个被赋予神圣意义的概念里了解人类，因而他爱整个人类。现在，他从现实中了解人类，从他所接触到的一个个具体的人身上了解人类，因而他只爱人类中的一小部分人。

这一小部分人包括：儿童；下层中那些纯朴、善良的人；献身于美好事物，体现人类公正、智慧、博爱的人。

一月三十一日

再读纪伯伦《沙与沫》，这时他才发现，他并未真正读过。

他忽然有这样一个感觉：西方文学体现着真，东方文学（中、日）体现着美，而阿拉伯文学（包括印度）体现着善。

在萨迪，在泰戈尔的文学中善是它的光辉，只有生活在那块大陆的人才能讲出这样的话："如果你嘴里含满了食物，你怎能歌唱呢？如果手里握满金钱，你怎能举起祝福之手呢？""一个伟大的人有两颗心：一颗心流血，另一颗心宽容。"（纪伯伦）

而西方文学，一开始里面就有历史，有真实。从福楼拜起，由人的外在活动转入内心深处。使人体会到一种可怕的赤裸裸，使人类自己轻视自己。这就是为什么西方首先出现文学的现代主义，并非因为它的文明化进程。但俄罗斯是游离之外的。

我们在东方文学中发现了什么呢？对风景、对自然的赞颂，连那些文学大师也不例外。现代就有川端康成、沈从文。这种美不含温暖，是雪的美，蛇的美，星辰的美。

二月

二月一日

　　他们是这样一些人，一些周围比比皆是的自诩为男子汉的人。他们努力要在形象上做得像个男子汉，因而他们吸烟、喝酒、说粗话、不讲卫生。他们不求甚解，仿佛对一切都满不在乎，他们放纵感官，一切都为眼前的欲求让路，他们不问事理，只求一时的感官满足。他们轻视文字、鄙视书籍，以温情和良善为耻，以粗野和冷酷为荣。他们自认明了全部人生与一切事物的真谛，实则一生浮在表面，至死不知尚有另一领域。他们貌似心胸宽广，实则那狭隘的思想从未超出自己的居住地，他们为权或钱，为一时的得失可以大动干戈。他们好像刚强坚毅，但从来无力节制感官，约束自己。他们对妻子的关心在于给钱，对孩子的关心在于给吃。他们永远也意识不到他们头脑中的那些观念是应该改变的，他们永远认为他们的不费任何力所形成的排斥精神世界的生活方式是最好的。

二月二日

　　报载"星星十年展"今年一月十九日在香港进行。星星画展骨干成员现均在国外。王克平、马德升、李爽在法国，曲磊磊在英国，黄锐在日本，邵飞、艾未未（艾青之子）、严力在美国。另一个以小说闻名的成员钟阿城亦前赴美国。

二月三日

  一座有许多阶梯的印第安大圣殿之四

  一头大象包含着世界和上帝
  像泥土包含着亚当
  蛇包含着进化
  林间小径包含着沉思
  爱人包含着每一个人
  诗包含着诗人
      ——［美］约翰·塔哥里布

二月四日

  约了辆吉普同 J 进城。
  今天是奢侈的，这奢侈源自超出自身需要的体面与尊严，源自社交中必然的虚荣心。因此，这可怜的地球除了要养活人类之外，还要养活人类的虚荣。人耗费在生理需要的远比耗费在虚荣上的少。虚荣就是给别人看。

仿佛是我的影子带着我。我的影子陪人说话，而我沉默；我的影子赞扬官职、钱、交际能力，而我厌恶；我的影子出卖我的信念，而我无可奈何。我的影子只在我走进人群的时候才出来保护我。

在王府井选到《维廉·麦斯特的学习时代》《回忆波德莱尔》《夸齐莫多、蒙塔莱、翁加雷蒂诗选》《川端康成散文选》《文字生涯》《托尔斯泰散文三篇》。

二月五日

你和他在一起时感到愉快吗？假如以后他的什么做法或言语不慎伤了你，请你千万不要让它进入心里。在他面前是一条尚未走的路，他的样子不免笨拙和生涩。在步伐应该大一些时，他可能迈小了；在速度应该快一些时，他或许放慢了。他只知要向前迈步，他只知要 love，他要让你得到其他姑娘所得不到的欢乐和幸福。

二月六日

今天是旧历新年，中国最大的节日。仿佛早晨伸出、中午收回的影子，人们早早地从四面八方回到家里。就像白天的光亮都挤进星星里，现在社会空空荡荡了，家庭饱满起来。昨天，从昌平返回小营时，天还很亮，路上就已很少见人了。

代代过年，不知从什么时候，从哪一人起过年的方式有了改变。还在放爆竹，无人点灯笼；还有人说声拜年，已无孩子磕头。还在贴对联，无人烧香；还在吃饺子，已见不到年糕。

二月七日

他说的下层中那些淳朴、善良的人存在于哪里呢？当他从城镇走入农村便能遇到这样的人，这样的人在减少，像我们感觉纯空气、河水、鸟在日益减少一样，这样的人在商品经济面前或者痛苦或者蜕变。这是些可爱的人，"各自有一个厚道然而简单的灵魂，生息在田野晨阳的空气。他们口心相应，行为思想一致。他们是壮实的，冲动的，然而有的是向上的感情，挣扎而且克服了私欲的情感。对于生活没有过分的奢望，他们的心力全用在别人身上，成人之美。无不先有人而后无己，这些人都有一颗伟大的心"。

——李健吾评沈从文《边城》人物用语

二月八日

我就是个不想明白道理却永远为现象所倾心的人。我看一切，却并不把那个社会价值掺加进去，估定我的爱憎，我不愿问价钱多少来为百物做一个好坏批评，却愿意考察它在我官觉上使我愉快不愉快的分量。我永远不厌倦的是"看"一切。宇宙万汇在运动中，在静止中，在我印象里，我能抓住它的最美丽与最调和的风度，但我的爱好显然却不能同一般目的相合。我不明白一切同人类生活相联结时的美恶，换句话说，就是我不大能领会伦理的美。接近人生时，我永远是个艺术家的感情，却绝不是所谓道德君子的感情。

——摘自《从文自传》

二月九日

大地在变软，天空在发蓝。风从北方向南方整整走了一个冬天，它的最前面的一员仿佛取了东西后，返回又路过这里。它告诉站在这大路边看着它的我，春天已被它领来，只是路上每到一个地方便被人们围住，请春天释放被寒冷囚禁的河流、土地和生物。但春天正向这里走来。请大地准备好盘子，请村庄准备好篮子，春天要给大地带来花朵，要给村庄带来温暖。春天一路向北方走去，使所有受寒冷虐待的都得到解放。春天最终去了哪里，春天何时从北方返回南方，从没有人知道。人们只是一年一度望着春天来的方向，望着南方。

二月十日

中国首届现代大型艺术展五日在中国美术馆开幕，三个醒目的禁止调头交通符号成了展览的标志。几天来报上不断有关于此次展览的报道。其一，一双男女在展厅开枪，枪击一件展品，展品作者为二人中女方，口称看着不满意。其二，汕头大学一摄影老师在二楼展厅搞了一次身展：坐在草垫子上"孵蛋"，周围有些散蛋和写有"等待"字样的纸片，套在脖子上的白纸写着："孵蛋期间，拒绝理论，以免打扰下一代。"他自称是"为了表现一种艺术个性"。

"现代"被许多人与"意外"和"独出心裁"连在了一起。

二月十一日

今日中国的道德生活

人们的心态和行为在背离了传统的轨道之后，并未朝向健康的商品经济所需要的合理秩序的方向发展。人们在今日生活的各个方面都品尝了非道德主义的苦果。

是非颠倒：如果你因未送礼而不能如愿，人们不仅不愤恨，反而嘲笑你的吝啬，你的小气，你的不通人情，不懂世故，不会打点。

无廉耻感：如果他损人利己，投机取巧，人们赞美他"能干"。如果他奉公守法，秉性正直，人们挖苦他"窝囊"。

父母为不吃亏竟纵容子女贪婪、吝啬、霸道、自私。

当今中国的"痞子运动"：爱哭的孩子有奶吃的闹腾效应；有权不用过期作废的权力效应；三个公章不如一个老乡的人情效应；一个好汉三个帮的团伙效应；搞导弹不如搞鸡蛋的倒爷效应；谁活到最后，谁活得最好的熬年头效应。

二月十三日

谈自己？谈几个作家的习惯。

硬汉作家海明威为了使自己的作品更硬朗，喜欢站着写作。但女性作家伍尔夫和童话家卡洛迦也有同样的习惯。

美国作家卡波特需要躺下来，否则就什么也想不出写不出。《绿帽子》作者穆尔和美国诗人李雷，他们都要在房间里脱光了衣服才能写作。

法国诗人贝朗瑞在嘈杂的低级咖啡馆里写出脍炙人口的歌谣。美国剧作家柯汉却要包下一间列车的卧房，在行驶的火车上，他一个晚上可以写出一百四十页原稿。

美国作家富兰克林和法国剧作家兼诗人罗斯丹都喜欢泡在浴缸里写作。德国诗人席勒则要先喝半瓶香槟酒，然后把脚浸在冷水盆里才能写作。

易卜生认为瑞典的斯特林堡是自己艺术上的"死敌"，要把斯的像放在书案上时时相对，方能写出佳作。爱伦坡则要先将心爱的暹罗猫放在自己肩头上坐好，然后再进行写作。

二月十四日

奥地利作家托马斯·伯恩哈德的遗书今天被公布。遗嘱说："我明确声明，我不想同奥地利有任何关系。"他不准人们在奥地利境内再销售、上演或阅读其五十五部小说、剧本和诗集中的任何一部作品。

原因尚不得而知，我过去也未听说过伯恩哈德，未看过他的作品。这一壮举只有作家能做出。

二月十五日

拉尔斯·努伦是瑞典当代悲剧大师，人们称他为当代的斯特林堡。他说："所有的人都遇到我的剧本所描写的种种问题。人的处境是没有国界的。"四十四岁的努伦最著名的三部剧是《夜以继日》《上帝周围的混沌世界》《寂静》。他独自居住在斯德哥尔摩，只接待两个女儿的来访。他说："我不读报。我不关心文化界的事。我感兴趣的就是我正在创作的那些人物。我每天都在夜里写作。我不写点东西就感到十分空虚。"

而我尚未戒掉这个习惯。我留意报纸，我明明知道我从中得不到什么东西，但我仍留意报纸。一天未看，仿佛就失去点什么。

二月十六日

做一个作家需要三个条件：经验、观察、想象。

——威廉·福克纳

任何为自己闯一条漫长的创作道路的优秀作家，都必须具备一种品格，在不能接受时比较能顶得住。这才能产生艺术！

——诺曼·梅勒

在我看来，评价作家的标准之一就是他对大自然的态度。一个不热爱、不熟悉、不了解大自然的作家，在我看来就是一个不够格的作家。

——巴乌斯托夫斯基

二月十七日

我常听到人们说这句话：都不容易。人们的这种感受和想法，成了人们相互谅解的基点。许多认真和争端，许多原则和信念被它淡化，被它扼杀。人们不断享用着科技创造出的器具，人们不断被这些器具解放出体力，但人们却感到活着不容易，人们感到忙，感到累。人们永远也明白不过来。

二月十八日

看现代艺术大展

美术馆。看人体艺术大展。这是首届，排队购票者保持在数百人，像一根绳子，需要盘起，才能放好。

已经要闭展了，报上最近时有议论，我来为什么呢？只看看它的规模和程度，看了也许没有什么，不看则似乎是一种损失。仍然是中国式的毫无生气、毫无震动人的东西，拙劣然而逼真的呆板的油画。观众拥挤，许多人长久地注视同一部位。票价两元，依然使观者不减。

二月二十日

《撒旦的诗篇》风波愈演愈烈。《撒旦的诗篇》作者萨尔曼·拉什迪一九四七年六月生于印度孟买的传统穆斯林家庭，十三岁移居英国。英国企鹅出版社去年九月出版了该书。书中以寓言方式虚构了一个宗教创始人——穆罕默德·麦亨德。伊斯兰教徒认为麦亨德是在暗喻伊斯兰教的先知穆罕默德，从而爆发了抗议活动。一月十四日伊朗电台播放了宗教领袖霍梅尼的声明，号召穆斯林们找到并杀死《撒旦的诗篇》的作者和出版商，"我恳求全体穆斯林无论在什么地方发现他们就立即执行其死刑。旨在任何人将不再敢冒犯穆斯林神圣的道德准则。无论谁因此而牺牲都将被视为烈士,并会直升天堂"。

面对霍梅尼悬赏六百万美元的威胁,拉什迪终于妥协了,他公开道歉:"我认识到世界各地穆斯林因我的小说的出版而忧伤。我对该书出版后给伊斯兰教忠实信徒造成的痛苦而深感遗憾。"但是,二月十九日霍梅尼宣布:即使悔过,也不予原谅,"侮辱先知者必以死赎罪"。

二月二十一日

美国有个摩门教,以复兴耶稣基督的教义及主创建的原始社会为己任,教徒数量庞大,似已成美国"国教"。教规禁烟、酒、咖啡、茶。成人每月要有一个星期天禁食,二十四小时水米不进,节下财物捐给穷人。教规严禁婚前性生活和婚后不贞,失范者一律逐出教门。教徒不得留长发、怪发型,不得穿超短裙。摩门社会是美国犯罪率和离婚率最低的地方。摩门教徒的平均寿命在美国居于首位。

二十世纪已证明,人类完全放纵自己是自我毁灭的根源。

二月二十二日

苏联当代诗歌中有两个新派:"概念派"和"喻实派"。"喻实派"实质是一种新现实主义。而"概念主义"主张以概念入诗，把诗写成概念，这是面目一新的，与传统"诗重形象"相径庭的。概念派的诗，没有主观的表达，只有具体的客观表现，被表现物经过高度的抽象成为概念。

概念诗派代表人物有德·普里戈夫、列·鲁宾施坦等。普里戈夫有这样一首诗：

美人奥卡河在流

流在美人库拉雷岛
美的人民一清早起
就在这里的阳光下晒着腿和胳膊

白天他们去上班
走向美人黑机器
傍晚他们又走来
与美人奥卡河生活在一起

也许，这恰好就是
那美，一年之后
或两年后，她终归要
用美去把整个大地拯救

它阐释了陀思妥耶夫斯基"美拯救世界"的预言。另外，诗是被污染的当代文化的沉淀池，是庞杂了的当代语言的过滤器。这是现代诗人所视的社会责任感。

二月二十三日

人生中有几件大事是远离这样的文字的："再次""第二次""重新"。它们是出生、死亡和爱情。甚至可以有生命的"新生"，可以有死亡的"复活"，唯独爱情……

二月二十四日

关于生态

森林是人类最初时期的襁褓，但随着人类的成长，人类又成为森林的主要破坏者。

小兴安岭的伊春林区，三十多年来，平均每年生产商品材四百五十立方米，消耗资源近千万立方米，超过生长量近一倍。全区十六个林业局已有四个局无林可采，八个林业局可采资源濒于枯竭。

我国的国土面积占世界陆地面积的百分之七，而森林面积占世界森林面积的百分之四。南北方的野味餐馆，属国家一二类保护动物的娃娃鱼、穿山甲等成了美味。

一只大熊猫到国外展出，保险费为二十万美元，人的空难保险费？

德国没野鸡，美国没兔子，日本仅存两只朱鹮，要从中国引种。

预计到二十世纪末，由于滥伐森林人类将丧失一百万种物种。

飞机、汽车、电视甚至人都可以引进，唯独环境无法引进。

二月二十五日

今天读到一月二十九日的《科技日报》，有周阿欣的一文《走出人类的困境》。这是与《人类生态学》编著者陈敏豪商榷的文章。《人类生态学》也持"科学技术恶化着人和自然的关系"的观点。该文提到了梭罗，用语显然照搬了我的《人必然忠于自己》一文。他认为即使五十亿之众都过着梭罗简朴的生活，对拯救世界也无济于事。他举了印度农民烧牛粪恶化生态的例子。他认为科学技术乃是人类当今唯一可以选择的避免生态灾难的自救之路。

二月二十六日

萧伯纳活了九十四年。老年的萧伯纳身高两米，瘦骨嶙峋，面庞清癯，一副不加修饰的红胡须，在褐色头发下，闪着一双炯炯有神的眼睛。这副仙风道骨般的身材与他的素食布衣的俭朴观有直接关系。

萧伯纳一生崇尚俭朴的生活。他忙于写作，"来不及享受花钱的乐趣"。他说："对我来说，有钱和没钱的差别是微乎其微的。"为此，他将一九二五年诺贝尔文学奖奖金八千英镑，全部转赠给瑞典的作家。

萧伯纳素食，不吃肉，不饮酒，不吸烟。一九三三年春，他访上海，答问："是我的健康所需要的，而且素食本是英雄和圣人的食物。"他的早餐和晚餐多是可可茶、黑面包、通心粉、小扁豆、鸡蛋和一定数量的生菜。他欣赏福勒的名言："溺死在酒杯中的人多于溺死于大海中的人。"为了健康，他终生滴酒不沾，即便宴会上，他也是以矿泉水代之。

衣着上，萧伯纳不慕华丽，不趋时尚，喜欢穿棉毛织物，全身打扮显示出对华丽衣饰的一种鄙视的态度。他极少生病，一生中见得最少的就是医生。他曾自豪地宣称："我的肤色和体型成为全欧洲羡慕的对象。"

二月二十七日

（补记，所记之事并非这一天。）

海子有时跑来专听鲍罗丁的《在中亚细亚草原上》。我曾和他分别讲从中听出了什么。我说我听出了骆队在暮色的草原上行走及俄罗斯的忧郁与悲戚。他说了什么已忘。

我写过一诗《美好如初》，我的观点是人开初是美好的，"人皆可以为尧舜"。海子反对，他说：人一开始就是复杂的，分裂为二的，否则就无基督的救赎。

二月二十八日

从电视中看到，南方一闭塞的小镇无人售货的传统延续至今，人们取货，并自觉付钱。

三月

三月一日

达尔文晚年有回忆录。他少年时代喜爱诗歌、戏剧、音乐、绘画，常常一连几个小时静坐读莎士比亚剧作。他说"可是现在，我竟不能容忍去阅读一行诗句，也几乎丧失了对绘画和音乐的兴趣""这些高尚的审美的兴趣的丧失，也就是幸福的丧失，可能会对智力发生损害，而且很可能也会对品德有害，因为这种情形会削弱我们天性中的情感部分"。

三月二日

读一本书或看一部电影总是散花一样想许多东西。国人以斗鸡、斗蟋蟀娱乐，欧洲人以斗牛、赛马娱乐；国人以人力车为城市交通工具，欧洲人以马车为城市交通工具……

三月三日

一九八七年八月，拉斯普京、阿斯塔菲耶夫（未能一读的《鱼王》作者）、别洛夫、巴拉特等苏联作家与来访的七位日本作家，在贝加尔湖畔的森林之城伊尔库茨克聚会，庄严宣布发起以保卫世界湖泊和饮用淡水免于污染的"贝加尔湖运动"。拉斯普京大声呼吁："我们这个时代可称之为人类生存的危机点,自古以来,水、空气和土地是地球上生命的源泉,如今成了疾病的源泉和早死的原因。"阿斯塔菲耶夫讲："人在这个世界上的使命就是为善,而文学家的真正的和最高的使命就是理解这个善;肯定它,使人不要自相残杀,不要杀害人间一切生命。"

三月四日

从古至今,人类渐渐关注自身:

甲:"无私利他"。被孔子、墨子、康德、路德、卡尔文、弗雷彻等人提倡和推崇。

乙:"为己利他"。被爱尔维修、霍尔巴赫、费尔巴哈、车尔尼雪夫斯基等人推崇。

丙:"单纯利己"。被尼采、海德格尔、萨特等现代哲学家推崇。

丁:"将以上三者结合,共奉为评价人们行为是否合乎道德的多元准则。代表为弗洛伊德、弗洛姆、威尔逊、道金斯。

三月五日

世界最后的处女地——亚马孙森林。我对萨尔内感到失望,他的巴西总统身份毕竟大于他的小说家身份，他的务实使他虚伪。五百万平方公里的大森林占巴西三分之二国土，供一千五百万人生息。最近十年中，亚马孙森林中有四十万平方公里已夷为平地。每五秒钟就有一足球场大小的一块森林消失。国际上给予关注并讨论措施，但巴西政府拒绝外来干涉，它说："我们不能把亚马孙地区变成人类的生态保护区，我们的当务之急是发展经济。"

三月六日

伟大的托马斯·曼被尊为二十世纪最伟大的圣哲之一。但我尚未读过他的书，因为他是一位小说家。托马斯·曼出生于十九世纪，童稚年代所经历的"古老好时光"形成了他比较温和和保守的个性。我想到了我。他的主人翁讲过这样的话："我佩服那些高傲和冷酷的人，他们在具有魅力、伟大的'美'的路途上探险，并且蔑视'人'——但是我不羡慕他们。如果说有什么能够使我从一个知识分子变成一个作家，那正是我这种对人性、对生活、对普通事物的平民式的爱。一切温暖、善良和诙谐都来自这种爱。而且，我几乎觉得它就是经书上所说的那个爱，如果没有它，即使能说万人和天使的语言，也只不过是鸣的锣，响的钹一般。"我又想到了我。

《特里斯坦》《托尼奥·克勒格尔》《死于威尼斯》是他的三

篇关于艺术家的小说。它们揭示出在商品化社会里艺术无由发展，艺术家没有出路的悲剧。

三月七日

纪德早期是个人行为自由、蔑视传统道德的倡导者（有《蔑视道德的人》）。但他晚期，主要在"二战"后，他转而重视传统价值，认为绝对自由既毁灭个人，又毁灭社会，自由必须与传统约束相联系。这时他正住在北非，完成了他最后的伟大作品《忒修斯》。忒修斯凭借传统的线索回到阿里阿德涅身边，纪德凭借同一线索认识了过去的价值。

纪德的宣扬克制情欲、皈依上帝的《窄门》名称取自《圣经》一句话："引到灭亡，那门是宽的，路是大的，进去的人也多；引到永生，那门是窄的，路是小的，找着的人也少。"纪德以他正直崇高的思想，和谐纯粹的风格，作为继承法国古典传统的伦理家而进入法国文学大师之列。

三月八日

美国的文学标准在变化，也许是世界范围的。文体的典雅优美，文笔的充满生气，表达的新颖别致，现在已受到质疑。爱情小说、侦探小说、西部小说位置提高了，那些二十年前不登大雅之堂的作家，开始与人人推崇的作家分庭抗争。这意味着什么呢？人类愈来愈懒惰！

三月十日

夏加尔，我无限喜爱的作家。他的画给了我什么呢？一切与美相连的事物。大地、水、飞鸟、天使、村庄、植物、太阳、幸福和田园，想象、幻景、纯洁。夏加尔在柏林首次举办个人画展时，评论家说："德国人把夏加尔看作是熟悉天使的魔术家，他使人飞翔，把日常生活琐事变成了一个美好的世界。"

夏加尔一八八七年七月七日出生在俄国西部小城维切布斯克。他的画中布满乐园，也许因为他是犹太人。夏加尔宣称他并不信仰宗教，但他的画多以宗教为题材。自一九三〇年起他着手创作圣经故事系列画，为了熟悉故事的发源地，他游遍了巴勒斯坦、叙利亚和埃及。一九四四年他的爱妻逝世使他终止创作十个月之久。

化神圣为通俗，用动人的诗和尊严照亮人们日常生活的天赋是夏加尔的神韵所在。

三月十一日

美国文学批评家艾尔弗雷德·卡津谈当代文学：

在日益现代化和技术化的社会中，在变化频繁且常带有破坏性的社会中，文学创作已属于一种过时的艺术。因此，作家已不存在昔日的权威。从前，作家的话对读者个人的思想和道德都起着至关重要的作用。过去，艾略特、海明威对形成二十世纪初期的舆论起过作用。今天，诸如梅勒、厄普代克、贝洛以及其他所有受到世人顶礼膜拜的权威作家已不会起到那么大的影响了。读过这些作家的作品同时又受到他们作品影响的人也已不多了。

书籍日益被当作新闻报道而不是文学作品在写。新闻报道已经成为我们当今一股非同寻常的势力，而这股势力又已吸引作家开始运用这种形式。梅勒、维达尔和鲍德温已写出了有关越南战争、种族战争的新闻报道式书籍。

有一种惊人的观念认为一切都是昙花一现的东西，而十九世纪的人们却相信永恒的存在。我们生活在这样一个时期，当今巨大的生产力已创造出了一个强烈的意识，即一切都消失得太快了，昙花一现的东西是最容易为人们所理解的东西。永恒的价值的确是不很明确了。难怪现在有了这么一种潜在的绝望情绪。

三月十二日

关于传记文学

在英美文学中,传记一向不受重视。英国文学史上的伟大传记:萨缪尔·约翰生的《诗人们的生涯》,波斯威尔的《约翰生一生》。二十世纪,艾尔曼的《乔伊斯传》与品特的《普鲁斯特传》被视为不朽之作。《萧伯纳传》作者佛兰克·赫里斯甚至以为传记作家在文坛上已在开始取代小说作家的地位。因为现代小说内容的视域愈来愈狭窄,读者不得不去向传记中寻求当年乔伊斯、菲茨杰拉德、海明威小说中所提供的东西。

有的传记作家原来是景仰主人公的,在做了研究工作后对他们的偶像失望。《毕加索传》作者斯塔茜诺波罗斯女士在一篇访问记中说:"我原以为有三位屹立的天才——毕加索、莫扎特、莎士比亚。现在我想只有两位了。"

三月十三日

关于福克纳《我弥留之际》

福克纳是传统道德家(没有一个大师不为此,倡导未来、现代的艺术家多是末流),他的小说是一种现代神话、传奇和寓言。在《我弥留之际》中,主人翁老安斯·本德仑讲了这样一个思想:"上帝造路就是让人走动的:不然干吗他让路平躺在地上呢。当他造一直在动的东西的时候，他就把它们造成平躺的，就像路啦，马啦，大车啦，都是这样，可是当他造待着不动的东西时，他就让它们成为竖直的，树啦，人啦，就是这样的……人老是不得安宁，老是颠颠儿地要上什么地方去，其实他的本意是让人像一棵树或是一株玉米那样待着。因为倘若他打算让人老是走来走去上别的地方去，他不会让他们肚子贴在地上像条蛇那样躺平吗？"人祖本是被上帝安置在长有生命之树的伊甸园中的。可是蛇这个肚子贴地的家伙诱惑得人祖吃了智慧之果，结果人祖被逐出了伊甸园，走上了颠沛流浪的生活之路。上帝的本意是让人像树一样待着的。可是"人的天性就是悲剧性地远离上帝的"。非要把房子盖在路边，颠颠儿地要上什么地方去，于是人就背上了他的大大小小的厄运。

福克纳制造现代神话或寓言的目的，可不是给现代的人类敲响丧钟，而是"提醒人们记住勇气、荣誉、希望、自豪、同情、怜悯之心和牺牲精神，这些是人类昔日的荣耀"。他认为所有这些是超越历史的，不在时间框架之内。"为此，人类将永垂不朽。"

——据《读书》第三期

三月十四日

一九〇八年，二十三岁的庞德前往欧洲。他要用"精炼的字句"取代诗歌创作中"美丽的空话"。叶芝也因他的影响改变了诗风。庞德生活简约、清贫,但对朋友之事一向鼎力相助。因为他,乔伊斯出版了《都柏林人》,艾略特发表了《荒原》。1915年,庞德开始创作他一生中最著名的《诗章》。这是一部庞大、杂乱的组诗,诗中出现了十八种文字。庞德试图用自己的观点重新审度人类文明史。

庞德认为墨索里尼的国家社会主义与自己服膺的"社会信用学说"是一回事。因此,一九四〇年他应罗马电台之邀在电台定期发表广播讲话。一九四一年一月至一九四三年七月,在美意两国交战期间,庞德在罗马电台发表了数百次英语谈话,内容涉及《诗章》,欧洲文学和造型艺术,儒家学说,美国宪法和日本戏剧。

庞德的讲话在美国引起严重关注。结果他被指控犯有叛国罪,罪状达十九条之多。一九四五年春天大战结束,庞德在圣·安布罗焦被游击队逮捕,移交美军,关在比萨集中营一只铁笼里。晚年,庞德追悔未及,他说:"我只希望,我为艺术尽了绵薄之力。"

三月十五日

电视台播放了两次美国影片《乞力马扎罗的雪》,我都看了,其中有一句话是男主人公说的:现在的飞机比过去的马快,可并不证明现在的世界比过去进步了。我没有读过海明威的原作，但相信这是他的话。印象至深。

西方有的城市已在市中心禁行汽车，而使用马车（伦敦汽车穿城比马车慢了）。瑞典在恢复使用风车。逝去的世界令人怀恋。

三月十六日

政治家看到艺术之马，就在盘算着怎样才能把它套到满载他的政治重荷的大车上去。

——米·普里什文《大地的眼睛》

三月十七日

美国诗人杰佛斯

杰佛斯的妻子原是一个律师的妻子，尤娜钦慕杰佛斯的才华，改嫁于他。

杰佛斯婚后迁居加州沿海城市卡慕尔。这里峻山悬崖和汹涌海浪显示了超越时间的原始风光，使他联想到荷马时代伊萨卡的绮丽景色，奥德赛的石岸故乡。他用双手建造了一个具有原始风格的花岗岩塔式石屋，没有自来水和电，他与妻子自耕自种。他崇仰《荷马史诗》，他可能是古希腊诗歌传统的最后一个伟大诗人。

杰佛斯认为人生不是为了寻求安全感，而是为了追求人们难以获得的境界，这样人生才可能尽善尽美。为此必须实践，身体力行。只有冒险才能到达神圣的境界，世界万物将向你展现它神秘的魔力。人不应作待死的恐龙，不应做物质生活的奴隶，人不应是大梦初醒的童婴，要做人生和自然的主人翁。

杰佛斯像本杰明·富兰克林一样，固执地隐居乡间，他同奥尼尔一样责备美国人的拜金主义、权欲和颓废的消费文化。他号召人们远离政治文化的中心——大城市，走向边远的山区、海岸。

三月十八日

写完《现代的孩子》后，读培根随笔，发现他论证了人世许多大的事情，但他唯独没有论幸福。这让我产生了一个强烈的想法，要谈谈幸福。

我想这两文都是在劝世。都源于未对人类失去信心。

三月十九日

读一本小书《列那狐的故事》。它像伊索寓言一样，体现着过去人类的智慧。今天人类似乎不再需要智慧，而只有聪明就够了。人们不肯再想远处的事情，不做"失之东隅，收之桑榆"的事情，人们只要立竿见影。

三月二十一日

海子来。

近中午，用三轮车拉回一茶几，栗色。时十一点三十分左右。海子正在楼下等我，他的神情异样，他开口便说：我差点就死了！他讲凌晨三时曾来过，见室内未亮灯便走了，我问他为什么不敲门（他这一夜已在外徘徊了很久，大概他先去的北面的铁路边，后又来此，然后去了运河，现在他刚从运河回来）。我问他到底发生了什么事。他说事很复杂。我说是否感情上的。他说是，但不全是。我让他坐等，我将车子送回机关，买回一些食物。他坐在沙发上在看书，从书柜中抽出了《金牧场》、《斯特林堡戏剧选》和《红房间》。他可能是强作镇静的，看上去似乎除了有些疲惫与内疚之态，仿佛什么也未发生，他的笑是苦笑。我在厨房做饭（他说已四天没吃东西，现在很想吃。我感到这次事件的打击对他不会太大），不时和他说上几句，他也会从内室走出来和我说上几句，我们的正式谈话是吃饭中开始的。

我拿来啤酒，他说发誓从今后永不喝酒，但这次有死而复归的意义（我深感这样），还是劝他喝一瓶。我问他到底怎么回事。他说上星期在教研室喝酒，醉后说出了许多有关同异性关系的事，醒后大为懊悔。我总的感觉事情已经过去了，但痛苦他仍要忍受，也许是一生，因为这事情对他来说有多严重，只有他最清楚。但死只会是一时的念头，能长久想这个事吗？有许多苦难在诱使你去担当，有许多欢乐在诱使你去享受。

我们谈到死的方式，这是局外人与旁观者式的，我丝毫未意识到他内心可能仍在想到如何死。关键在于死前你意识到要死，这是死的痛苦。他特意提到了美国诗人克罗斯比（见《海子死了》一文）。

我下午还要去学校，准备晚上的讲课。约四点我们出来，约好下周一见，那时Y来，我邀他也来谈谈。他有不好意思回校的表情，他说他在宿舍已留好了遗书。那是四天前的事了。既然他已迈过来，一定是离死神愈来愈远了。这是我当时的潜意识。一切就这样忽略了。海子走时仍提了一瓶啤酒，我说你已发过誓了，不要再动酒，回校会让人看见。他说，他想去北山再独自待会儿，我们在街上很简单地分手了。我告他下周一来。我想他还会什么时候就会跑来。

我隐隐感到，一种责任我未尽到底。我意识中总觉海子还有更亲密的朋友，如西川、骆一禾。这妨碍了我进一步关怀他。因为我想最大的事情他一定会找他们的。

三月二十二日

日不落大帝国英国后来衰落了。英国历史学家考莱利·巴内特的新著《傲慢与衰落：大帝国的梦想和幻想》分析了它的原因。他认为原因在于教育和文化的错误导向。知识分子给予大众的文化观念中，表现了对企业家的敌视和对工业的反感。英国上流社会在现代世界苦苦挽留着"绅士风度"。绅士从不匆忙行事，绅士要消灭竞争，因为竞争意味着匆忙。英国文化鄙视美国文化的残酷、低俗、一切向钱看，憎恶匆忙、拥挤的城市生活，向往乡间的纯朴。如果没有田园诗般的绅士风度，只凭工业社会的智慧也不可能在政坛成功。生活的目的是成为绅士，在维多利亚时代，青年人要学拉丁文和希腊文，要懂得《圣经》。斯宾塞曾抨击所有课程中都删去了商业这个项目，而被人厌恶。

巴内特呼吁，要振兴英国，应把人文主义、自由主义的"绅士风度"扫除干净。我倾向英国的传统作风。竞争并不是生活的最终目的。生活就在每一天中，不是要等到未来的某一天。

三月二十四日

这样的人当然不是自始至终就未想到结婚，这个想法也是后来形成的，他们为了思想而抛弃了情感。这里我只举哲学家：

霍布斯、洛克、休谟、笛卡尔、斯宾诺莎、莱布尼兹、帕斯卡尔、伏尔泰、康德、叔本华、尼采、克尔凯郭尔、桑塔耶那、维特根斯坦。这并不全面。他们为了哲学而独身终生。

三月二十五日

忙于写《论幸福》。

中国资源的极限。土地：平均每年减少二千二百万亩，平均每年有七百二十万亩沙化，照此速度，中国到二〇四二年至多到二〇五六年将丧失全部耕地。森林：按近十年采伐和毁林速度，中国到二〇五五年将失去全部森林。铁矿：如达到一九七七年世界人均钢材消费量，铁矿到二〇五二年将被开采挖光。石油储量二〇一二年即可耗光，煤炭可到二二九二年。

——据《未来与发展》一九八九年第三期

四月

四月一日

罗素是个曾给我很大影响的思想家，主要是他的《为什么我不是基督教徒》和《西方哲学史》。我认为罗素是理想性哲学家即哲学家就应如此的哲学家，非康德、黑格尔式的哲学家。他的哲学是为人的，而不是为哲学的。罗素对人性寄予希望，他自办过一所小学，以实行他的理想儿童教育。他倡导对人天性不可进行任何压抑，应任其自然流露，儿童若生不良之念，也任其宣泄，以免积郁在心，贻害无穷。在这个学校中，学生淘气捣蛋是合理合法受到鼓励的。最终的结果是孩子们肆无忌惮、无所不为，罗素不得不关闭学校。这是一种试验，是理想的破产。人性如河没有堤防便成洪水。

四月二日

今天是星期天，下午收到金起寄来的信，劈头便是："海子死了。"这文字惊天动地，使我毛发高耸。这消息当然是真的，在生死大事上不会有误，尽管我不愿相信。海子在昌平，在我的身边，可我却从城里得到这消息，可想我是多么闭塞，我是多么忽略朋友，尤其是在海子找过我之后。一种未尽责任的负有罪责之感笼罩着我。我马上到政法干院找星竹了解与证实这个消息，星竹对我刚刚知道这个已发生一周的大事感到意外，他提供了细节，也属传闻：海子在青岛某处与火车相对，练气功走火入魔，想试试火车的力量。其他他一无所知。

在我刚记事时，我的表叔也是我的童年伙伴因患大脑炎夭折了，这是我经历的第一个发生在我身边的死亡，我当时抱着一棵树，木然地注视着他的丧事。后来是我的高龄的曾祖母。二十年了，死亡仿佛远远离去，我的亲人都安好健在，我的朋友均年轻，我对死亡非常陌生。今天它悄然在我面前展现，这么突然。

四月四日

心情阴郁，那块死亡的阴云依然浓重。同Y到复兴路科技日报社，与杨磊、夏彦会面。《科技日报》在一幢混用楼里，编辑部占据一宽敞的大厅，各部在木制格子里办公，声音混在一起，一种报社特有的信息传递的气氛。

谈到了海子。夏彦约我写一篇关于海子的文章。

四月五日

当代科学的六大悬案

外星人之谜；黑洞之谜；引力波之谜（一九一六年，爱因斯坦从理论上证明，引力是一种波动过程）；第十颗行星之谜；元素极限之谜；人类进化之谜（在猿与人类之间还有一个缺环，应有一种"类猿人"的过渡，不是类人猿）。

四月十四日

同王军钢去皂君庙社科院宿舍骆一禾家。这是约好为海子事谈。下午三点到，西川也在。他们两人我两年前在海子宿舍见过，后一直无机会来往。变化似乎很大，不修边幅、发须过长，面上西川苍白，骆一禾黯淡，思无节制、不注养生的近似病容。无疑他们仍在为海子痛苦。

我谈了三月二十一日海子来找我的细节，二十一日后海子并未和他俩见面，骆一禾讲海子二十四日可能去过火车站买票，二十五日凌晨离校去山海关，二十六日晨五时半在山海关卧轨，他选了一个火车爬坡的路段，他死得从容，身体完整地分为两截，眼镜也完好无损。他死前说自己出现了幻听，他留在校里的三份遗书中一封给父母，一封给骆一禾，嘱遗作由他处理。他在卧轨前又写一遗书，简单两句话：我的死与任何人无关。

遗作由骆一禾处理。他的胃里很干净，只有几瓣橘核，不知他又几日未食。

我们又谈到海子的诗，我说从感觉上，从倾向上我喜欢他的诗，也许某些方面我们有共同的地方（乡村大地情感，单纯的气质），国内诗人中海子是我喜欢的少数几个之一。我说正如他常称那些夭折的诗人为王子，我在文中想称他为"诗歌王子"。骆一禾说不止，海子位列国内前十个诗人之内。海子曾计划出资一千元，自费让一学院剧团上演他的剧本，后作罢。他听说"幸存者"协会是中国对诗歌具有重大贡献的诗人才可加入，经过努力他真诚地加入了。但有些诗人似乎轻视海子的诗。在诗会上对他的诗给予漠视。为此海子是痛苦的，他在骆一禾面前哭过，孩子气的。他太看重那些长于他的诗人的看法，那是些"朦胧诗"的幸存者。

骆一禾说海子和上海的陈东东具有点石成金的诗歌力量，他去西藏看见路边的野花说：这是我路边的野妹妹。我们谈到浪漫主义问题，共同认为这不是编年史、文学史意义上的十九世纪浪漫主义，而是一种理想倾向，一种与人类共时日的理想主义。我谈了同海子三月二十一日见面时对他说的：我本想以"最后的浪漫主义者"为题写你，但看了你的诗剧《太阳》，我感到戏谑的成分大于崇高，让我有些失望。海子死后，我重看了《太阳》，发现我那时的感觉是错的，海子还是严肃的、富有使命感的。我们为他惋惜。

四月十五日

昨天《北京青年报》以《青年诗人海子卧轨殉难 北京诗人为其募捐》为题,报道了海子的死讯。这是我见到的第一家报道该事的报纸。

"未满二十五岁的年轻诗人海子(查海生),在对诗歌艺术追求的痛苦之中于今年三月二十六日于山海关附近卧轨殉难……"这是报道的语言。作者:王俊。

四月十六日

礼拜日。上午十点读写后去爬断崖,这是一座小山的人工断崖,采掘石灰原料所致。崖高二三十米或更高,总之很容易。登顶是为了看看大地。遍布新绿。大地要有,山峦要有,江河要有,海洋要有,森林要有,草原要有,沙漠要有。现存的一切,已深深注入我们意识的一切,什么可以缺少呢?

爬崖时我想到了海子,站在顶上看着一列火车我想到了海子。从生到死的路是世界上最短的路。

四月十七日

昨天将床由南北方向摆到了东西方向,这是看到报上头朝东睡更利健康所致。今早醒来并未感觉更好，反而有些不惯。但我早就应想到头应该朝向太阳的方向。

四月十八日

读《诗人哲学家》。在早夭的浪漫主义王子行列中还要列上诺瓦利斯，他只活了二十九岁。卢卡契说："诺瓦利斯是浪漫派中唯一一个真正的诗人。……他的生活和作品构成了一个不可分割的整体，作为这样一个整体，它们是整个浪漫派的象征。"哲学家胡赫说："他把哲学定义为一种乡愁，一种四海为家的渴求，他自己就是这样一个哲学家。"

诺瓦利斯生于一七七二年五月二日。席勒是他的精神导师。他认为宗教和诗是二而一、一而二的东西，他说："诗人和教士起初是一回事，只不过后来的时代将他们分开了，但真正的诗人永远是教士，就像真正的教士永远是诗人一样。未来时代难道不应该重建事物的这一古老状态吗？"他认为，历史的发展使人陷入深深的矛盾和困境之中，通过与神的结合，人才能从中解脱出来。

四月二十日

二十世纪是人类充分享受技术带来的物质成果的时代，是放肆纵容感官肉体的时代，是朝尝肉夕可死的时代，是再也不愿为信仰、信念、精神付出一点代价的时代，是没有英雄、男子女气的时代。

"鄙俗的物质主义镇压着思想，阻挠着政府与个人的行动，社会在乖巧卑下的自私自利中窒息以死，人类喘不过气来。——打开窗子吧！让自由的空气重新进来！呼吸一下英雄们的气息……跟着他们走吧！跟着那些散在各个国家、各个时代、孤独奋斗的人走吧。让我们来摧毁时间的阻隔，使英雄的种族再生。"这是伟大的罗曼·罗兰六十多年前的呼喊！

四月二十一日

自四月十五日下了第一场不算很小的雨后，今天又下了一场持续很久的中雨，这雨落地有声，汇聚成流，就像一场夏雨一样。这在我印象中的春天是罕有的。农民会称今年风调雨顺。但在今天，新一代的农民中已很少有人关心自然气候了。

四月二十三日

礼拜日。上午读了一会儿《劳伦斯散文选》，十点后去断崖。今天我选择了另一处较上次难爬的落脚点。我在下面目测是可以由此登顶的，满怀信心。到了半途，难度大增，我陷入进退两难的境地，但仍然前行，我已经爬了三分之二的路程，顶上愈来愈显得不可能爬上，我止步了。后退是不可能的，向上再爬危险远远大于安全，我被困在了壁上，动弹不得。我开始绝望，幻想救援。远处的眼睛可能在注意着我，我疯了吗？为什么来找死？窘态使我更加紧张，我的腿在发软、打战、乏力。我强镇静自己，开始一步一步试探着后退，岩石有些松动，草木稀疏，这是一次真正的历险，平生最大的历险。我不相信我还能踏到平地上。其实，这断崖是完全可以爬上去的，胆怯还是阻止了我，如果那段没有跃过的断壁在平地上，这没有问题。只是因为那不能允许的可能的失败、不能允许的第二次。

历险，使我精神焕然一新，仿佛大大拓宽了我生活的区域，使我获得了对极端、对可能、对非常的丰富感觉。

四月二十五日

黄子平在《读书》上谈几篇写老舍、傅雷之死的小说：汪曾祺《八月骄阳》，苏叔阳《老舍之死》，陈村《死》。他列举了域外马雅可夫斯基、法捷耶夫、杰克·伦敦、海明威、茨威格、弗吉尼亚·伍尔夫、川端康成。"文革"中中国作家的自杀者：老舍、傅雷、邓拓、吴晗、以群、闻捷、海默、杨朔、翦伯赞等。他是小说评论家，故以小说家为主，他未提那些诗人。

四月二十八日

高尔泰与北岛的对话

高尔泰：所谓诗无非是要用自己灵魂的力量，去震撼别人的灵魂。用自己的激情的热度，去点燃别人的激情，凡能做到这一点的，就是优秀的诗人。

北岛：但是作为一个诗人，总应该给艺术本身增添一点色彩，给诗的王国增加一分财富，把诗的历史向前推进一步，才谈得上优秀。

高尔泰：任何王国都只能建立在现实生活的土地上。任何历史，都只能是人类进步过程的一部分。诗的王国和诗的历史，也不例外。

北岛：但是诗的追求不是实用主义的追求，诗的目的和诗的理想应当比现实生活中的目的和理想更高。

——《青年作家》一九八八年第十二期

四月二十九日

昨日收到《科技日报》，时正送孙祖逊下楼。写海子之文原名《我的悲哀》，编者夏彦改为《海子死了》刊于四月二十五日。题目改得好，文中删去的几字恰当，仿佛是我做的一样。感谢夏彦！

夏彦信中说，本希望我多分析一下青年诗人的死因，可能因为害怕。不是这样，当时一种失责的内疚感强烈地左右着我，在这有限的文字中，我只侧重记述同他二十一日见面交谈的情形，表达我的悲哀感。

四月三十日

西方思想界一般公认，二十世纪的西方自由主义思想大体可以四本经典为代表，即卡尔·波普尔的《开放社会及其敌人》，哈耶克的《自由宪章》，伯林的《自由四论》，罗尔斯的《正义论》。古希腊谚语"狐狸多机巧，刺猬仅一招"，由此，西方文史哲各界分出"刺猬型思想家"和"狐狸型思想家"。一类是追求一元论的思想家，另一类则是承认多元论的思想家。但丁、柏拉图、卢克莱修、巴斯卡尔、黑格尔、陀思妥耶夫斯基、尼采、易卜生、普鲁斯特等是程度不同的刺猬；莎士比亚、希罗多德、亚里士多德、蒙田、爱拉斯摩、莫里哀、歌德、普希金、巴尔扎克、乔伊斯则是狐狸。

价值多元，选择自由，似为真理，但在人类社会中，价值多元论真正为人接受的情况从来是极为罕见的，人类在一般情况下更愿意接受价值一元论的生活方式。"因为价值一元论及其对一个单一标准的信仰，总是能给人在理智上和情感上都得到最大的满足之情。"（伯林语）。价值一元论向人类允诺总有一天能够实现一切价值。所谓"一元",并不是说它只要一种价值而不要其他价值,而是说它认为只要实现了某种价值,其他价值也迟早都会实现,主张人类多种价值之间的不矛盾性、可相容性,"大自然已经用一条牢不可破的铁链把真理、幸福和美德都结合为一体"(孔多塞)。价值多元论强调,各种价值之间乃是彼此冲突、相互抵牾、难以调和的,因此,实现某一价值几乎总是会有损于其他价值,韦伯强调:一事之所以为美,恰恰因为其不美不善,真善美是相分离而非相统一的。

历史最大的吊诡在于:价值一元论越是追求真善美的统一,实际上却常常造成越多的假丑恶;越是坚信它能实现一切价值,却反倒连基本的价值都遭践踏;越是宣称它正在建立"地上天国",却往往越是造成人间无数的悲剧与苦难。价值一元论的行事原则为"不容异说",成为专制暴政的根本基础,价值多元论的行事原则是能"宽容谅解"。

——据《读书》一九八九年第六期

五月

五月一日

回故乡。无论选择什么样的路，总会在什么地方遇到汽车，这是我极力避开的家伙。麦地整齐，有时我想，化学肥料，是麦果吸吮的毒素。新农民把耕地变成了负担，他们体会不到父辈农耕中的幸福感。

在家中帮助垒墙。任何对身体的人工锻炼也没有劳动舒适。

夜晚想观察星星，不知是气候的晦色，还是污染，天色不太清晰。

五月三日

上午去政法大学新校，同去有耿国才。

来此主要是要完成对海子的责任。我将《北京青年报》登的海子死讯与《海子死了》一文粘在一起贴在了墙上，即刻有人围拢过来。为了让海子工作单位的人员了解海子的死因。这里传闻海子是因精神错乱而殁的。

五月五日

今天立夏。多么敏感、亲切的词汇。我现在觉得这周围的自然，这适时而至的季节已面目全非。而"二十四节气"的名称更使我感受出季节的本色和完整，它们一个个诗意的名字。未来的季节也许只有它们才能使我们回忆起。

五月六日

读一本小书《里尔克》。我曾伫立黑龙江南岸向辽阔的俄国瞭望。

我在这本书里看到里尔克的话："我赖以生活的那些伟大和神秘的保证之一就是：俄国是我的故乡。"里尔克理解的故乡：故乡是一种以启示的形象出现的，始终处于被感情奉为神圣的状态之中的存在整体。他看到的俄罗斯：

"在伏尔加河上，在这平静地翻滚着的大海上，有白昼，有黑夜，许多白昼，许多黑夜。这浩荡宽阔的大川，一边岸上耸立着高入云霄的森林，另一边岸上平躺着荒原，在这片深凹的荒原中连通都大邑也不过像茅屋和帐篷一样。原有的一切度量单位都必须重新制定。我现在知道了：土地广大，水域宽阔，尤其是苍穹更大。我迄今所见只不过是土地、河流和世界的图像罢了。而我在这里看到的则是这一切本身。"

从漠河乘船沿黑龙江东下，直到东端，这是我的梦想。在近年内我将实现它。

五月七日

分离的国度：诗歌与民众　米沃什

我一向自认为是一个与外界隔绝的诗人，一个有着一定的狭小的读者群的诗人。而那样的人一旦像歌星或者足球明星那样赫赫有名，将会发生什么事呢？一些严重的误解自然就产生了。无论是所谓的恶魔诗人，还是在各国语言中开拓现代诗歌疆土的诗人，他们都不会穿上夜礼服，到国王的招待会上发表一通演说。

要我变成一个爱国主义诗人，一个歌手，这使我特别感到别扭、不自在。不知怎的我不想成为那样的人。我曾以各种不同的面目出现。只有很少的诗人才享有如此之多的外形。当我自己发觉是个流亡者，并且写了散文集《被禁锢的头脑》时，我的诗歌几乎湮没无闻。没有人知道我曾经是个诗人。

五月十日

约翰·罗尔斯的《正义论》我在书店见过，未买。读了谢××的介绍，有了大略了解。书中认为，道德发展有三个阶段：

权威道德、社团道德、原则道德。权威道德乃是儿童的道德,儿童的景况使他们没有能力去估价那些有权威的人告诉他的那些准则和命令的正当性;社团道德是平等的道德契约,它立于伙伴关系,淡化了权威道德的非理性,这是公平竞争的心理基础(而在权威道德看来,公平竞争、机会均等则是对权威的亵渎和冒犯,是对秩序本身的挑战,是破坏社会稳定)。而在原则道德这"精神领域的法制状态"下,权威道德赖以存在的具体人格,社会道德赖以滋生的抽象人格,统统退居幕后,人们于此将道德信念和终极期待结合了起来,完成了道德升华。这种高级道德是与孝道、与对权威的依赖不相合的,但它却是一个现代社会的重要标志(正是权威道德滋长了不受监督的腐败,而想以权威去消除腐败,则无异于缘木求鱼)。

谢××曾问一来自英国的中国通:"阁下以为中国综合性的病根何在?"答:"我看中国人养育孩子的方式有问题(即权威道德的后遗症)。"英国人把孩子当作小绅士对待,而中国人把孩子当作宠物看待,很少把孩子当作"具有平等对话资格的人"来对待。我们的爱欲是针对那种永远长不大也不希望它长大的东西而发作的。我们的爱始终是权威对被保护者的爱,如果后者胆敢表现出一丝独立性,权威者的爱也就徒然消失了。被保护者仿佛得到了照顾,但这些"关怀"实际上要价极高——他得无条件服从权威的意愿、安排、生活方式,甚至审美的风格。这种成人与儿童的关系模式并不截止于青春期,而是贯穿人的一生和民族的不幸历史中。"伦"的原始义正是指辈分长幼，而"伦理社会"的要义之一，即是以年龄作为检验真理的标准，它渗到整个公共关系领域。这种方法永远是单向性的：领导者→被领导者；老人→青年；尊→卑。为什么这个伟大的民族会屈尊于这荒唐思想下如此之久？这种无限延伸的权威道德应负有不容推卸的罪责。

五月十一日

粉碎"四人帮"后思想战线两个司令部，一个是两个"凡是"：

"凡是毛主席做出的决策，我们都坚决拥护，凡是毛主席的指示，我们都始终不渝的遵循。"这是一九七七年二月七日以《人民日报》《解放军报》《红旗》杂志名义发表的社论《学好文件抓住纲》中提出来的。

当时任中组部部长的胡耀邦针锋相对地提出"两个不管"：

凡是不实之词，凡是不正确的结论和处理，不管是什么时候，什么情况下搞的，不管是哪一级，什么人定的和批的，都要改正过来。

一九八〇年二月十二日"剧本座谈会"上，胡耀邦宣布："我们党发誓：永远不能把作家打成反革命！"

五月十五日

"寻找美国的诗神"　罗伯特·布莱

作为一位美国诗人，对我来说，意味着多年的混乱、错误和自我怀疑。混乱来自不知道自己究竟是在用美国语言还是英国语言写作。更确切地说，不知道能在自由诗中保留多少乔叟、马维尔和济慈的音乐魅力。不知道如何生活，甚至如何谋生，这就产生了错误，自我怀疑则来自在小城镇居住。

一天，当学一首叶芝的诗时，我决定此生从事写诗。我认识到一首短短的简单的诗能容下历史、音乐、心理学、宗教思想和情绪、神秘的臆测及一个人所遇到的人物和事情。

大学使一位教书的诗人成为依附者，但也是一位特殊人物，这就更糟了。这位诗人看见的主要是学生，他的寂静不断受到干扰，说得多而写得少。学校则搅乱了诗人应当付出代价这个问题，而为诗人设置了保护层。它欢迎作家，但用以平衡的方法是使作家免于经受他们的先辈诗人们，如惠特曼、弗罗斯特所不可逃避的经常性的、重大而侮辱性的挫折。

假如一个人想在这个国家成为一个诗人，而且保持这个身份，他不能依靠他的同等地位者，而必须想办法从先辈那里获得营养。我每天仍读叶芝，然后就是布莱克和乔叟，《贝奥武甫》及贺拉斯，在北美诗方面我愿意将我的诗定调在惠特曼和弗罗斯特之间。

我大学毕业后,在纽约过了几年,然后在艾奥瓦大学的作家培训班待了一年,这以后就迁到农村。我选择农村不是出于浪漫色彩的原因,而是因为在父亲的农庄我可以白住房子。但最近我认识到住在一个不需要你、不敬重艺术的城镇就一定会产生自我怀疑。叶芝说有时他会和自己争辩,并且"不知多少次好奇地想到自己原可以在/一些人人能理解和分享的事物中证实自己的价值"。为了增加收入,我每年要离家外出三个月,一月、三月及五月。目前我的生计是教小班课……我教童话,有时教布莱克的诗。背诵童话对日后的写作很有好处。

恪守诗的训诫包括研究艺术、经历坎坷及保持"蛙皮"的湿润。

五月二十七日

> 我们所有探索的终点
> 将到达我们出发的地方,
> 并且第一次真正认识这个地方。
> ——T.S.艾略特《小吉丁》

哲学诗人,恍然大悟的诗,体会最深。

亨利·卢梭,收税员。"创作者必须获得完全的自由才能在思想上达到美与善的境界。"卢梭一生未远离巴黎,有人说卢梭,"他没有发现新大陆,他生来就住在新大陆"。

六月

六月三日

（《参考消息》今日报）六月一日塔斯社电：今天的人民代表大会仿佛成了"文学家之日"。上午几个作家发言后，下午叶夫图申科又发表讲话，他提议对苏联宪法做数十处修正和改动。他呼吁人们不要在相互之间寻找敌人，因为人类有许多共同的敌人——核战争的威胁，可怕的自然灾害，民族冲突，生态灾难，等等。他十五分钟的发言多次被全场的掌声打断。

如果全世界的政治家都具有诗人精神，人类的事情会好办。

六月五日

诗人言论

本·琼生："莎士比亚缺乏技巧""邓恩在某些方面是世上第一诗人""莎士比亚（作品里）空气太多"。布莱克："培根的哲学毁了英国。培根只是另一个伊壁鸠鲁""培根的哲学使得政治家和艺术家都变成傻瓜和坏蛋""一个在心里找不到任何灵感的人不该斗胆自称艺术家。……一个在心灵和思想上从不走上天的人不是艺术家""在华兹华斯身上我看到自然人经常同精神人作对，因此他不是诗人"。济慈："诗人在生活中最无诗意，因为他没有一个自我,他总在不断提供内情,充实别人""我知道什么品质能使人有所成就,莎士比亚多的就是这一品质。我指的是'消极感受力',即有能力经得起不安、迷惘、怀疑,而不是烦躁地要去弄清事实,找出道理。……对一个大诗人来说,美感超过其他一切考虑,或者说消灭了其他一切考虑""如果诗来得不像树上长叶子那么自然,那还不如干脆不来"。

七月

七月一日

读《"这个世界最需要爱"——读刘小枫〈拯救与逍遥〉》何光沪,《读书》一九八九年第六期。

所罗门在耶和华答应满足他的任何请求时,只提了一个请求:"求你赐给我敏于感受的心!"

在"世俗化"的现状,但丁式的宏富想象力,同堂吉诃德式的不妥协精神一样久违于人世了。生活在作为"炼狱"的此世之中的人们,既不思天堂,也不想地狱,沉溺于但丁所谓"炼狱七大罪过"(傲慢、嫉妒、愤怒、怠惰、贪财、贪食、贪色)之中。

坚信终极救助,仰望那只要有心总得依赖的绝对价值。

自由的定义就是选择的可能,一个物种若无选择行动的可能,就是没有自由,就不能称为人类。一个生来就被"安装"有某种只能"为善"不能"作恶"的"基因"的存在物,不能叫作"人",而是一种傀儡,一种机器,它在本质上完全无异机器"人"。再说,未经自由选择的,"被注定了的"行动,是谈不上善,也说不上恶的,因此,我们并不赞扬或谴责。善之所以可贵,恰恰在于它是在能够为善也能作恶这两可之间做出的自由选择,而恶之所以可鄙,原因也一样。世界的"好"在于它的丰富，而不在于"一尘不染"（没有任何痛苦）。很多人却根据世上充满这些"苦难"来否定神圣存在。

济慈说："世界是造就灵魂的峡谷。"一个好的世界，不是一个舒适的安乐窝，而是一个铸造高尚灵魂的场所。没有不义，哪会有正义感和仁爱心。既无儒家所说"仁义礼智信"，也无希腊哲人所说"正义、谨慎、节制、坚毅"，更无任何基督教所说"信（信仰），望（希望），爱"，那还有什么高尚的灵魂可言？有的只是赫拉克利特所言"在污泥中取乐"的猪。充满苦难的世界之所以被称为"一切可能的世界当中最好的一个"（莱布尼茨语），乃因为它的纷繁丰富，可能犯罪的人之所以被称为"宇宙之精华，万物之灵长"（莎士比亚语），乃因为人赋有自由和精神。利用自由去选择毁灭与自我为中心，就是向空虚的低级存在的堕落；利用自由去选择创造与普遍的爱，就是向充实的高级存在的上升，就是精神之升华，就是走向永生！这后一条道路，便是真正否定苦难的道路，超越自我的道路，精神圣化的道路。

七月三日

读《当代世界政治理论》。

在非马克思主义的社会主义者中，有萧伯纳的名字。萧伯纳认为资本主义不道德因为它把金钱变成世界上最重要的东西，而把贫穷变成最大的罪恶。他本来信奉非暴力主义的渐进主义哲学，但他又赞赏马基雅维利的为了目的可以不择手段的学说。他维护墨索里尼用铁腕手段杀害马蒂奥蒂和流放成百知识分子和民主分子。他为希特勒的暴行辩解，对斯大林的集体杀戮、清党和迫害拥护，他否认人民有能力自治的民主信条。

　　加拿大摄影家卡什为萧伯纳摄过一张很有文豪风度的像，我有个复印件，为了他的生活节俭，我将像贴在了墙上，现在看了他的政治主张，我将像取下。

七月四日

　　罗素说："三种单纯但极其强烈的激情——对爱情的渴望，对知识的探寻以及对人类所受苦难的难以忍耐的怜悯——支配了我的一生。这些激情，像阵阵飓风，吹得我忽东忽西，难以把握，仿佛置身一片深深的苦海，到达绝望的边缘。"

　　"……这就是我的一生。我认为我的一生是值得的，如果天赐机缘，我将欣然愿意再度过这样的一生。"

　　　　　　　　　　　　——据《值得度过的一生》

七月五日

　　"我的引导者是我母亲的声音与我在十三岁时的头脑。十三岁是个很具戏剧性的年纪。这个年纪好似牢笼:性欲冲动的突临隔绝了童年,但是剩余的孩子天真仍保持了与未来生活间的距离。当然,那种剩余不久就消失。责任与良心前来宣布,从此以后,我们必须以我们对别人的行为作准。"

——[美]新"神秘"作家哈罗·布劳德基

"人生中真正的要务就是生活本身,没有人会怀疑这一明显的事实。我们把我们每一天的每一分钟都给予了的那种东西叫作生活。搞清楚那样生活是所有知识的最终目的。"

——[英]詹姆士·里德《基督的人生观》

七月六日

应该每日拿起笔,应该让这习惯像洗脸一样,不会放弃。杰克·伦敦规定自己每日必写出千字,海明威天天用打字机打下五百字,以刺激写作的思路。完成任务,才心安理得。

七月八日

"我们从何处来"似乎已不那么重要了,"我们向何处去"是要紧的。美国未来学家在《未来心智:人工智能》一书中讲,人类要想保持既定的主宰权,避免失掉对现代技术产物的控制,必须与现代技术共同进化,人体技术是必然的进化方向。人体与技术的融合应成一个集成体,人与这个集成体的关系就像颜色与玫瑰花的关系,你可以分辨它但不可能分离它。任何新技术的目的都是为了增强人类的心智与体能。在过去的漫长岁月里,人类使用了大量外在技术,而其他动物则拥有自己的内在技术。例如,有些蛙类能释放出化学物质,击退蜥蜴的袭击,它们把防卫技术携带在体内,而不像人类带着枪,动物依赖内在技术存活下去的本领远比人类为高。人体技术化就是把最好的外在技术植入人体,使之成为本身机能的一部分(科学家预言:到下世纪初,除大脑和中枢神经系统外,主要的人体器官都将有人造代用品)。

十月

十月一日

　　节日，回故乡。

　　上午读书，给 S 和 Y 写信。住宅区有新婚的鞭炮声，松弛的节日气氛。

　　下午骑车去乡下。田野斑斓，收获与种植并举。一片未熟的玉米地，一片抢种出的麦地，有的麦苗已出土。秋天容纳下的无比丰富。今年秋季阴天雨多，以致玉米晚熟，为不误农时种麦，农民不得不将籽粒鲜嫩的玉米收下，这是不小的损失。回到老家的院子里，便有一种还原感，身心舒展开来，做人不再需要代价了。饭食香甜。看到祖母在院子中拄杖走动，她的这变化迅疾的衰老，使我心里痛楚。当我递给祖父海棠时，他称牙齿已不行了。衰老的速度是启程的车，不是匀速的。我只能正视这一自然现象，我只有珍视每次同他们的见面。

　　国庆，天安门广场群众联欢晚会、焰火，邓小平等领导人坐在天安门城楼上。这是新中国的四十年大庆。

十月二日

　　上午走出村子。阳光不那么明亮，仿佛庄稼已收获，木草已结实，阳光可以收回了。太阳也正如即将远行的人，在匆匆打点行装，无暇顾及其他。

农民一年两次大忙碌。夏季收麦植玉米，秋季收获玉米种上小麦。我走进一块荒田，它如同田地中的一个岛，农民和机械远远地在它的四周操劳。鸟飞进来。麻雀和喜鹊，它们都是长年的留鸟。还有的鸟声音好听，但我叫不上名字。植物都结籽了，样子令我激动。结籽后的植物都很静穆、安详，它们的表情同人类做成一件大事情时一样。农民与植物的心境是一样的，他们的辛勤已经因收获而得到补偿，年年如此。而我仿佛悬空，没有这种踏实感，我已把自己寄托出去，最大的收获需要等到晚年。

我是个有闲者，因而出来欣赏田野。农民每一次走出村子绝不是为了欣赏，他们无法将自身与田野分开，他们出来便是田野的一部分。我欣赏田野也是在欣赏、赞美农民的劳动。

十月三日

重新读布莉克森的《我的非洲农庄》。这是一本引人入胜的书，它的作者的生活便富传奇色彩。第一次读时，到五月而中断了。

当我们了解了土著人后，就会看到文明人已堕落到了什么地步。布莉克森为我们做了一件伟大的事情，她对土著人的熟悉就像熟悉她的孩子们：

"如果土著们曾经给过我们哪怕是最微小的爱和尊敬的话，那种爱和尊敬的方式也是和他们爱上帝的方式相似的，爱的原因绝不是因为我们为他们做了什么事情，而是因为我们这些人本身是值得爱的。"

（晚S打来电话，很高兴。）

十月五日

没有哪一年像今年这样，有这么多伟大人物离开我们。西班牙画家达利，奥地利指挥家卡拉扬，美国传记之父欧文·斯通，比利时小说家西默农，美国诗人沃伦。他们死去了，这个世界得以增添什么的可能随之中止。他们把自己拿了出来，因而将永远活在这个世界上，和一代一代人相识。

十月六日

柏拉图死后，他的学生亚里士多德写了一首悼亡诗：

> 在众人之中他是唯一也是最初，
> 在生活中与在作品里，
> 他都清楚而又明白指出，

唯有善良才是幸福，

这样的人啊，如今已寻觅无处。

仅仅一代之差，亚氏就得出了这样的结论，大概每个时代的人都会有今不如昔的感叹。

"唯有善良才是幸福"。我欣赏和赞同这句话。

十月八日

同横舟进城。老愚（高晓岩）要结婚了，准备给他买一件礼物。礼物是一件竹编品，古代制品樽形，精致、大气、典雅，很合我们意图。

买了两本书：《科学史》和《生存之路》。《生存之路》是讲人类生存的基础（土地）和环境的。看它的目录题目"大地的回答""大地给人的能""人类的想法""狮子和蜥蜴"等，就觉得这是我需要的书。海子生前曾抱怨，没有一本真正的描写大地的书，我想他如果见到这本书会满意的。

老愚的女友，也是那种招人喜欢的女孩，他们看上去很幸福。老愚是个无城府、不做作、坦率热情的人，对文化热爱，天性自由，鉴赏力高，富于修养，编辑是他最恰当的工作。谈到了《上海文学》第九期刊了海子诗和骆一禾、陈东东写的关于海子文，《文艺报》未发讣告，忽略了一个天才，天才的抒情诗人海子，他的死是一种必然。

老愚送给我们他编辑的书《权力的祭坛》。

十月九日

俄国诗人勃洛克讲过这样一段话："谁是诗人？是用诗来写作的人吗？当然不是，他用诗来写作是因为他是诗人。"

先有天空，然后才会结出星星。

十月十日

与吴文达、刘瞬骊去中外产品报社。

在编辑部闲谈时，Y用吉卜赛扑克给我算了一卦，我将结论记于下：

财运：若太注意他人的眼光，财富就会悄悄溜走（恰当。这里"财富"不应仅为钱财，还应包括其他，如爱情）。

今天的运气：重视灵感，将成为你成功的开端（可信。主要指写作）。

婚姻：你有独特的魅力，婚后可以保持新鲜感（很有可能）。

爱情：曾有个快乐时光，可能有婚约赠物（不符。它降低了全卦可信度）。

命运：让人联想到冒险，小说中的波涛人生（可能，因为我是诗人）。

旅行：曾有意外事件，不要立刻去旅行（像答非所问那样）。

交友：要产生爱情，最重要的方法是付出爱心（文字虽青春化，但是真理）。

职业：虽缺乏创意，却有处理事物的才干与能力（准确，因为职业只是我的职业）。

这是一种娱乐，我称它为趣味。如果再算一卦，结果会不大一样。今天Y喝多了些，我第一次见他这样动感情。不知是我承受力更大，还是我并未承受什么，我感觉Y在生活中承担的比我大得多。

十月十一日

学校组织去天安门广场。进广场需持县团级所开证明和身份证方能领票。游人的数量与广场相称，如果平日也会这样，那么中国人口会适中。花坛未撤，节日的痕迹。戒严士兵不断巡逻。

劳动人民文化宫举办书市，由东侧门入内。展家很少，只是城区的几个书店。买《图像的威力》《西塞罗文集》《一个艺术家的宗教观——泰戈尔讲演集》。其他老师登了城楼，我未上。

十月十三日

我注意了几年了，每年秋末办公室内都要飞进一只马蜂，我不知为什么只是一只，它是如何与巢失去联系的，它飞进室内仅仅是为寻求温暖吗？也许它的家园已被捣毁，也许在最后的寒冷即将来临之际，那些完成了自己使命的生命便各自寻找自己的死亡之地。它通过窗飞了进来，但又渴求飞出去，它在窗玻璃上找寻着出处。它柔弱地在这里飞着，你丝毫不必担心。我注视着它，它本来应被阳光、空气、林地、花草容纳，它在这里仿佛都带着那自然的植物世界，因而我没有帮助它。当我再次寻找它的时候，它的尸体已停在了窗台上。

十月十四日

读威廉·福格特的《生存之路》。

所谓物质文明的进步，几乎普遍被认为有利于人类。然而，人的神经系统却为此而付出了高昂的代价。火、斧头、犁和火器是我们现代文明的四种基本工具，但它们却使许多土地最肥沃的地区负载能力几乎降到了戈壁沙漠和西伯利亚冻原的水平。工业化的谬误。人类用来为本身加油的一切能量都得自太阳。我们之所以会陷入这样的困境，其主要原因之一是我们自古以来很少把人类也看作是其环境的一个组成部分。文明人给它的环境造成的危害最大的影响是破坏了水分循环。破坏水分循环的第一步是摧毁植被。以农作物代替自然植物。人类是依靠破坏其生存所必不可少的环境而生活的唯一已知有机体。寄生虫也有同一趋向，但是它们的破坏由于缺乏智慧而受到限制。大地的中庸之道。从理解乡村上得到纯理智和情感上的满足。

十月十五日

今天是昌平秋季交易会最后一天。下午四点，我想上街看看，看看市场，看看被市场这块磁铁吸引来的四乡农民。我也要随机买一些日用物品。

十月十六日

我忽然有了这样一个念头，它同诗人马修·安诺德的主张有相似之处。安诺德认为教育的中心应是传播"世界上想过和说过的最好的东西"，其中心即是文学。他相信高雅文学能够降低庸俗势利，提高社会的文明格调。我想象不出有史以来的伟大作家和作品在减少人类恶与庸俗上，发挥了多大作用，但我想象得出若这世上没有作家与作品，恶与庸俗会嚣张到什么程度。

十月十七日

　　如果还有比节日更好的日子，就是今天。

　　风和日暖的秋日，S陪我回老家看祖父母。原野丰富的色彩若都市丰富的人群。秋天仿佛包含了四个季节，它的收获后空旷的田地像冬天，它的青麦和小块菜田像春天，它的色彩的热情和夏天的温暖一样。早落的叶子星星点点，自然在体现着它的大循环。无论什么时候都不应把走路当作赶路，这样路程就会是一种享受。不要忽视这大地呈现给你的东西。

　　叶和果是短暂的，树干长久。稻田能不给你黄金，玉米则想到太阳，粮食的由来。劳动的补偿。全部的生活艰辛与人生乐趣。没有理由不在你的有生之年看看与你同时代的各种事物，当你有这样的意识，没有任何事物是与你无关的。晚秋的天空已不引人注目，失去了原色，整个天空像一个湖，岸边浅，渐渐深向中心，秋天的天空中央最蓝。

　　院子里挂满黄灿灿的玉米垛，使这旧屋、树荫和满地残留的雨意氛围中的院落亮亮堂堂。祖母满脸笑意，我想我们的到来，亮到了她的心里。S真切自然，毫无紧张之感。我的祖母不会让人产生紧张，任何人从她那里都将会感到慈祥、热情、深厚的长辈爱意。乡村生活的一切都令S感觉新鲜，如果不是自然而然的拘束，S会将这种心情充分地表现出来。枣子挂在树上，中午的玉米饼饭，燃烧的灶火，田野景色（并不出色），尘土飞扬的乡村大道，雅姆的诗，富丽堂皇的农村新房，可爱的令Ｓ怜爱不肯释手的小白兔，归程的分歧，任性的脾气，田野的芦荻，水渠溢出的泥水，归程时对环境的忽略，终点的如初。

十月十九日

匈牙利"旧党"社会工人党与"新党"社会党党章比较：（A与B）

党的指导思想：

A. 指导党行动的是马克思列宁主义、无产阶级国际主义以及为工人阶级和劳动人民服务的思想。

B. 党是毫无保留地接受人类发展普遍价值——人道主义、自由、民主的马克思主义思想的政治组织。它是社会主义的共产主义运动经住时间检验的那些传统的继承者。它把团结、社会公平原则、尊重创造价值的劳动视为自己的原则。它愿以自己的活动为全民族服务。

党的目标：

A. 党的最终目标是建成共产主义社会。

B. 党的目标是民主社会主义社会。

十月二十一日

在乡下崔村上课,早晨醒来走出房门,一个现象使我惊异。夜里放在院里的自行车座套上,积满了湿淋淋的水球,仿佛下过了雨。这是露水,这是在城镇中见不到的现象,它说明村庄是自然的,没于自然之中。下午返回,路两旁遍布血红的柿树,像火一样映人。柿果融汇在火中。

十月二十二日

消息传来,今年的诺贝尔文学奖授予西班牙作家卡米洛·何塞·塞拉。塞拉一九一六年五月十一日出生。他从性格上讲是个天生的冒险家,从不循规蹈矩。做过职业军人、斗牛士、官员、画家、电影演员。一九三六年塞拉发表了他的第一部诗集《踏着白日犹豫的光芒》。他写小说、诗歌、戏剧、小品文,他的特点是重细节描写而不强调情节。他最成功的两部小说《帕斯库亚尔·杜阿尔特一家》和《蜂房》,前者被与《堂吉诃德》相比。他的游记《阿尔卡里亚游记》《犹太人、摩尔人和基督徒》非常出色。瑞典文学院认为,塞拉的创作风格是在追求怪诞的西班牙"古老文学传统"中融合了旷达豪放的笔法和一种激情。

今年的授奖又是一个意外,大家完全想不到塞拉。有的评委认为应该是拉什迪。

十月二十四日

"一个人在大草原上可以感受到令人惊异的快乐。喜悦似乎是一项地理的产物,正如沙漠可以产生神秘的狂喜,英国的荒原可以使人感到阴郁一般。一旦快乐的感受在这片辽阔的土地上滚动起来,就很少有什么能挡住它了。"

这是美国作家弗雷泽《大草原》中的话,快乐可以这样写。

十月二十五日

一则寓言

在沙漠中行走,你想望绿洲。你想望绿洲,绿洲在死亡之外,生命在绿洲之内。因为你在大漠中,绿洲便是你的全部愿望,你感觉走的便是通往绿洲的方向。像遗落在孤岛上的遇险者常常为高空的大鸟欣喜,他们把远方飞来的鸟当成了飞机。你对远方出现的幻景,没有任何怀疑,你感到你即将结束跋涉,到达目的地。你诗人的本能促使你歌唱,你的悲剧在于你以为你看到了绿洲,实际上你面前的只是沙漠幻化出的蜃景。沙漠借这绿洲的蜃景获得了你真诚而感人的歌颂,你将呈献给绿洲的颂歌早早地高唱。这真相对你是一个打击,它足以在很长时间内窒息你的歌声,当你终于来到绿洲面前时,你甚至仍然默不作声。绿洲明白这个道理:你当然不会赞美沙漠(死亡之地),你即使曾经向着沙漠歌唱,也是由于沙漠盗用了绿洲的名义。

十月二十八日

落叶是一个过程,只要没有一场风参与或降临一次严寒,这个过程将持续很长。落叶像去完成一个一去不返的神圣使命那样,悲壮地脱离枝头,使你想到一个个诀别的勇士。树木养育了这些孩子,为了最终大地上的流浪和空中飘零的形象。

叶子落了下来,裸露出树丫中的鸟窝,这现象和白昼退去裸露出星星或围观殴斗的人群散去,露出地上的尸体一样。鸟的空家,最初辛劳营造它的鸟或许早已死去,鸟继承时自有它们固定的方式。即使这家是在无遮掩的树上,即使它已经空空荡荡,但并不妨碍它在即将来临的冬天,同所有的家一样让人看到便想起温暖。

十月二十九日

读雪莱《刺客——一个传奇的片段》。对一个由同一信仰而联结的团体的礼赞。他们居住在拜占庭的山谷,远离堕落与邪恶的文明世界，建立他们知识与美德的王国。

由雪莱我看到了浪漫主义的弱点，他们极力将你引向远离内涵的文字和词句。他们的修辞又是脆弱中的华丽，不惜冲淡文内的含义。浪漫主义者在文字上浪费了自己的才华。

十月三十一日

我的读书是随意的。现在很少有什么书能让我从头连续看到尾，我同时读好几本书，有的书读完了，有的书读了一点就放弃了，还不断找新的书来看。如果借书看，我想不会养成这个习惯。但我总觉得我之所以在某一时刻读这本书而不是另一本书，能读得下这本书而读不下另一本书，这一定是有原因的，说明只有这本书响应了我体内不断变化的呼声。

十一月

十一月一日

《马蒂斯论创作》。大画家思想不会简单，文字也不会生涩。艺术家是同一个人，他选择了绘画，便成了画家。这是马蒂斯的言论：

在艺术的范围内，一个真正的创造者，不仅是一个有才能的人，而且是一个能够把自己的活动专注于唯一的终极目的（创作艺术品）的人。一些已经被理解的、熟悉的观念，在我们看来，或多或少地歪曲了我们在日常生活中所见到的一切。画家应当像第一次看到那样地去看一切事物，他毕生中都应当善于用儿童的眼睛观看世界，因为，丧失这种视觉能力，对画家说来同时也就意味着丧失一切的独创性，即丧失表达的个性。创造，意思就是表达你心里所有的东西。任何真正创造性的努力都是人的心灵深处进行的。一个能够以纯洁开朗的心灵唱歌的人是幸福的。应该善于在一切——（天空、树木、花草）中寻得乐趣。花只是为了那些想观赏它们的人而到处开放着。达到目的的无异于成为它的俘虏，某种风格的俘虏，自己名誉的俘虏，以及成就的俘虏。你们，被人误解的，或还没有得到人们承认的青年画家们——愿你们心中不存在仇恨心！仇恨——这是毁灭一切的寄生体。创作的源泉不是仇恨，而是爱。

十一月二日

又下了一场雨，秋天细小的雨，许多树叶借此机会离枝而落了，各种形状的草木的果、树果暴露出来，它们都饱满。它们被拿出来，谁需要都可以采摘，只要它们尚有，就送给任何伸过来的手。我更想那些开过但还未孕育果实便凋落的花朵。秋天能够把自己的果实呈现给世界的，只是它们中的一部分，那些早夭者如果能生存到今天，秋天会是另一番景象。

十一月三日

《上海文学》今年第九期的两则写海子的短文我读过了，一个是陈东东的《丧失了歌唱和倾听》，一个是骆一禾的《海子生涯》。骆一禾写成了这篇纪念海子文章后的第二天便突发脑出血，十八天后逝去。陈东东是为悼念他们两人而作。

海子杰出地歌唱，骆一禾优异地倾听，陈东东的语言是诗人的语言，像植物一样自然。骆一禾的语言是学者的，他喜欢自造词句，行文像山路一样不顺畅，求深沉而导致晦涩。

《上海文学》办了一件好事。

十一月五日

"我个人的愿望是要把从糟糕的书籍中汲取养分的人的想象力从死板公式里解放出来,是要培养一种无污染的想象力。

"古诗、神话诗,甚至原始诗歌都有助于人们想象力的复苏。"

第五期《世界文学》波兰诗人哈拉塞莫维奇诗论。我曾经这样主张。

十一月六日

同Y一起去《消费时报》,会韩长青。

Y告诉我《中外产品报》明年改名《中国引进报》,归属国务院外国专家局,为其机关报。更名后的报内容也将更新,副刊靠近了我们的编辑理想。它将在该报性质的名义下介绍外国文化(主要为文学艺术)。Y设想明年开设两个专栏,一栏为艺术欣赏(各式随感),由Y主办,一栏为诗歌角(中外诗并刊),由我主持。这一设想使人对职业也产生了兴趣。Y提出了"最后十年",最后十年是主干,一日不可忽视。他嘱我以此为题写文。

买《希腊的神话和传说》,我在它的扉页上写:有助于文明社会丧失了的想象力复苏。

十一月七日

　　读《世界文学》上乔伊斯传记片段。我把乔伊斯和普鲁斯特看作同一类小说家，在我忽视小说与小说家的意识里，我甚至把他们看成了同一个人。他们童年都敏感、体弱，巧妙地找到了一副弹性外壳，缓冲了恶劣生活的挤压。他们弱不禁风，但写出了巨著鸿篇，还有罗曼·罗兰。两人彼此轻视，生前见过一面。乔伊斯生在文化高于政治的民族，识别和崇尚天才的民族，因而他的穷困可以得到资助。在许多关键时候他收到汇款，但他无法知道这些慷慨解囊之人。叶芝、庞德给了他鼎力之助。

　　我读过乔伊斯《艺术家青年时期写照》，这是写童年感觉最好的一部书。

十一月八日

　　《希腊的神话和传说》。"欧罗巴""人类的故事"。

　　这是人类的早期事迹，人类的童年世界。人类精神世界的各种元素以本色呈现，善行与恶迹、勇敢与懦弱、嫉妒与大度、慷慨与吝啬、热情与冷漠等直接而鲜明。人神共在，神祇同人一样因分歧而斗争（欧洲的神有着人的劣性）。复仇在那时是头等事情，复仇即意味仇恨的不终止。钟摆动是双向造成的。

神祇希求得到供奉，它不义务助人。人类因信仰而使自己有所约束，只有爱与信仰才会使人做牺牲。人类也因信仰而背叛了自然，看太阳而把影子抛在了身后。因袭还未产生，在事情面前不问祖辈如何做，只凭自身的愿望。儿童如何游戏，早期的人类便如何生活。战争只是复仇的继续。

十一月九日

新雪。雨是从这个世界带走什么，雪则为这个世界增添了什么。第一场雪大都是凌乱的，像一群野孩子站队一样。雪未约而来，大地对这客人的进门感到意外的突然和毫无准备的忙乱。显然大地还未准备收留它们，还没有地方可供雪容身，因此尽管空中雪迹纷纷，地面上依然空空荡荡，雪如同一群不落的野蜂。看到了雪才真正感到一个季节已经结束，一个新的容纳寒冷的季节已经来临。

十一月十一日

收获后，田野安静下来，仿佛已做好一切准备的老妇坐下来，等待着或吉或凶的事情发生。田野到处收拾得干干净净，如同新婚的房间一样，它献出后的广阔，什么都可以容纳，包括声音和寂静。我能看到的鸟巢，粗枝筑成的醒目的巢，是北方留鸟喜鹊的，是我们现在还可以见到的唯一的鸟巢。高大树木在减少，喜鹊甚至会在路旁低矮的杨树上筑巢，这是它所能寻找到的最高的树。这对我来说是一种亲近，对喜鹊来讲是一种不安。早晨院子里的自来水龙头挂着一串冰柱，乡政府外的运河热气腾腾，漫延很远，我想起一匹刚出生的马驹水淋淋的情景。太阳升起后，温暖产生，运河的满满的水清澈见底，结冰前的水的形象。

十一月十二日

至少有两篇文章在压我，《开拓》的老愚约的写海子文，王衍《中国引进报》创刊的"最后十年"。这两文都应在十二月底完成。关于海子文，我曾多次试图写，但均未展开，主要想如何写得更理想。

上午为写《诗歌王子海子》重读帕斯写的关于博尔赫斯文，阿莱克桑德雷写西班牙诗人的文。《诗歌王子海子》写了个开端。

十一月十四日

写诗《季节循环》，朴素的文字像那首《麻雀》。这是根据一篇观察联想的自然日记改出的。散文的风格。我的诗将向这个方向发展。

十一月十五日

读古罗马皇帝马可·奥勒留《沉思录》。我惊异西方历史上还有这样一位帝王,他符合柏拉图的统治者与哲学家结合的理想国家的理想。

这部书与历史无关,与政治科学无关,它谈的是什么样的生命是最好的生命。内省与自助,真正的幸福的含义。那个时候人成为一个真正的人还有可能,外界尚没有人造的光怪陆离,许多使人偏离本质的诱惑还没有产生,许多需要人应付的事情还没有降临,人们还不那么匆忙(房间里供你享受的物品多了,你收拾它的时间也就长了,你必定会匆忙)。现代的人类已经对悠闲陌生了,它无暇考虑什么样的生活最好,它只是被某种因素推动向前。现在来读这部书也只是想想在人类尚未失去可能的时代,如何度过一生。

十一月十八日

进城开中青年会。

买《悲哀的咏叹调》,希梅内斯、阿莱克桑德雷诗选,我期待的一本书。我将译者称作能够讲话进而想唱歌的人。美丽的事物是不能搬家移地的,光从空气中进入水里便会弯曲。译作的质量就像一个人在模仿鸟鸣。我只能在这机械的、组装的文字中想象原诗那精粹的、生命的、深邃美丽的东西。

十一月二十日

每天上午在最好的时刻读一卷《沉思录》。十万字的《沉思录》共有十二卷，它的一卷相当于一节。

我把《沉思录》这样的书称作远古注入现代混浊社会的一股清新之水。

十一月二十二日

现在世界文学中有这样一个词"星球思维"。作家艾特玛托夫在一谈话中说：文学艺术的职责是塑造具有"星球思维"的人。一个新词组成了。它倡导这样的精神：每一个人都是作为"星球人"，要把生活在同一星球的人看作兄弟姐妹，从而要关心旁人的命运，关心大众的命运。

十一月二十三日

梭罗用斧子造的那间小屋

这间小屋宽十英尺，深十五英尺，包括一间卧室和一个厅间。厅间里用砖头砌了一只火炉，四壁开窗，大门向着湖面，整座房子落成只花费八点二美元。屋内有一张书桌，一张饭桌，三把椅子，一面镜子，这些家具都是他自己制造的。其余的家什，包括做饭用的锅子和盘碟，则是朋友作为礼物送的。梭罗在这座木屋住了两年，他通过打零工，在木房旁边种植蔬菜卖钱，购买那些他自己无法生产出来的食物。他的房间从来不上锁，两年间，他的小屋接待过各式各样的客人——有逃亡的奴隶，樵夫，包括爱默生在内的许多名人。他屋里从未丢失过什么东西，只有一次来客带走了他的一本希腊文的诗集。这件事使梭罗说出了这样的话：人类中唯一不能信任的人，就是那些喜欢书籍的人。

十一月二十六日

冬天鲜明的事物：篝火、炊烟、黎明、雪、闲适、避开光明的爱情、懒散、鸟鸣、夜、对温暖的留恋、解冻后的打算、风后的安静、遥远、低垂的天、自然的禁锢、夜晚的交谈、向北延伸的阴影、储备物的消耗、疏远的劳动、星星、年终的迫近、一个循环的完成。

十一月二十八日

我相信职业能塑造人。这是我在乡下讲课，观察了乡干部言谈举止后得出的结论。

十二月

十二月一日

　　我对丘特切夫的诗印象一直不好,并未有意识去读。现在我发现他被视为与普希金、莱蒙托夫齐名的大诗人,他的同时代人高度颂扬他。涅克拉索夫说,他无疑拥有第一流诗人的才华;屠格涅夫认为,谁不能欣赏丘特切夫谁就不懂诗;列夫·托尔斯泰则说,没有丘特切夫就不能活。

十二月二日

　　晚六点后,我走出室外,习惯性地观看,一种精巧、和谐的自然现象震动了我。在西南方向的天空,上弦月细细地印在上面,紧紧同它临近的是一颗亮星。天还未完全黑暗,广阔的天空唯有它们早早呈现。这是我初次见到这样的现象,母子的形象。它们各自因对方而在这空旷的天上不再孤零。我注视了它们很久,此刻我想到了人间的全部温情。

十二月四日

读《古希腊抒情诗选》。朴素之源，表饰未生的原质，达到事物核心最短的路程，舒畅的思想，从古代传来的清晰而亲切的声音，每个时代都饮用的空气，现代表情的根据，全部的出发点，人类灵魂的保存。

我感觉古代诗与现代诗仍是同一首诗，季节没有变，变化的只是颜色，同一首诗像一条河，上游与下游的区别，清与浊。《暮色》令我难忘：

> 晚星带回了
> 　曙光散布出去的一切，
> 带回了绵羊，带回了山羊，
> 带回了牧童到母亲身边。
>
> 　　　　　　　　　（萨福）

这是赫西奥德《蝉鸣时节》："……山羊最肥，酒最美，／妇女最动情，男子最虚弱，／……"人类古代全部生活的蕴含。

十二月五日

萨特自传《文字生涯》。他这本小书分"读书""写作"两部分。萨特说："我把文字看作是事物的精髓。"他从七八岁开始写作，他从一开始就是理性的，从未进入心灵。他说布斯纳和儒勒·凡尔纳总是不失时机地给人传授知识，他们在最关键的时刻中断故事，着重描写一棵毒草，一座土著人居所。他也走上了这条道路，直至成熟后写哲学小说。

十二月六日

没有哪个季节像冬季使大地上面的空间更像空间。这空间同一切都是分离的，它因而容纳一切事物，容纳阳光和黑暗，容纳声音和寂静，容纳温暖和寒冷，容纳房屋、树木，与人有关的一切事情。

这时你观察蹲在树上的麻雀，它们的颜色同树色一样，好像树木结出的果实。

十二月八日

《参考消息》一九八九年十二月八日，星期五

剪报"塞拉谈成功之路"。

十二月九日

塞拉说：语言是作家的表达工具，文学是言词，而不是其他任何东西。作家的思想融于其作品里。

塞拉推崇拉丁美洲作家：帕斯、略萨、鲁尔福。他认为博尔赫斯则不能与他们相提并论，他认为博尔赫斯只是个"为拉丁美洲西语国家的小布尔乔亚服务的作家"。

十二月十日

对自然这只是伟大循环。地球围绕太阳旋转，像牲口环绕磨盘；月球围绕地球转，像女人环绕男人；地球自己转动，像利己主义者。人类赋予了这永恒的物象以另一意义：年、月、日。于是人类的行动有了起伏，人类的身边有了新鲜感，看到开始的人，也能等到终结。这使人学会满足，也计划另一次的开端。

十二月十一日

请还给我那扇没有装过锁的门
哪怕没有房间也请还给我
请还给我早晨叫醒我的那只雄鸡

哪怕被你吃掉了

也请把骨头还给我

请还给我半山坡上的那曲牧歌

哪怕被你录在了磁带上也请还给我

请还给我

我与我兄弟姐妹的关系

哪怕只有半年也请还给我

请还给我爱的空间

哪怕被你用旧了也请还给我

请还给我整个地球

哪怕已经被你分割成

一千个国家

一亿个村庄

也请你还给我

——严力，一九八六年七月二十九日

十二月十四日

今天的《文摘报》，有这样一文《从〈诗人之死〉谈起》：《文学评论》今年第四期发表了谈海子之死的《诗人之死》文章，《文学评论》第六期便有人撰文，称前文为文艺界蔓延资产阶级自由化思潮的表现。

十二月十七日

我知道有单峰驼、双峰驼，今天在电视中又看到了无峰驼。人类给事物披上了词语的外衣。事物是无限的，词语是有限的。

十二月十八日

写感想式文章《本土诗人》。文中谈了山西高原歌手周所同。

十二月二十日

沃莱·索因卡

现代非洲文化的典型代表。把人作为祭品和当殉教者——自己选择死亡——是索因卡的中心题材。他的语言更适合于写诗歌和诗剧。索因卡的主题是各种强大的力量必须加以控制：电对地球，工业对文明，侵略对工作，男人对女人，"当一个人在暴君面前保持沉默的时候，他就死亡了"。他指出，笔比宝剑更有力量，他宣称，作家不仅仅是描写社会风俗和经验的编年史作者，他还必须起到非洲作家的作用：历史的中间人，过去的解释者、警告者、预言家和未来的设计者。

十二月二十一日

会出现这样的时期，你不想写任何东西，你仿佛变得恐怖，没有一个文字敢跑来见你。你也不想读任何书，长时间坐在沙发上瞎想，看着窗外。人工饲养的鸽子飞过，你体会不出丝毫的自然世界，自从童年远去，你再也没有见过大群的候鸟从头顶飞过。后来你觉得你应该从精神里拿出点什么，否则你感到你满满的，无法接受任何东西。

十二月二十二日

翻译的本质是"更换语言而保存意义"（《牛津英语词典》）。雪莱认为："译诗是徒劳无益的。"（《诗辨》）弗罗斯特给诗人这样的定义："翻译中所丧失的东西。"当代英国诗人唐纳德·戴维说："最伟大的诗是最能从翻译中幸存下来的。"因为诗更应当是"对普遍真理的探索，而不仅仅是对全部人类语言中某一种语言的独特性质的利用"。我赞成戴维的说法，诗人如果伟大，他就不会在诗歌中买椟还珠。将诗歌仅仅看作语言的艺术，是甘作诗人中的小兄弟。

十二月二十三日

那件事常常使我感到惭愧、不安，这是我第一次遇到这样的事。大约在秋天，天已暗了下来，我正在做晚饭，有人敲门，声音是不规则的，在用手拍门。这声音含着胆怯，好像是一个没有理由又不习惯敲门的人。我去开了门，来人说了句什么，是在乞讨，楼道里昏暗，我不能完全看清这个人，但能觉出他的年岁在五十岁左右，衣衫不整，我不怀疑他是个乞丐。当时我的第一个反应是怒气，用力地关上了门。社会上不劳而获的乞丐骗子，无疑夺去了人们的同情心，他们不是出于无奈，而是主动选择，他们的身上集中着人类大半的恶劣品质，他们并不贫穷，只是好逸恶劳，以最易的方式获取财富，他们利用了人类的怜悯、同情之心，从而也最终剥夺着、葬送着人类的同情与怜悯。这是些最卑劣的可憎恶的人。这是我意外地遇到这个乞讨到家门的人的反应的原因。但是很快我的心里便产生了不安，我打开门想让他等一等，他已经上三楼去了，那里也响起了他的敲门声。我想我也许拒绝并鄙视了一个真正需要帮助的人，他之所以贫穷，走到这个地步，有其复杂的原因，他可能是一个因地区、职业而困苦的人，他所付出的劳动不会比我少，但他的收入可能不及我的十分之一，只因为社会分工，因为他出生的那个地区。而我同所有直接脱离生产的人一样，也许无形中就是他们的剥削者。现在他请求我给予物质上的帮助，我却将他拒之门外,虽然我相对来说有剩余财富。这只是因为他是陌生人,因为我不明他的底细,因为我的另一个天性——疾恶如仇。它使我压制了同情的、爱的心,而使我内疚。

第五辑　日记

一九九〇年

一月

一月一日

现在已是二十世纪九十年代了,这一昨天到今天的意义,也许只有……人民由战争进入和平,农民由耕种迎来收获,妇女由妻子变作母亲,男子由少年进入青年等来同它相比。

这同生活着的人们有什么相关呢?人们没有觉得今天与昨天有什么不同。河水仍然以旧有的形态东流,生活依旧。

这是最后十年的第一天,在这十年中我将度过生命中重要的时期,三十岁至四十岁是我们旅程的中途,你旅程终结时呈现什么状态,取决于这十年的每一天。

一月二日

冬天的原野上,对风的感觉,的确是一种流动,仿佛站在水流里。

在我穿越田野的时候,我看到一只鹞子,它盘旋,长时间浮在空中不动,它好像看到了什么,俯冲下来,未及地面又升空。我想象它看到了一只野兔,早已绝迹的野兔,梭罗的话:"要没有兔子和鹧鸪,一个田野还成什么田野呢?它们是最简单的土生土长的动物……与大自然同色彩、同性质,和树叶,和土地是最亲密的联盟。"不能维持一只兔子的生活的田野一定是贫瘠无比的。不管发生怎么样的革命，兔子和鹧鸪一定可以永存，像土生土长的人一样。我看到了一只鹧鸪，就想起了田野过去的繁荣。

一月三日

读吉尔伯特·默雷《古希腊文学史》。

古希腊三大抒情诗人：萨福、阿尔凯欧斯、阿那克瑞翁。他们的抒情诗使古希腊抒情诗达到了登峰造极的地步。酒神颂就是山羊之歌。斯忒斯科被誉为"抒情诗的荷马"，他具有史诗诗人的深度和广度，但缺乏品达所期望希腊抒情诗人应有的生动的壮丽色彩。斯忒斯科是第一个能从各种不同的传说故事中的微不足道之处领略到美的真谛的诗人。西蒙尼得斯是第二个国际性的伟大抒情诗人，西蒙尼得斯诞生的地方是爱奥尼亚群岛。他的诗篇反映了希腊精神的实质——克己自制，清明在躬，意气如神，他的诗篇纯洁美丽，坦直无邪，用语平易，涉及的全是简单的永恒的事情。"过客请转告斯巴达人，在这里我们长眠，遵守着他们的指示。"他在同情人类方面也非常特殊。

一月四日

《现代的孩子》在一九八九年八月十二日《中外产品报》刊出,一九八九年九月二日《消费时报·文摘版》转载,一九八九年十二期《读者文摘》再次转载。两次转载均未署名,均未致稿酬。

一月五日

有一本《世界童话精选百篇》,由[美]汤普森选,他是为孩子们编的,他将童话原作进行了简化处理,使这些童话更适宜孩子们。即使是这样的童话仍能吸引我,我每天读上几篇,便重温了人类纯洁的情感,质朴的智慧,初始的想象力。

一月六日

"由于他的作品内容丰富,情节生动而富有诗意",塞拉荣获一九八九年诺贝尔文学奖。但许多作家表示惊讶,西班牙老诗人阿尔贝蒂说:"把此奖授予塞拉未免过早了。其他作家,如秘鲁的巴尔加斯·略萨,应该在塞拉之前获奖。"哥伦比亚小说家埃斯皮诺萨指出:"诺贝尔奖的信誉在日益下降。糟糕之处不仅在于把它授予了塞拉这样的一位二流作家,而且更在于拒绝把它授予二十世纪用西班牙语写作的伟大的作家，如博尔赫斯和帕斯。"卡兰萨则断言："塞拉不是一个优秀小说家。他不过是西班牙文学长期贫乏和普遍平庸时期的突出代表，他的最好的小说《蜂房》则是多斯·帕索斯的《曼哈顿中转站》的毫不高明的模仿。"

一月七日

是三十岁生日。"三十而立"，这里大概包括生活基础、人生观点、价值评判的定型，更主要的指未来成果的萌芽。从古代观点看，三十岁是人生的赤道，童年与晚年是两个极地，现代人生的赤道则已延伸到四十岁。三十岁是根，以后的十岁是茎，四十岁以后是果。从今天起这黄金的十年。

有了爱，生日过得隆重、欢快。

一月八日

古希腊十大雄辩家：安提丰、安多喀得斯、莱什阿斯、伊索克拉特、伊萨乌斯、莱科勾、埃斯喀涅斯、许珀里德斯、狄摩西尼、得那枯斯。

除了古希腊，历史上未闻有以口才著名的人。除了这样的社会：言论充分自由，崇尚口语表达，尊重多元观点，保障个人尊严，法律完善无上，否则不会有雄辩家出现。

古希腊，个人心情舒畅的典范。

一月九日

那回暖的气流如同孩童的呼吸。唯有声和光才能到达的高山野岭。仿佛宇宙间的静穆全部都倾泻到这里。公狼只是一股忠实可靠的不知疲倦的力量，它无条件地执行母狼的意志。高鼻羚羊是偶蹄目动物中古老的一友，有着和时间一样久远的历史。它们生就一种不歇气地从日出跑到日落的本领。当所有的羚羊在莫云库梅似河水泛滥般狂奔疾驰时，大地便朝后飞跑，脚下的土地如盛夏的冰雹噼啪作响。被追逐的羚羊和追逐的狼，联成一个残酷的生存斗争之环，也许只有造物主本人才能制止双方。还是这个道理：万物总有一死。这也就是荒原上生死轮回的天赋的合理性。只有自然灾害，只有人，才能破坏莫云库梅地区的这一万世不移的事物进程……

这是艾特玛托夫《断头台》第一个段落的几句语言。俄罗斯式的散文语言，它缺少俄罗斯经典作家的宏大、朴素，而具有现代人特有的机智与外露的智慧。

一月十日

乔叟有一首铺陈的诗《往古时代》。"在往古时代，人们度着幸福的生活，平安而丰裕。"乔叟是发展导致堕落论者，"当人们第一次从地下挖出金属矿物，流尽了血汗，……那才是该诅咒的时候。啊，从此开始了贪婪的罪行"。希腊神话《人类的世纪》早已反映了这一思想，第一纪黄金的人类，无忧无虑，同神祇一样不会衰老；第二纪白银的人类，百年都保持着童年，生命已有限；第三纪青铜的人类，残忍粗暴习于战争；第四纪黑铁的人类，全然是罪恶的，他们最大的烦恼是他们自己给自己带来的。

一月十一日

历史的尘埃，强盗的夜，空气的肢体，早晨的开明，黄昏的谜，思想的遥远，水的稳固，学者的神经，魔鬼的绿色，白云的玩笑，麻雀的普及，科学的灾难，幸福的人生，无知的乐趣，财富的起因，流水的女人，雪色的童年，树木的基础，大地的承受，悲剧的力量，幻想的国王，老鼠的走廊，春天的融化，花朵的圆满，智慧的风向，谋略的小巧，权力的愚蠢，文字的舒畅，火里的冬天。

一月十二日

《古希腊文学史》不失为一部优秀的书。语言有上古作家的朴素基调,但随处又可见现代作家的机智,他的用语,对古典作家的概括能力是惊人的,"伊索克拉特真正缺乏一种较崇高的灵感。他不懂诗歌,也不爱好音乐。这种罪愆,人类始终不能恕宥,因为它们违反了人生永恒的要素"。他对柏拉图给予最高的评价,"柏拉图相信:一个人只要能深思熟虑,他就能自救;真与善终究会恰好重合。他就根据这一信条处世立身"。琉善也许像苏格拉底一样,是古代言行合一、圣者般的哲学家的典范,"他过于渴求诚实,过于吹毛求疵,过于矜持;对自己生活的时代来说,他不能随波逐流。他所代表的那种人生观,无论古今都有永恒的价值"。在我的身上似乎有着琉善的影子。他知道如何使用不夸张过度的词来最大限度地颂扬那些当之无愧的诗人。"世界上在田园诗里任何优美的章篇,无不出自忒俄喀里图斯之手。""在古代阿拉图斯的影响异于寻常之大,他竟然能把人类最伟大的一种情感归为己有。"由于往古历史遗留的不全面的记述,本书也滑入了考证性的犹疑不决之中,略有烦琐之感。有一位明显不该遗漏的作家不知为何被排斥(忽略)在此书之外,那就是盲人伊索。

一月十三日

去崔村最后一次监考。在乡政府院内骑摩托车。我是理智上的现代机械的排斥者，但我骑上摩托车后，它仿佛焕发了我身上某种潜存的类乎本能的东西，它使我有一种驾驭后的满足感，一种力量得以体现，技能得以表露的自豪感。文明人体内都潜伏着某种原始的"野性"的东西，正是这种东西，或导致争斗与战争，或导致物质劳动与文化科学创造。

一月十四日

读古罗马作家阿普列乌斯小说《金驴记》。你可以将它当作故事来读，可以看到基督教前欧洲人的面貌。但现代小说家有理由从中学到直言、大度，文字的纯洁，隐而不显的智慧。一种白昼的力量，一种水天同色的憨人之处。鸣蝉隐士般的清纯，孩童愿望般的坦率。

一月十五日

我们的祖先吃尽了苦头才找到臆想出来的、完美无比的、同精神不可分离的耶稣。这些赞美诗是千百年来永远在外界寻求自我的、具有理智的人经历了种种可悲的迷惑和感悟后编出来的。那个朦胧的但却时时刻刻在苦苦追求的世界，由各自的回忆、梦幻、苦闷、良心的谴责所编织成的世界，由人在他的生命历程中经受的种种失意和欢乐所编织成的世界。(《断头台》)

一月十六日

我对围棋感兴趣有两次，一次是两年前初学时，一次是近期的提高阶段。你从围棋中可以学到宏观思想、全局感，必要的避实就虚，超脱于点滴利益，敌对双方无声的较量，变化的始料不及。

一月十七日

英国人天性有一种热爱风景的倾向，这一特征比世界上其他民族更为强烈。华兹华斯的田园主义诗歌、透纳的风景画、哈代的乡村小说都是典型的反映了它这一倾向。当代女作家玛格丽特·德莱布尔，在一九七九年出版了一部引人入胜的书《作家的不列颠》，它引证了古往以来诗人及作家的作品中有关英国古迹、自然风光的诗句和文字段落，它的不凡之处在于逐一配以实地照片。另一位居住在牛津附近的小镇上的女作家苏珊·希尔写了附有插图的《神奇的苹果树》一书，细致而诗意地描写了小镇一年四季风景的变化，以及居民的生活习俗。村头一株美丽的苹果树在一年四季中的万千姿态成为这个和平相处的小镇居民生活的象征。这个偏僻的小镇受外来的影响较少，世代相传下来的习俗保留得很好。这样的书不能称之为伟大，但它是独特的，因而价值鲜明。

一月十八日

我偶然从港台电台的节目中听到这样两句话："大山踊跃如海洋，小山跳舞如羊羔。"它出自一个包容万象、凌驾一切的胸襟，这是一个人无法不为之震动的想象，你首先想到诗，但它又绝对超越于诗，你感到这是神在开口说话。

一月十九日

我们常听见有人对年轻的作家说：写你熟悉的东西，你的经历。对此我不敢苟同。如果作家只根据自己的想象和经历进行创作，那么，一旦他的经历写完，他怎么继续进行创作呢？

我不相信那种自传体类的作品，我觉得文学的基本任务是使我们进入那些想象中的经历，而不是我们自己的切身体验。世界上最艰难的事莫过于站在他人的位置上理解他人。作为作家，我们力图要做的就是去做这种艰难之事。

传说荷马是一位盲人。不论这个传说是否真实，这位盲诗人创作的作品，其主题思想都体现了文学的真谛。当然我并不是说为了艺术，作家都得变成盲人。但是，视觉看到的往往只是眼前的景物；而失去视觉者的智慧往往隐含着更丰富的内容和想象。

　　　　　　　　——英国作家格雷厄姆·斯威夫特

一月二十日

　　这是冬天的稳定期，也是冬季最后的时期，如同黎明前最黑暗一样，这时气温降到了今冬的最低点，很长时间稳定在零下三摄氏度至十三摄氏度之间，没有大的风。这似乎是今年最冷的时期，无雪，比二十年前气温要偏高八摄氏度左右。

一月二十一日

　　买英文版劳伦斯小说集《公主》，托尔斯泰小女儿的回忆录《父亲》，斯坦培克《中短篇小说选》（二）。后两书为半价书，付款后，当售书员要在书后盖售书章时我拦下了她。书和人一样，如果可能，要尽力避免染上污点。

　　与小松同去王府井。街上、商店、书店到处是人。在拥挤的人中，无论有多么好的情感也会被赶得干干净净。

一月二十二日

王军钢来，谈王家新欲要海子两首诗，给河南诗刊《大河》用，我从海子与西川合打印诗集中选《青年医生梦中的处方：木桶》《我的窗户里埋着一只为你祝福的杯子》，寄给王家新。这两首诗是海子早期作品，不知是否公开发表过。

一月二十三日

在精神面前死神无能为力。在灰烬面前火无能为力。在无知面前真理无能为力。在复仇面前悔悟无能为力。在地平线面前眼睛无能为力。在荧光面前黑夜无能为力。在死神面前权力无能为力。在良心面前恶无能为力。在浊面前清无能为力。在理想面前现实无能为力。在归家面前长途无能为力。在人类面前上帝无能为力。在鱼面前空气无能为力。在欲望面前满足无能为力。在想面前远无能为力。在影子面前太阳无能为力。在静止面前河水无能为力。在微笑面前愤怒无能为力。在历史面前掩盖无能为力。在诱惑面前动摇无能为力。在歌德面前诗人无能为力。

一月二十四日

读列沃夫娜回忆录《父亲》。不愧为文豪之女，她的文笔可称作非凡，不亚于一般优秀作家的水准。她的语气继承着列夫·托尔斯泰的特征，朴素但厚重，文字精确。我称赞她对那时俄国贵族地主生活的描写，她对波良纳俄罗斯中部地区大自然的叙述，使我完全可以将它当作屠格涅夫或蒲宁的手笔。读这样的书也是轻松的。

一月二十五日

托尔斯泰年轻时是这样领悟生活的："规矩对我来说不仅是指显著的功绩，美好的品质，我所希望达到的完美境界，同时，这也是生活中必不可少的一个条件，如果没有这个条件，那就既不会有幸福，也不会有荣誉，世上任何美好的东西都不会有。"后来的那个伟大作家正是在这个基础上发展起来的。

托尔斯泰与上流社会的浮华生活格格不入，他排斥这个世界："我所喜欢的和主要的区别人的方法是：把人分为规矩的和不规矩的两种。后一种人又分为真正的不规矩人和普通老百姓。规矩人受到我的尊敬，我认为他们有资格和我平起平坐；第二种人我假装看不起他们，实际上是憎恨他们；第三种人对我来说是不存在的，我完全蔑视他们。"

道德上的严肃性使托尔斯泰成为一个圣贤，他的灵魂之光甚至比歌德更明亮。他由此成为我无限喜爱的作家。

一月二十六日

偶翻一本杂志，有一篇关于五届人大的报告文章，题记有这样的话，我记下来，是因为我非常赞成。

日本维新的功臣西乡隆盛遗训：

对国家有功的人，应给予俸禄，不能授予职位。授职位于功在国家而无见识之人，是国家之悲剧。

一月二十七日

旧历年正月初一。醒来外面已落下了雪，雪飘着构成了自然的壮景，这种喜悦的获得不需任何费用，这是对商品社会的最大讽刺。想一想世界上有些地区的人从不知雪为何物，《百年孤独》中马贡多的村民见见冰块要付钱给吉卜赛人。这场雪是自然赐给今年冬天最大的礼物，"瑞雪兆丰年"，这是对农业而言，农民的幸福。但这场雪无疑把希望和美好前景带给了所有的人。

一月二十八日

雪继续下着,雪片比昨天大些。苦苦等待了一年的田野,这样的雪并未把它完全盖住。在老家的院子里,在祖父的劝阻中,在祖母和姑姑们好奇的注视下,在雪不断落在身上的情景里,我们堆起了一个雪人(天气寒冷,雪是散的),胖墩墩地坐在院子里,煤球是眼睛,玉米核翘着做了鼻子,橘皮构成嘴、围巾和纽扣,头上戴一顶旧草帽,一副娃娃或雪中农夫的憨厚形象。雪人的出现,使我们重温了童年,一个童话中的农家院落。

可以没有风,可以没有雨,但不可以没有雪,世界伟大的纯洁的力量。凡是在人们愿望中发生的事情,都是围绕雪进行的。

一月二十九日

"在我的一生中,给我以巨大而良好的影响的是卢梭和福音书。卢梭是不朽的。"

《忏悔录》是青年托尔斯泰常读的书,但是他不喜欢莎士比亚,原因也许在于莎士比亚没有在他的戏剧中表现出显著的善恶倾向。向善成了托尔斯泰不可动摇的信仰,为此他几乎终生都在努力自我完善。

一月三十日

托尔斯泰没有搬到莫斯科去,城市不能挽留他,庄园,在森林、田野、河流环绕中的庄园,是他天然的栖居地。他是不能离开大自然和在土地上劳作的朴实的农民的,他对自然有着这样的认识:

"在这个可爱的自然界中,人的内心里能够容纳仇恨、报复和消灭自己同类的那种感情吗?人们心头的恶念似乎应在跟自然界的接触中消逝,因为自然界是真善美的最直接的体现!"

二月

二月一日

《断头台》无疑会是给我以很深影响的少数几本书中的一部小说。最初由海子介绍，但我看了开头几页，便放下了。现在我连续读完了它。小说名称使人想到法国大革命时期的残酷刑具，但内容丝毫未涉及它，这是一个耐人思忖的名称，有特定的象征意义。艾特玛托夫说：人在自己的生命历程中，不管怎样总是处在断头台面前。在这种情况下，书名"断头台"被赋予某种意义，走向断头台意味着在人生的道路上去经受十字架的痛苦。艾特玛托夫杰出地继承了俄罗斯文学专注善恶的这一独特传统，阿夫季便是自觉地走向断头台的耶稣式的英雄。人类的历史本身就是一个悲剧，善屡屡在恶面前惨败，又身单势孤地挺身而起，努力是徒劳的，但不是绝望的。在人类面前上帝无能为力，但上帝并未意识到这点，行恶者也并未彻底放弃恐惧，这似乎便是人类的全部希望所在。

在阿夫季身上，我仿佛看到了自己的影子。

二月二日

收到王家新一月二十四日写的信。他退回了海子的两首诗，因为他那里也有这两首,这在我意料当中。

他说:"海子是我们的兄弟,至今,我对他的死几乎不敢说些什么。"他确实保持了沉默。

我在大约一九八七年的虎峪诗会上见过他一面,印象很好,那时他在会上似乎未说什么,始终沉默寡言,未见他讲话。

二月三日

圆是宇宙里最普遍的现象,圆是宇宙的本质。大圆宇宙含小圆太阳、地球、人头、鸟卵。首尾相接是圆,前怕狼后怕虎是圆,照顾左邻右舍是圆,爷爷逗弄孙儿是圆。海水蒸发,雨降落地面,河汇入海里是圆。泥土长出植物,动物食用植物,动物死后归入泥土是圆。被远方诱惑,在外乡思家是圆,夫妻厮守是圆,目的与结局是圆。吃一堑长一智是圆。群体是圆,老年人的经验是圆,笑容是圆。叶公好龙是圆,政治家是圆,爱情外面是圆。圆的轨迹展开是直线。

二月四日

立春。这节气是冬天的丧钟,无声地在大地上鸣响。这时冬天仿佛是一只被赶出了门槛的狗,主人在努力清除它留下的气味和无形的幻影。太阳正从南方赶来,你把耳朵贴在地上会隐隐听到太阳那沉重的脚步声。冬天依然是强大的，残雪尚未彻底融化，整个大地斑斑点点，好像一头垂首吃草的花斑母牛。我站在小山上，明显地感觉着一种新的东西，冷风从东南方吹过来，辽阔大地正缓缓舒展开来。我想到了许多意象：容纳江河的大海，聚拢船舶的港湾，渐渐泛白的黎明，转悲为喜的心情，承受住一切灾难的心胸。

二月五日

从王军钢那里拿来一本诗刊，河北的《诗神》，这是一九八九年第四期的"探索诗专号"。我浏览了一遍，海子、韩东、于坚、尚仲敏的诗是可读的……

全部问题在于立足点，一件人的创造品如果不能对它周围的世界产生有益影响，那么创造者是应当受到诅咒的，至少是轻视。

二月六日

与王军钢去诗刊社。社址已迁到农展馆文联大楼。王家新没有上班，编辑室内是邹静之、王燕生，还有一个外地作者。王燕生说去年全国死了九个诗人。邹静之讲海子死前曾去过他那里。

买芬兰诺贝尔文学奖获得者西兰帕小说《少女西丽亚》和《神圣的贫困》合集与《芒克诗选》。

二月七日

伟大的人并不一定一尘不染，托尔斯泰的青年时代使我得出了这个结论。我头脑中所固有的托尔斯泰形象是四十岁后的托尔斯泰，是与他的长髯分不开的。过去我只读过《垂暮之年》，没有读过完整的托尔斯泰传记，《父亲》回忆录使我了解到青年托尔斯泰的所作所为。托尔斯泰一开始就将自己与周围人鲜明地区别开来，他是孤独的，他的灵魂与众生格格不入。他追求因魂完善而来的幸福，向善成了他最初的信仰。无数人成了追求感官快乐的牺牲品，在托尔斯泰那里理智也时断时续败给感官，这是他短暂的彷徨堕落期。他穿过军装，见过战争。他身材高大，体格壮硕，自发的情欲使他嫖过妓女，与农妇通奸。（过去的这段放荡生活始终折磨着他与妻子的生活：托尔斯泰认为，自己年纪大，在过去的堕落生活中，自己犯了大错，跟她是不般配的，因此他感到痛苦。索尼娅则无法丢开这样一种念头：她是把自己作为牺牲品，奉献给一个比自己年长的、生活不干净的人的，这些思想使她精神上受到痛苦的折磨。）他的心胸也是随着思想的成熟而宽阔起来的，他曾与当时的文坛泰斗屠格涅夫有过争执，甚至导致双方欲进行决斗，他们反目持续了十七年之久。

二月八日

　　大路是把自然分割开来的东西，小路在自然之中。我躲开大路就是躲开污染之源的汽车，躲开为逐利而来去匆匆的脸上失去善意与安详的行人，躲开妨碍我深入事物本质、寻求万物联系的东西。

二月九日

　　天使就是上帝的使者，上帝对他的一个天使说："把这个城里两件最珍贵的东西给我拿来。"天使便把铅心和死鸟带到上帝面前。"你选得不错，"上帝说，"因为我可以让这只小鸟永远在我天堂的园子里歌唱，让快乐王子住在我的金城里赞美我。"
　　魔鬼撒旦原来是一个天使长，他是因骄傲使上帝感到自己的至尊受到威胁而坠入人间的，成为上帝唯一的敌人，至恶化身。撒旦说："天性驱使我反抗上帝的专制。"撒旦的主要活动是引诱人抛弃生命与救赎之路而走向死亡与毁灭。女人夏娃是他的第一个牺牲品，撒旦与上帝的对立，实质就是人类感官与理性的对立。女人是感性的，男人是理性的。历史上有撒旦崇拜，它认为撒旦所代表的是人的正当的私欲，这种私欲不自然地受到关于灵性上帝的教义的压制，崇拜撒旦因有助于满足这些欲望而又不伤损他人。

二月十日

"托尔斯泰从来不认为剪短了头发的、解放了的、像男人一样嘴上叼着香烟的女人是妇女，这种女人，用他的话来说，违背了自己作为妻子和母亲的直接使命，或者是拒绝在她们能依靠自己的温柔和女性的敏感为人类带来最大利益的领域里为人们服务。"（《父亲》）

这是一些违背了神意初衷、摆脱了天然的责任与义务的女人，像鸟环绕着巢，她们环绕着自己，适时行乐是她们唯一的信念。在历史上她们做社会传统风尚的革新者。每个时代她们都可能是"现代女性"，大胆地放纵感官的先行者。晚年常常是悔悟与内疚陪伴着她们。这是那些自认为寻求幸福而最终得到的是痛苦的女人。

二月十一日

祖母病了，这一次病得很重。我印象，从我一长大这一二十年间，每年冬季或秋季、冬春冷暖交替期，她都会发一两次病，发烧、气喘，气管和肺部都有病症。这次又影响到心律。

今天回老家去看望她。祖母躺在炕上，姑姑们在她的身边。她的身体仿佛缩小了许多，脸色苍白，松懈的皮肤满是深深的褶纹，头发似乎一下白了许多。她的呼吸很重，是喘息声，说话没有一丝力气。她的状态比过去任何一次都坏，即使我不敢不愿去那样想，也仍使我感觉她这次完全有可能告别这个世界。表弟和弟弟私下里都哭了。我们都是她抚养大的。

我想了许多，我已经面临某种巨大变化的深渊。我过去没有设想过，现在我想到了，我想到如果祖母辞世，对我以及对我们曾在她身边生活过的其他孩子们意味着什么。意味着我生命史上前半部分的彻底结束，我不仅失去了祖母，也失去了慈祥、温厚、淳朴、勤劳、忘我、牺牲、无邪的化身，失去了"老家"故乡的意义，一个无论如何使我不能忘怀的时代的结束，一个充满许多美好事物的传统的结束，我的因祖母的存在而延续到今天的童年的结束。

二月十二日

读芬兰小说家西兰帕小说《少女西丽亚》。地域不同，文学也有异。典型的北欧文学，我感受出这样的气息，冰雪的，林间清澈的湖泊，处子般的纯洁，一尘不染的空气，花朵开放，思想的透彻，阳光收起便陷入黑暗，分解的世界，自然神的传说，适于产生童话的民间，一切人迹都与狗有关。

二月十三日

男人做强盗，女人做妓女，两者源于一点。男人做强盗凭仗力量和凶狠，女人做妓女凭仗美丽和无耻。在物质上都是以最节省的方式获取财富；在本能上，男人在抢劫与行凶中使自己的冒险与野蛮天性得到最大限度的表现，女人在卖淫与诱惑中使自己的虚荣和情欲天性得到最大限度的满足。

你不能把所有男人和女人都变成强盗和妓女，你也不能让实际上的强盗和妓女绝迹。

二月十四日

又下了一场雪，雪还未停。雪片因气温高而显得很重，雪积起来便能握成雪团。雪仿佛把一切都压住了，房屋像一只静止不动的鸟。中午街两旁出现了雪人，孩子、成人一起动手堆雪人。雪释放了那些成人身上藏匿的东西。我看到两个孩子在吃力地滚雪球，在我看不到的地方一定有孩子们在打雪仗。

二月十五日

"帕斯卡给自己围了一条带有钉子的腰带，每当他感到赞美的话使他高兴时，他就用胳膊去按腰带。我应当有这样一条腰带。"托尔斯泰在信中这样写。

托尔斯泰谈有信仰的人："不论怎样迫害这些人，不论怎样诬陷他们，但这是仅有的不俯首听命于他人的人，因此是我们世界上仅有的不是过着动物般生活，而是有理想地生活着的人。"

托尔斯泰从修道院回来后，他的朋友给他写信："神父们大大地夸奖了您，认为您有非常美好的心灵。他们把您和果戈理相比，并且回忆起，果戈理为自己的智慧而十分骄傲，而您完全没有这种傲气。"

托尔斯泰写信："这几天我身体不好，读了《死屋手记》。我忘了许多，重读了一遍，我不认为在包括普希金在内的全部新文学中能有比它更好的书。不是艺术手法，而是观点惊人——真诚、自然、基督的观点。"

二月十六日

这杆笔不慎掉在了水泥地上，摔坏了笔身，笔尾断了。我的感触不亚于骑手摔坏了他的骏马。这杆笔已陪伴了我七八年，它如同我的声音。我的许多作品都出自它，损坏了它等于关闭了我的作品来到世上的门。

二月十七日

上午，细密的大雪花漫天飘动。连续几天了，像夏天一样，天空阴沉，出现了几次大雾，令人想念太阳。雾仿佛是浓重、凝缩起来的改变了颜色的阳光。而雪仿佛是太阳碎了。雪片落到地上便融化了，很长时间地面还没有雪的痕迹，仿佛泥土吞噬了它们。雪不能在地面积起来，雪片便仿佛是无数找不到栖身之地的鸟。这里存在着大的不和谐，反自然，罕见。雪落在水里的样子很美观，就像落在沉默里、深渊里、鱼口里。

二月十八日

终于没有形成雪，第一场雨降临了。没有雷声，雨滴是细小的，这是春雨的特点。如果地面水洼中不显示出雨点砸在里面而形成的水环，在门窗紧闭的屋子里你既看不到雨形，也听不到雨声。俄罗斯有句谚语"用冰块打苍蝇"，意思是不可能的事。而雨与光裸、铁色的树木相遇仿佛是不可能事情的实现，它就给我这样一种感觉。雨怎么能不落在叶面上呢，躲在大树下怎么能不避雨呢？雨在赤条条的树枝上形成微小的珠儿，仿佛是树木的萌芽，令人感动的东西。雨使这个尚未萌芽的世界黑起来了。

二月十九日

我如此喜爱和敬佩威廉·布莱克的《天真与经验之歌》，以至于我有这样一个感觉，就是拿全部人类的诗歌来换它，我也不给。他的每首诗都让我震惊，都能把我击倒，"甜蜜的睡眠，像温柔的天使一样，在我幸福的孩子头顶上翱翔""你寻找那美好的宝贵的地方，在那里旅人结束了他的征途"。随时可以出现的这样的句子，令我几乎兴奋、激动得跳起来。布莱克使我改变了对十八世纪、十九世纪诗歌的看法，虽然布莱克生于一七五七年，我可以理由充分地把他看作一个现代诗人。布莱克是在历史进程之外的诗人。在莎士比亚、歌德、但丁的光芒中，布莱克是一个略显黯淡的诗人，对他的忽视便是对（人类优美情感）抒情诗的忽视。在布莱克的前后、周围找不出与他的诗有姻缘的诗人。在现代，我想到了西班牙诗人，想到了洛尔迦，但无疑同布莱克相比，洛尔迦只是孩子、兄弟、天使、童年、早晨、心。布莱克的诗歌是宗教、真理、静穆、哲学，世界善恶的仲裁者，黄金的声音，抒情诗的本质，普照的阳光，无限的慈祥，天堂的吸引力。

二月二十日

"在黑色的燕麦地里密密地放着淡色的燕麦垛。两个农民在割燕麦，燕子在飞舞。院子旁母鸡在草丛里觅食。畜群牧在翻耕过的休闲地和割过庄稼的地里。"

这是托尔斯泰笔记本中的一段描写。外在物象最直接的描写，在反映与被反映之间是最短的距离，最自然的词汇像流水那样随低地而行。这样的简简单单的描写，如果不是舍弃了聪明、虚荣与做作，胸襟像宇宙那样吐故纳新，感情如地狱一样深，富于大的若愚一般的智慧，与全人类同命运的人，是写不出来的。随时都可证明这点。

二月二十一日

叶芝写诗有这样一个习惯，第一步先把他的想法写成散文，第二步再将写出的东西改成诗。这是经过了准备的诗，它比直接写诗要博大、全面，但也可能影响诗的闪耀和自然。散文的形象是土地、历史、经验、父亲、植物，诗的形象是声音、早晨、孩子、海洋、智慧。

二月二十二日

我产生了这样一个想法，我的笔记不该再以日记形式出现下去，因为严格说我并没有记日记，我的文字大多与事物、人物无关，没有必要标上日期。我常常几天不写东西，然后又突击补上，因此这日期有虚假的成分。我决定从下月开始只写上月期，不再标日期，这是真正的随笔，每写一次，便隔一行。更自由，一种摆脱了最后束缚的随笔。

二月二十三日

早晨，窗外很亮，能看到微蓝的天空，天空的蓝和阳光的金黄都很鲜明，空间明亮，一个完全的夏天的早晨。天空掩盖，太阳隐没很久之后，神的心境仿佛舒畅了，我们同快乐的神在一起，心情也明朗。

二月二十四日

俄国有一称否认正教仪式的教派，他们的核心教义是用精神和真理为上帝效劳。他们相信，人们在记忆方面像圣父，智慧方面像圣灵；第一位"光明"是我们的圣父，第二位"生命"是我们的圣子，第三位"安息"是我们的圣灵。三位一体的上帝的实体形象表现为：圣父是高度，圣子是宽度，圣灵是深度，精神形象表现为：圣父是崇高的，谁也不能与之比拟；圣子是聪慧的，他无所不知；圣灵是深邃的，谁也无法揣测。

关于七重天：一重天是谦逊；二重天是理智；三重天是节制；四重天是友爱；五重天是仁慈；六重天是和睦；七重天是

博爱。上帝就生活在七重天上。

他们有十二个朋友：

1. 真理——使人免于死亡；

2. 清白——把人带到上帝那里；

3. 博爱——哪里有爱，哪里便有上帝；

4. 劳动——对肉体来说是一种光荣，对精神来说是一种补助；

5. 听话——这是得救的一条捷径；

6. 不加指摘——一个人便能毫不费力地得救；

7. 推动——全部德行都是天赐的；

8. 仁慈——由于仁慈，恶魔也会害怕凡人；

9. 顺从——我们的行为举止听命于救世主上帝；

10. 斋戒祈祷——使人和上帝结合在一起；

11. 忏悔——没有比它更高的清规戒律；

12. 知恩——使上帝及其天使感到高兴。

托尔斯泰关注否认正教仪式的教派信徒们，他们是渴望像他们的良心要求他们那样地生活而受到政府迫害的，他们被逐出国门，托尔斯泰将《复活》的稿费捐助给他们，并呼吁募捐。

二月二十五日

当房间内没有任何声响,耳朵也会听到一种声音,仿佛遥远的昆虫的声音,这是耳朵自己制造的声音。

把你置身于光明下的地球,也会把你送入黑暗中。地球用自己巨大的身影,像鸟用双翅护卫雏鸟那样护卫人类,地球的翅是夜。地球一面明一面暗交替进行,在巨大的球面上喧响与寂静也交替进行,如同群众集会上这里的歌声刚落,那里的歌声又起。

二月二十六日

第二期的《诗刊》转载了去年《华夏诗报》的一篇文章《"先锋"的沉落》,文中有三个小标题"廉价的'民族英雄'""海子死后的喧哗"" '先锋诗歌'一例"。我看到了这样的话:"当一个青年诗人把生命意识还原到自杀上去,要亲自'实验'一下生命意识的失落,只能说是咎由自取了。"这是纯粹的幸灾乐祸与庆幸,尽管他不能与海子相提并论,他的艺术价值等于零,他在维护生命的纯粹上一定卑微,这个人署名耳东。在这篇文章中,我初次发现海子选择的日期是复活节。

二月二十七日

《父亲》是一部任何时间都可读的书，最近我主要读的就是这部书。有些书适于上午读，思想的著作、诗、伟大的小说、写作；另一些书适于下午或晚上读，传记、历史、报刊等。

托尔斯泰主张每个人都应该写日记，这有助于进步，有助于发展思维，就像做体操可以使我们肌肉发达一样。他常随身带着一本小的记事簿，写些随笔，再把这些札记加以发展和修改，写进日记。托尔斯泰的日记主要包括深奥的哲理，逐步发展的关于死、上帝、爱……的思想，以及经常同自己的过错做斗争。日记中还写些对读过书的评论和对自己的影响。

二月二十八日

看完《天真与经验之歌》。布莱克天然的艺术家，未被文化污染的纯粹与独特，历史上的一颗明珠。由全部文化铸造，深入古典主义的艾略特知道布莱克的弱点，"布莱克秉承了一种相当了解人性的能力，对文学和文字的音乐有一种非凡的创新意识，而且有一种臆造幻象的天赋才能。如若这些为对非个人的理性，对常识，对科学的客观性的一种尊敬所控制，那就会对他有利一些。他的天才所需求的，所可悲地缺乏的，是一个公认的也是传统的观念所构成的底子……神话学、神学与哲学的底子所导致的集聚便是但丁为什么是一个古典文豪,而布莱克却仅仅是一个天才诗人的原因之一"。他也知道导致布莱克这个弱点的原因,"在于环境无法提供这样一个诗人所需要的东西",但他也许忽略了布莱克的天性,忽略了也许正是传统文化的缺乏而没有使其妨碍布莱克的天性力量。

三月

三月是万物的起源，植物从三月出发就像人从自己出发，温暖与光明从太阳出发。三月是一条河，两岸是冬天和春天。三月是牛犊、马驹、羊羔、婴儿和黎明。三月的人信心百倍，同远行者启程前一样。在三月你感到有某种东西在临近，无须乞求和努力便向你走来的东西。三月连婴儿也会胆大，三月的房间最空，影子变浓。三月让人们产生劳动的冲动，土地像待嫁的姑娘，周围响着萌芽绽开的声音（恐惧从黑暗出发，阴影从光出发，理想从现实出发）。三月的村庄像篮子，接纳阳光，老人在墙根下走动（三月少女最多情）。总之你感觉三月像一朵花蕾，三月本身就是开放。三月让人想远处，三月有人打点行装。到了年终，通向乡村的每条大道上都有归家的人。三月需要做的事很多（语言从表达出发）。

伟大的托尔斯泰不喜欢他前面的另外两个伟大人物，他不喜欢歌德，他读完了歌德四十二卷的全集，"我读了歌德的作品，看到了这个有才华的资产阶级利己主义小人对我们这一代人所产生的全部有害的影响"。在托尔斯泰看来，莎士比亚的荣誉是人为的、虚假的。莎士比亚"不仅不是个作家，而且是个极其虚伪和卑鄙的人"。莎士比亚的世界观"是最低下的、庸俗透顶的"。莎士比亚没有那种使艺术具有外表美的技巧，作品中的人物缺乏"自然的态度"。托尔斯泰是个言行一致、信念与人生合一的完美伟人，他不喜欢歌德和莎士比亚，可能在于他们缺乏这一点。

托尔斯泰是坚定的不以暴力抗恶的非暴力主义者，来访的美国人布赖恩引用了一个人们经常用来反对托尔斯泰的例子：如果一个恶棍在您面前虐待婴儿，该怎么办？托尔斯泰说："我在世上活了七十五年，还没有遇到过这样的恶棍。但是我亲眼看到成百万人、妇女、儿童，由于政府的暴行而走向毁灭和死亡。"

与此相联系，托尔斯泰也是坚定的反"革命"者。他认为："人类不容置疑的进步只有一个，这就是精神上的进步，就是每个个人的自我完善。人只能使自己一个人得到完善，而不能用国家的改革来使其他人得到完善。"人类如果没有内心精神上的提高，那么徒有外部形式上的自由制度，那也是枉然的。"当革命者开始夺取政权的时候，在他们身上就明显地表现出政权通常具有的腐败行为：自命不凡，骄傲自大，讲究虚荣，以及最主要的是对人不尊重。这比前人更坏，因为人们还不习惯。"

托尔斯泰是文学家中罕见的先知性人物，他与耶稣、亚伯拉罕、穆罕默德相提并列，丝毫不过分。

在非洲有一个传说，有一个地方的草高得能触到天。

今年《世界文学》第一期集中介绍了日本诗人大冈信，刊登了他的诗、文论、散文、剧本。大冈信是日本主要作家，我一点也不喜欢他，还没有任何一个《世界文学》上介绍的作家让我这样轻视过，他的作品简直一行也不能读。"肿起的天空""少女们吃着柔软的太阳"等等这样的句子，我不知他如何想出来的，意蕴指向哪里，这是一种低能作家的手段，以浅作深，煞有介事，普遍真理的缺乏。

（张金起来信，谈正编一本关于诗的书，约我写一篇"海子周年祭"文章。写诗《三月》，依据笔记改写而成。松在读这首诗时，由于她的不求准确的信口而出，将"三月连婴儿也会胆大"一句念成了"三月连婴儿也会大胆"，将"世界温和，大道明亮，石头善良"一句念成了"世界温和，大道光明，石头善良"，她的误念反而使我感到这是两个改得非常好的地方。感性的直接的东西比深思熟虑的选择更适于诗。）

读完托尔斯泰女儿的回忆录《父亲》，有几天我甚至将它当作一件主要事情。这时我对托尔斯泰才有了较全面的了解。

杨树准备吐穗，柳枝已经变软。

"我们有自豪感，这说明我们已经意识到上帝在创造人类的一瞬间曾对我们有过什么样的期待，而我们应当自始至终不辜负他的这种期待。自豪的人感到上帝的期待渗透在他生活的各个方面，而他的奋斗目标则是把上帝的期待变成现实。他不去追求幸福与舒适，因为他明白上帝为他安排下的绝不是这种东西。"

——布莉克森《我的非洲农庄》

读完《我的非洲农庄》。最初促使我读这本书的，不是这个作家，也不是作品优秀，而是它所叙述的那个大陆，地球当代的全部神秘所在。

我低估了这部作品，《我的非洲农庄》体现了女性作家的最高水准。清晰的思维，善良的意志，纯洁的力量，支配美的卓越能力。布莉克森有着圣母般的情怀，她周围的土著都能沐浴到这种光辉，女性的能够融化顽石般罪恶的光辉，而这种仿佛源自基督血统的力量，在当代似乎只有在粗糙、初始、原质的非洲得以全部呈现。《我的非洲农庄》继承了欧洲古典文学叙事传统，它的文字具有北欧特有的穿透一切的清澈力。

王衍来信，谈用英文写作问题。不用自己的母语写作而借用外来语，这如同不用手拿东西而代之用钳子，一个是自然，一个是人为。掌握外文最主要的还是为了阅读。

周所同寄回《本土歌手》稿。信中说，唐晓渡看过此稿，因还有一稿也是评周所同的，故不再编发。唐的评论：切入角度很新，第一小节尤佳。不足在于，一是引语过多，二是未能展开来谈。这使我考虑补充稿子，尽快了结此事。

三月二十五日，去金起家。谈编丛刊"新诗探索"。我的观点：它应该是反映目前国内诗歌研究最高水准。以纯正的客观真理为尺度容纳稿子。不是论争性的，而是理论建树性的。避免办成编辑个人图利（如滥用自己与朋友的不合质量稿）的

泥土就在我身旁

苇岸日记（一九八九至一九九四）

期刊。应显示其年轻性。现在缺少这样一刊，如办成功，将是对诗歌的很大贡献。

王军钢、邹静之、高军同在。

四月

上午修改完《本土歌手》,去复印。只想松弛一下,忽想进城去书店。买《雨——现代法国诗抄》、《幸福而短暂的人生——塞涅卡道德书简》、《阿古利可拉传·日耳曼尼亚志》(塔西佗)、《密洛陀》(布努瑶创世史诗)。

四月五日,清明节,风与祖先的节日。所有死去的亲人与友人、英雄都被我们祭奠。在团结湖一平的家里,由一平与西川发起举办了纪念海子、骆一禾的活动。会上,一平从土地之子角度谈了海子,西川泛泛谈了骆一禾。对于海子与骆一禾,苇岸和邹静之做了片段补充。我没有想到我要在会上讲话,丝毫没有准备,讲起来又觉有些话不该在这个场合说,便草草结束。几个人读了海子与骆一禾的诗。许多人彼此是陌生的,会场气氛不是小团体式的。

一平、西川、田晓青、林莽、王家新、岛子、大仙、邢天,还有一些大学生,三十余人参加了这次活动。唐晓渡因故未参加,他写来了一句话:"在春天归去的,必在春天归来。"

在团结湖书店买了萨迪的《果园》。

偶蹄目(不反刍亚目,反刍亚目)
大型的陆栖食草兽类(河马科除外),具有迅速奔驰的能力，脚通常很长。

不反刍亚目：猪科。河马科。

反刍亚目：（种类繁多。胃很复杂，四胃，许多种类有角）下分：

A. 胼足科：骆驼属（双峰驼，单峰驼），羊驼属（大羊驼，小羊驼）。

B. 鹿科：具叉角的体格匀称的有蹄类。角每年脱换一次。除驯鹿外，所有种类仅雄兽有角。麝雌雄都无角。

驯鹿。赤鹿，梅花鹿（可取鹿茸）。麋（最大的种）。麝。

C. 洞角科：角为角质，中空，不分叉也不脱换（叉角羚羊属除外）。

羚羊类（瞪羚，高鼻羚，岩羚）。

绵羊类（喜广阔牧草地，群集成食）。

山羊类（多石地区的居民，小群活动）。

野牛类（亚洲水牛，非洲水牛，爪哇牛，大额牛，牦牛，麝牛）。

长颈鹿科（奥卡皮，长颈鹿）。

奇蹄目（第三趾发达，其余退化）。

貘科：五种，居住在沼泽森林中。

犀科：印度犀，非洲白犀。

马科：斑马属，驴属，马属。

（四月八日。与王军钢、张金起、王顺平去复兴路田晓青家，谈办"新诗探索"一事。晓青是"朦胧诗"元老，过去努力在做隐者，近年也参加些社会活动，诗正式发表不多。他的态度还是较明确的，赞成、参与。

在新街口书店买《美国诗人50家》，托尔斯泰《童年·少年·青年》。后者是托尔斯泰文集第一卷。）

剑是故事的主人。在春天，冷与暖都执剑。刮东南风，也刮西北风。有时降到地面的是阳光，有时是雨。

公鸡是法国的国鸟，向日葵是苏联的国花，牛是尼泊尔的国兽。燕子是奥地利的国鸟。

鸟类是高等脊椎动物中适应于飞行而特化了的一支。鸟类是爬行类进化了的一支。鸟的形态特征是：身体被覆羽毛，前肢变成翅膀，骨中充有空气。现存鸟类都没有齿，其机能由角质的嘴代行。现今鸟类有八千多种。

鸟羽：身体外方被覆廓羽，廓羽下方有细小绒羽，翅部飞羽，尾部舵羽。鸟羽经常脱换，许多鸟一年换羽两次或三次，换羽与季节异形和"婚装"有关。猛禽和空中捕食鸟类渐次换羽，不影响飞行；鸡形类换羽迅速，影响飞行，常在僻静地进行。

仅少数种类有交媾器官（雁形类，鹳形类，鸵形类）。大多数鸟类体内受精借雌雄体泄殖孔贴近的方法达成。

鸟卵：真正的卵是卵黄。卵自起保护作用。鸡卵成分：卵黄（水分百分之五十，脂肪百分之二十三，蛋白质百分之十，磷脂百分之十一），卵白（水分百分之八十七，蛋白质百分之十二，其他百分之一），卵壳的成分为碳酸钙。卵壳的多孔性保证了卵中胚体的气体交流。

五月

读斯塔夫里阿诺斯《全球通史》——一千五百年前的世界。他还有此书的一千五百年后的世界，尚未译出。前者比后者更吸引我们。这是一部读着轻松，但不失思想性的书。这不是纪年性的世界编年史，而是在史实基础上含有著者智慧的看法。一部不完全等同于历史的书。引导你迅速了解世界的指南。

（五月六日。与金起、横舟一起去晓青家。谈"新诗探索"编务事。晓青的书柜里有一套五十多卷的"诺贝尔文学奖获得者作品集"，我未见过，竖版，由台湾编辑出版。后一起去吴思敬家，吴的意见是不设编委会。我赞同。吴谈了他参与编辑《诗探索》的经验。）

买阿索林《卡斯蒂利亚的花园》，梅勒什可夫斯基《诸神复活》，托尔斯泰文集第十三卷《戏剧》，《欧美作家论列夫·托尔斯泰》。

读托尔斯泰剧作《第一个酿酒者或小鬼怎样将功赎过》。地府中的小鬼各有其责。一天，勾农夫命的小鬼来到田地，但他在以美德为堡垒的纯朴农夫面前失败了。地府的鬼头听取各路小鬼汇报，司商人、贵族、妇人、法官的小鬼成绩显著，它们宣称勾取那些人的命非常容易，因为那些人很容易引诱。司农夫的小鬼三年来竟未勾来一个农夫，遭到了鬼头的惩罚。司农夫的小鬼想出了一个好办法，它扮作长工，进入一个农夫家。它使这个农夫连年丰收，它诱农夫将多余的粮食酿成一种使人快活的液体。饮上酒的农夫，使他们周围美德的堡垒崩溃。小鬼胜利了，前来视察的鬼头高兴地对小鬼说："只要他们饮酒，他们就永远在我们的掌握之中。"

读《探险与世界》。"航海之子"亨利。迪亚士到达好望角。一四九二年十一月十二日哥伦布到达美洲。一四九七年五月二十一日达伽马到达印度。一五一九年九月二十日麦哲伦环球启航。一七七〇年库克到澳洲。一九〇九年四月六日［美］皮里亚达北极。一九〇九年十二月十四日［挪］阿蒙森达南极。

> 在古老的黄昏和星夜，
> 在童年漫游的地方，
> 诞生了世界最大的悲伤
> 也成长了它众多的英雄。

这是爱尔兰诗人乔治·威廉·罗素的诗。当我读到它的一刹那，我觉得它是世界最好的礼物，我要像孩子那样蹦跳起来了。罗素诗名不大，我甚至对他没有什么印象，但这几句话，足以让我将他看作大诗人。

慎重让文字从笔下产生，就像对待我们的制造物。文字一经印刷，便离开了我们，仿佛从天堂跑来向我们讲话。社会的出版物总让人相信，它是代表社会最公正、最真善的声音。如果你想让你写出的文字进入出版物，应该让它有真理的、美的形象。

树被拿来做斧头的柄，反过来砍伐它自己。世上都只知道"有用的用处"，却很少人知道"没有用的用处"。

——庄子思想

一支懒笔会像一柄剑一样生锈。

——立陶宛诗人奥斯卡·米沃什

艾特玛托夫说，七十年的苏维埃政权统治成功地消除了基督教的价值观念，但却未能用任何积极的东西来取代它们。苏联社会没有同情心，只有在商业或服务性行业乃至在对外事物中遵循冷酷无情、尔虞我诈的信条，才有可能在生活中取得成功。

格拉宁说，苏联社会具有冷酷无情的品格，在苏联的价值体系中没有任何怜悯精神。

——布热津斯基《大失败》

集权统治的实质就是消除一切自发的政治生活，把社会中的人分裂成一个个原子，其目的在于使每个人只能孤立地面对整个制度，从而使人感到形单影只，而且往往茫然若失，敢怒不敢言。

——布热津斯基《大失败》

霞在天上飞翔。我理解的黄昏是一个哲学家，哲学家从不激动，哲学家常常孤身一人。成年人不会想象，儿童使他们吃惊。天下最难的是做一件坏事，良心是人的统治者，行不义者都是自由民。国王、寓言、刀剑、马匹、城堡、木桥、大盗、歌手、铁匠、乡村大道。历史从不带走任何物品。

劳动人民文化宫书市

西藏唐卡十二幅，《剑桥世界近代史》第一卷，《艾略特诗学文集》《狄兰·托马斯诗集》《史蒂文斯诗集》《诺贝尔文学奖秘史》《西藏王臣记》《当代资本主义国家政治体制纵论》，蔡志忠漫画之《庄子说》《老子说》《禅说》《六祖坛经》《列子说》，及一些小书。

广西漓江出版社《大地硕果·畜牧神》《拆散的笔记簿》，《国际诗坛》第六辑。（邮购）

在大地遥远的边缘，有许多美好的事物望着我们。《东方》诗。

蒙古人最喜欢红色，其次是蓝色和白色。他们视黄色为严肃，黑色为厌恶。

红色，蒙古语叫"乌兰"，幸福、胜利和亲热的象征。太阳曾经是古代蒙古国家的象征。"乌兰巴托"即红色英雄。

蓝色，蒙古语"呼和"，永恒、坚贞和忠诚的象征。

白色，蒙古语"察干"，纯洁、质朴的象征。

黄色，蒙古语"夏尔"，黄色是金子的颜色。通常用金色来形容大草原的雄伟和宽广。

黑色，蒙古语"哈尔"，意味不幸、贫穷、暴君。不祥之色。

六月

六月六日芒种。麦地是进入夏天的一个障碍,在六月农民把麦地搬走。风吹,麦子摇晃,这是自然讲给神的话语。淹没在麦田中的村庄,七月,洪水退去。庄稼一般指玉米、高粱、豆类、谷物。麦地有最美的庄稼。

《世界》是米沃什的组诗,他称它为"一首天真的诗"。一共二十首。其中"罂粟种子的寓言"的第一段落:

> 一颗罂粟种子上面是一座小屋。
> 里面有人,有一只猫和一只鼠。
> 外面院子里,一只狗对月亮吠叫。
> 然后,在他唯一的世界里,他一直睡到中午。

鄂温克族,共有一万九千人。居住在额尔古纳河以南的山林、草原、河谷地区。"鄂温克"意为"住在大山林中的人们"或"住在山南坡的人们"。

种植:主要作物有稷子、燕麦、谷子。一般不施肥,不锄不蹚,种数次后,另开荒播种。亩产不过百斤。

另做烧炭、放木排、做大轮车、采榛子和木耳活计。用马运输,住土房,枕木墩,穿兽皮(不分冬夏,冬天毛朝里,夏天毛朝外）。

　　游牧：区域为呼伦贝尔大草原。每年为新生牲畜做标记：在马的左右腿外侧烙鱼形，给羊剪毛。牧民闻或尝一下草味，可决定放牧地区。剪羊毛在六月或七月。

　　　　天　鹅
　　　　一　平

　　　　它飞起的时候
　　　　水泽映出倒影
　　　　辽阔之野草木生生

　　　　飞行　飞行
　　　　气流稀薄
　　　　远处雪峰熠熠

　　　　它醉于风
　　　　力量　力量使之自由
　　　　它飞过云层
　　　　俯瞰大地
　　　　矮小了　都矮小了
　　　　万物向它微笑

又苦涩又善良

"石榴，石榴啊／夏日要灭掉你／心中的火把"（郑单一）

"命中注定不幸的日子召唤我们／进入鲜花闪烁的永恒"（巴尔蒙特）

苇，即芦苇。《本草纲目·草部四》："毛苌诗疏云：'苇之初生曰葭，未秀曰芦，长成曰苇。苇者，伟大也。'"又："北人以苇与芦为二物，水旁下湿所生者皆名苇，其细不及指大，人家池圃所植者，皆名芦，其干差大，深碧色者，谓之碧芦，亦难得，然则芦苇皆可通用矣。"

"诗歌的潜在任务就是帮助解放精神力量，解放人的全部情感天性的各个方面，揭示和丰富人的内在世界。"

——［苏］叶·西多罗夫

美国国家人文科学促进委员会，一九八四年八月二十日约请全国四百多教授、作家、史学家参加了一次民意测验，调查结果列出了以下作家或文学著作为美国中学生必读的：

1.莎士比亚，2.美国历史文献《独立宣言》《美国宪法》，林肯《葛底斯堡演说》，3.马克·吐温《哈克贝利·芬历险记》，4.《圣经》，5.《荷马史诗》，6.狄更斯《远大前程》《双城记》，7.柏拉图《理想国》，8.斯坦贝克《愤怒的葡萄》，9.霍桑《红字》,10. 索福克勒斯《俄狄浦斯王》,11. 梅威尔《墨比·狄克》,12. 奥威尔《1984》,13. 梭罗《瓦尔登湖》,14. 弗罗斯特诗歌,15. 惠特曼《草叶集》,16. 菲兹杰拉德《伟大的盖茨比》(又名《了不起的盖茨比》),17. 乔叟,18.《共产党宣言》,19. 亚里士多德《政论学》,20. 狄勒里诗作,21. 陀思妥耶夫斯基《罪与罚》,22. 福克纳,23. 塞林格,24. 托克维尔《论美国的民主》,25. 奥斯汀,26. 爱默生,27. 马基维里《王子》,28. 弥尔顿,29. 托尔斯泰,30. 维吉尔。

八月 新疆、敦煌行

八月四日
晴

车票：692次北京—乌鲁木齐特快，十二点五十八分发车，晚点至十五点五十分发车，6车厢中1铺。

也许因晚点原因，车速不快，中途常减速，临时停车。车厢闷热，尚可忍受。此间六铺二男四女，现代人心理，并不互相打招呼，各自做自己的事。

蝉遍布了大地，蝉鸣与车轮声混为一体，甚至大过了车体的轰鸣声。蝉鸣仿佛把夏天撕成了碎片。

我带了两本小书：阿伦·科恩特、戴维·伊文斯的《南美丛林寻根记》，纪伯伦的《先知》。选书时我曾感觉不知所措。

一进入河北，便很鲜明地看到了平原，如果不是树木和岚气，能望得很远。汪洋大海般的青庄稼、草木，一切仿佛都能被它吞没。想起了写平原诗的姚振涵，他的诗可读。

晚与邻铺聊天，一位在新疆工作的铁路职工，我问在新疆单人独行会不会有问题，他说绝对没问题，"现在，中国的社会主义在新疆"。意思是新疆的民风最好。他说，新疆公路发达，去喀什、若羌都没问题。

进入河南，天就黑了。

八月五日

晴

昨夜未睡好，闷热。因出汗而在将熟睡时燥醒。两点以后才略睡熟。

六点半醒，日未出，日将出时被山冈挡住了。车已过三门峡西，已是黄土高原景色，黄土川、窑洞、坡上有人牧羊。一小片麦场，垛着一堆堆麦秸，状似巨大蘑菇、土著人的草屋。一路上，河大多干涸了，流水的河有男人赤身洗澡。

> 我望着这片原野
> 这片人世散去的田野
> 太阳用光与植物界建立了
> 最美的关系
> 蝉的锐利刀片
> 夏天在叫喊
> 这时，如果我看到一个人影
> 也会使我动情

车过西安，又一马平川，望不到山，同任何地方的平原一样，泥土、北房檐很长的屋子。水退得浑黄的渭河，大河都有一点气势。

车至武功仍是一马平川的平原,半个房檐的屋子,至绛帐,见黄土梁子,有房脊的农民二层小楼。

眉县一带见远山,很富,村子高低不齐的房屋,农民二层小楼。

宝鸡在山环里,铁路高过房顶,毫无章节的市容,一条广告"出售纯水,质量上乘"。

宝鸡一过,隧洞不断。铁路贴着渭河绕来绕去。

泥河,农家子在里嬉水。麦秸垛着火,火的颜色没有什么能模仿。到葡萄园,隧洞无,一路上,火车在河谷行,河谷散布小村庄,泥土房屋,整齐好看,这是家园,块块庄稼地,方方正正。村庄树丛生,树细高,椿树多。有小土地庙宇。沿途山体松疏,不险峻,线条温和,不生大树,有斜梯田。看上去舒服。

车过天水,地貌呈黄土高原状。村庄的房子没有后半坡,铁路仍与渭水相伴,农民把河床上的大石收拢起来运回盖房子。

同间乘客:一名探亲返回的新疆托里的教师,一名北京中医院科研人员去敦煌开会,一名大兴北京印刷学院学生暑期回敦煌家,两个婆媳去新疆库尔勒。和教师谈了一些新疆情况。

八月六日

晴

近七点醒,天刚亮,时差兰州比北京晚一小时。夜里过了兰州,至天祝、古浪一带,有北京北部"坝上"的地貌,平缓的山丘,只生有短短的茅草,像剪过毛的骆驼。低矮的燕麦、春小麦黄了,农民一大早在收割,山丘几乎寸草不生了,和沙体一个颜色,它围着一个长满庄稼的谷地。平顶的略前倾的房子。过古浪有一片向北望不到头的小平原。

当这类似沙体山丘远离铁路时,看它们有一种恐怖感,我第一次看到寸草不生的黄色山丘,这是一座死亡山,它永恒地威慑着这里的居民。树叶已经泛黄,尽管这里田地密布,仍有一种荒凉感。黄羊镇农民的房子隐蔽在院墙里,围墙和房子一齐高,仿佛一座城池。

过武威,见第一匹骆驼。牛尾长,腹下多毛。宽阔无水痕的河滩,坟随意坐落,坟头上朝东常有一串石垂下,朝西有半圆石块。九坝,一片很大的戈壁滩,只长簇簇不知名茅草,固沙,片片黑色的令人可怕的沙梁。九坝站远离人烟,只有一个似小政府的院落。乌鸦,纯乌与白脖混在一起,落地头均朝西北。

临近张掖,有了农舍,一大段古代遗下的黄土城垣,已大部坍倒,不知是古代秦长城,还是小国遗址。过了张掖站,有了农业、庄稼与农舍。天阴，下起了雨。

临泽以西，天边无限的戈壁滩，平展展，无树无鸟，一簇簇草。铁路南线祁连山，望得到覆雪的山顶，酒泉周围有了农田，后又进入大戈壁。嘉峪关荒凉地广，城垒，古泥土城垣。玉门一带无人迹。远见玉门油田。玉门西五华山，九点半日落。十点天未黑。出玉门，到哈密，八百里大戈壁，只长骆驼刺、芨芨草。

八月七日

晨六点到达哈密，天很黑，薄云月亮，民说汉话，未见维吾尔族人。八点半左右日出，哈密人九点上班。哈密市容干净，上午八时四十五分1路汽车发车，乘1路汽车进市区，市区人还很少，至西郊（火车站在北市），多农户，主要为维吾尔族人，他们多身着民族服装，有的打开街门，有的赶驴车赴早市，老人哄孙儿。向一个维吾尔族小孩（他称上初二）问路，他的汉话讲不完全，他说不出"左""右"，只是给我打手势。维吾尔族人清早就扫门前，院落均植葡萄架。见维吾尔族人墓地，讲究，基体垒成泥土长方形，内穴平，前呈三角形。天山雪松混疏。

哈密王墓在西郊，庞大、壮观，有外饰剥落，身后是清真寺，已修一新。搭车至盖斯墓，与守墓人合影，进食，坎井水很凉,有游人至此墓。屋内留天窗,燕窝,伯劳鸟叫。周围是大片的玉米田。维吾尔族人院内窗前是浓密的葡萄架。哈密是绿洲。过哈密,戈壁与田地交错,都很突然。

晚八点二十六分,改乘403次慢车去吐鲁番。天山在铁路北,戈壁在铁路南。太阳十点落山。十点半月出。月光明亮,风暖,天空纯净。

八月八日

晨七时一刻到达吐鲁番站,这里离市区尚有四十公里。一夜似睡非睡。穿过寸草不生的碎石戈壁滩,汽车开了一小时到达吐鲁番市。它在一片绿洲中,四周灰色的无生命之山威胁着它。出汽车站和三个北京青年、云南父女俩一起结伴坐私人汽车去高昌遗址、火焰山、千佛洞等。气温高长,车行起来热浪袭人,柏油路化了,车跑在上面沙沙作响,甩起石头子。火焰山山体似跳动的无数火苗或流岩。高昌遗址周围一片死迹无绿色。下午六点后,再租车去交河故城,它建在崖上,四周绝壁,它的气势比高昌雄伟。

吐鲁番和哈密比,维吾尔族人口多了,汉人是极少数人,街道两旁行人走廊是葡萄架,家家户户在房顶建着土格子间,风干葡萄用。炎热难忍:早晨是热的。坎儿井,娃子拉客要钱。艾丁湖水深已不足一米,未去。这里这么热,从古至今人们也都居住在这里。

八月九日

早九点乘汽车去乌鲁木齐，沿路主要为砾漠，过盐湖，达坂城是一小块富饶的绿洲，有草场、田地。四个小时进入乌鲁木齐市，近郊被工业搞得凌乱，乌鲁木齐市在狭长山谷中。

去新疆博物馆，新疆史：原始社会已有人迹，维吾尔族人在中世纪建了几个小国，后因抵御外敌原因，归附内地朝廷。沙漠地的自然干尸展览。

八月十日

早九点乘旅游车去天池。北疆地貌有草色，地广是同一特征。三小时到天池，在昌吉回族自治州阜康县境内，古称瑶池，湖面海拔一千九百米，是中国最大冰川终碛堰塞湖，为高山融雪汇集而成。

哈萨克人将帐篷支在天池附近，从事用马驮客、采卖蘑菇、雪莲生意，还卖马奶子，我喝了一点。

回来在市区逛，欲进新华书店已关门，晚写信。

天池周围是密林，看得见雪峰，从天池流出的水一路成小河。

乌鲁木齐市区还像个大城市，它在一山谷中，两边夹山限制了它的发展。市内到处有小流水沟，成为人们非饮用水的来源，这是从天山雪峰流下的。吃蟠桃。

八月十一日

买的车票为早八点，醒来已八点一刻，匆匆赶到汽车站，由此到了总站，去喀什的车中午十二点发最后一班，出乌鲁木齐重走去吐鲁番的路，然后转向托克逊，再穿天山，这是一条起烟尘的"干沟"，走了三个小时，才转出山。晚十点在焉耆过夜。

八月十二日

早七点半发车，经过库尔勒，驶向库车。出库尔勒查票，两个维吾尔族青年无票，但说已把钱给售票员，发生争执，司机脖子被抓伤，维吾尔族人齐心站起，后平息。

沿途未见沙漠，多为戈壁、砾漠，在小绿洲中居有人家，农民，维吾尔族人。

一路遇多起车祸。客车每小时约驶六十公里，下午六点以后，到达库车。天很亮，出去上街头，库车有新旧两城，去新城找到苏巴什古城的办法。

库车已具典型的维吾尔风貌，街上维吾尔族人服饰鲜艳，见不到汉人，问路困难。新城街道干净，令人舒适。我先去库车宾馆，很远，答曰在政府外办，到了县政府，因今日为星期天无人，守门人说在县委招待所，去县委招待所答曰在外办。只好罢了。

坐客运汽车去旧城，一过团结大桥便是旧城，大桥两端各有一门廊，两边各用维吾尔文、汉文书写"团结大桥"（北）"龟兹古道"（南），旧城热闹，各种小商品出售，手工艺者做工，大桥附近有一旧清真寺，内有几个信徒祈祷。往里走见库车大寺，与新疆通常清真寺有别。小孩乐于照相。这里的生活自古至今延续着，在很多方面未发生变化。驴车在大街、小巷、乡村路上奔走。

八月十三日

晨起来，县政府十点上班，去外办，接待的一个汉人说苏巴什古城不好去，包车昂贵，后来一个电话，是库车宾馆打来的，说两个日本人要车，等了一会儿，不见有车迹象，我告辞。又去库车旧城，返回时一点多，巧遇两个学生，像内地人或香港人，问话方知是日本人，我问他们是否在外办要过车，他们说是。他们只会讲一两句汉语，可用英语交谈，他们随身带一小本，随时可写字表达愿望。在一懂汉语的维吾尔族青年帮助下，我们租了一辆马车，讲好租金四十元，车夫是一十五六岁的孩子，会讲一两句汉语，多用手势比画。我们四人仿佛是三国人，中途进维吾尔族老乡家买葡萄。马是一匹老马，车夫不断抽打，勉强跑起。我劝他不要打了，打它也跑不快，他听不懂我的话。中途刮起风，黑云压来，下起小雨，我们将铺在车上的毯子围在身上，二十多公里的路，走了六个小时，后来雨停了，到达苏巴什古城，来了两辆面包车，一辆为一个西方人所乘，一辆为几个日本人所乘，返回时我和两个日本人坐了日本人那辆车子。晚从库车交通旅社搬到较干净的库车兵站。

八月十四日

乘十一点过路车去喀什，地貌仍和走过的沿途差不多，同车巧遇一中央民族学院的学生，他已从学院两年毕业，分到上海华东师大继续上学，他的汉语已说得很不错，还有他的塔里木大学毕业的哥哥，温文尔雅，和气、热情，不同一般。他给我讲了一个传说：

八十年代初，一个在东北上过大学的维吾尔族学生，联合两个人备足两个月的食物和水，从和田向塔一大沙漠进发，当他们的食物、水几乎用完时，在沙漠中心遇一大绿洲，生活着也说维吾尔族话的穿羊皮的与世隔绝的人，当他想用指南针定位时，针不断旋转不定，他想用树枝看影子，影子也转，不能辨别方向，当他想记下时，被当地人强行送出了绿洲，当他循原路再来这里时，已全然不见绿洲。

（在旅店，一个部队转业兵团的老人告诉我，部队解放新疆时，他们从阿克苏穿沙漠用了十八天到和田。）

司机想去三岔口过夜，但被交通检查人员拦下，返回阿克苏过夜。在兵团旅社遇几个西方人。

八月十五日

一早七点半发车，在三岔口吃饭，在阿图什吃小贩卖的无花果，后终于开进一个大绿洲喀什，天还很亮，住进旅社便去艾提尕清真寺。因逆光无法照相，只能等明天早晨。

喀什像个工业文明之外的首都，街上各国人均可看见，除西方人外，巴基斯坦、阿拉伯人也很多，行人多，交通带铃马车过来过去，很难见汉人、内地旅游者，建筑有中亚阿拉伯特色。清真寺人进进出出，我不敢贸然进入，不知里面都有些什么，看不到汉人可以打听，大门前的小市场人来人去。

八月十六日

一早，太阳未出，去清真寺，详见后页所记。然后租自行车去玉素甫·哈斯·哈吉甫麻扎和阿巴和加麻扎（香妃墓），在此遇一国际旅游团体，有两辆警车护卫。

回城内，逛老街道，和那两个日本青年相遇，照相。喀什街道有历史意味，手工业者在两旁比比皆是，包金页的木箱，焊瓷碗、做刀、磨刀、烤馕、钉黑白铁。买帽四个，买刀七把。

后记

喀什

九点天刚亮（九点二十分日出），街上有行人走动，马车、毛驴车送着旅客，穆斯林熟人见面上前握手，小商用驴车运来柴，他们开始生火，准备经营，已经有穆斯林闲坐在艾提尕清真寺前小广场了。汽车和驴叫声响起。

大清真寺里不时有穿破衣的人走出，可能它收容乞丐。大门前聚了一帮乞丐，一会儿一个背着袋子的人从大门走出，丐帮围上去，争抢里面的食物，一个年老丐抢了一个馍，被一小丐踢了一脚，老丐追起小丐。年老穆斯林妇女多头蒙紫褐衫。一个小丐从一蒙褐巾的老妇丐手中接过一大饼，他用脏袖使劲将饼擦了擦。头蒙褐巾的老妇做乞丐，可以乞讨，不丢信仰。这里的大饼干硬，四边翘起，像个盘子，有针扎的眼儿组成的图案。一个穿戴整齐的穆斯林走来，手托一摞大饼，来到小广场，将饼分发给乞丐，他先发给老妇丐，有的小丐未得到。乞丐之所以聚在清真寺前，是等信徒做善行。又一个人来给他们发钱，从九点到十点，已有三个信徒给乞丐发食物。

十点后，上班的人出现了，这里十点半上班，给乞丐发食物、钱的人多起来，有妇女、男子，我见一未上学的小男孩，拿两只大饼给了乞丐，他走了，我未见周围有他的父母。十点半，当我试图把分发食物的情景照下来时，一个男丐庄重严厉地制止我："喂，那个样子不行嘛！"这时他全然不像乞丐，而恢复了人的教徒的尊严，尽管他穿着破衣烂衫，皮肤肮脏。尽管他们之间互相踢打。十点半，小摊陆续支上了，乞丐的怀里、行囊胀起来了。

在汽车站买票时，遇两个外国人，称自休斯敦来。

穆斯林朋友见面握手，主动一方用两掌夹住对方一掌，手不合拢。

喀什在大漠深处，这里的土地能养活他们，像世外桃源，乞丐不向人行乞，等施舍。晚九点，晚祷，信徒纷纷赶到大清真寺，站立—双手合十在胸前—鞠躬—跪地两叩头—站立。主要是年纪在四十岁左右的人，乞丐也跑去做晚祷，晚来的人急促跑步。

八月十七日

早十一点发车去和田，本应早九点半。在喀什询问若羌方向情况，曾使我对这条线犹疑，但原路返回又使我不能忍受。车发后在英吉沙吃饭，喀什至叶城这一带，村庄绿洲较多，较有家园感。到和田已夜里十二点。

八月十八日

早起来，先去票厅打听去且末的车，两天一班，恰好今天有车，本想待一天，只好今天走。匆匆收拾东西买票上车，和田到策勒、于田，还有一大片适宜放牧的小草地。车上遇一同路的二十六岁香港人，单身出来旅游，临时和他结伴。车到于田不走，过夜，上街。于田妇女头蒙白纱巾，扣小黑帽，男子戴高筒帽，有毛，他们不嫌热，小孩追逐照相，回来已十点多，在车站内遇售票员，说司机开空车出去，轧死了人，不能走了。这是个很坏的消息，只好打算明天先到民丰。另一事，是一自称自治区畜牧厅干部下来体验生活，背一小包，再来车站旅馆找我们包已被割一口子，称证件、钱全无，向我借钱，我认定这是个假象、骗子，未给。

八月十九日

上午去于田巴扎（集市），今天星期天，是大巴扎，但只在十一点后，人才多起来，商贩才上市（见后详记）。主要看羊市场。

下午五点，去民丰的车开车，满车人，闷热，出于田是沙石路，柏油路无。过沙漠地段，流沙漫上。一路少见人烟。路过见一小水电站。三小时后到民丰，第一感觉是它的小和人少。

去民丰的小巴扎，布匹、服装、小百货、瓜果、羊肉、饭馆，不多的摊点。民丰甚至看不出老城区，维吾尔族气息不如于田浓厚。

电力不足，民丰利用一条不大的河，建了一个小水力发电站。灯昏暗，电视常常中断。

八月二十日

在民丰度过一天。上午去小集市，看到了宰羊。一早专业卖羊肉者从牧羊人那里买过羊，然后拉到市场偏僻的一角，这是个专门的屠宰场，黄土墙围拢，油渍的木柱，黑乎乎耸立，下有一坑，羊赶来，头朝坑，血流入坑内，体内污物扔入（详见后面）。

国营商店简单，星期一休息。

民丰共两万八千人，这是全县。住宿遇石油运输人员，谈到油田，在塔克拉玛干油田中，工人出入乘直升机，机场为特制巨大钢板，工人住在封闭的车厢，此车专供住宿，设施齐全。大型货车将设备拉至沙漠边缘，沙漠穿越车再将设备送入沙漠中，它的车轮胎有一米多宽。

后记

民丰

　　县城尼雅镇，不大，显得空旷，一会儿便走到头，街道像于田、策勒一样，两旁植杨树，杨树后是商店、建筑。男人多赤脚，妇女一律穿长裙，如果穿裤子，外面也套上裙，下露裤腿。

　　宰羊场在市场一角，羊或被捆用车运来，或不捆赶来，这里我第一次明白了羊的温顺程度。我看见了两个小孩就将一只公羊不捆赶进了血腥冲天的屠宰场。被杀时，它们的挣扎也是无力的，抽动三分钟便一动不动。羊似乎是天然被宰杀的。这里我见了一个专业屠师，他宰一只羊，从剥皮到掏出内脏，时间不过十分钟，他很自豪。羊被杀后，剥皮前先将后肢割个口，然后用嘴吹气，使羊胀起，后用力拍打，用意是好剥皮。羊被杀时一声不吭。

　　屠师告诉我，他是市场上卖羊肉的，羊从郊外牧主那里买来，一只母羊一百元，一只公羊一百三十元，一只羊重百斤左右，宰后净肉四五十斤，卖四元一斤。他说我们靠这个吃饭，指着一小娃说我儿子长大后也要干这个，不用动手，每天看着就会了。一个十五六岁的男孩是他徒弟，每月五十元工资。小娃抱着羊腿。

烤馕

门前一盘炉炕，一个内肚很大的灶膛。先燃火，待火苗熄后，靠灰火。馕用手做成盘形，用花纹模盖上图案，这是妇女做，然后将它递给一大男孩，他一边沾上菜末，一边洒上盐水，用一托将其送入膛内，拍在壁上，壁烘，外烤，四五分钟即熟，焦黄好看，是维吾尔族人主要食品，很大，薄，五角一个。

民丰星期一，白天也很安静，街头上有人闲置，无汽车过，只有卖食饭的店主忙碌，看不见工业。国营商店多在今天休息。早晨走在街上，丝毫不感这里是个沙漠所围的绿洲。到了中午，火的氛围使人觉得了沙漠，一刮风烟尘飞腾，干燥得很。

在于田来民丰的路上，柏油路消失，绿洲很少，沙漠漫上路基，路基多处被水冲毁，只遇见过群羊、两个步行农民、一辆货车。中途停车，维吾尔族人专喝雪山长途流来的沟水，这样的水沟很多，水凉且混浊。

马车拉铃铛，一路哗哗作响。驴车轻捷无声，一跑小路不久就无踪影。

乞丐在吃馕时，也用衣袖擦擦，即使沦落到这个地步也依然讲究卫生，他沦为乞丐前的习惯仍保存。

乞丐不向汉人乞。

民丰总共两万八千人，电力不足，电视常断，街有路灯，但一片漆黑。

夜晚狗吠，我奇怪各地的人语言各异，各地的狗叫声相同。鸡鸣相同。

维吾尔族人经商不用秤，今年才学汉族人使秤。

传统民风，进饭馆先端上菜，然后吃饭、付款。

无蚁无蝉鸣。

在旅游车上，乡下的维吾尔族儿童向你招手。

清真寺的大门永远敞开。

且末县城

日光照耀下，高大杨树投下巨大阴影，使整个街道、房舍都在其中，安安静静的小城，偶尔驶过一辆机动车，驴车无声驶过。人们把雪山水引进城中，街道两旁都有流水沟，家家门口有一座木桥，日晒强烈，但树荫下清凉，土不凝固，刮风尘起。爱整洁的维吾尔族人，不断取水洒在门口，小驴车系在门前，院内葡萄架遮阴，孩子童音悦耳，玩耍，葡萄叶伸出墙外，街上阳光阴影分明，墙内有羊叫声，人们见面握一下手，妇女服饰鲜艳，朴素的土院墙，雕花无漆、精密细致的木门。生活的节奏在进行，前有历史，这一切也在汇入历史中，生活向人们的朴素愿望发展。流水的凉意。只要你开口，人们乐意回答你问题。风吹杨树大叶作响，街边放着锯倒的树木，人们坐在上面乘凉。赤脚娃子，蹚起尘土，院内花丛。他们从不深入沙漠,他们与昆仑雪山的关系。人类有一块生存之地,就能充分把智慧技能发挥出来。不是人懒惰,只要有水和地,不管在什么地方,人类也会把它变成家园,土地成片。年年岁岁,当他们看着自己的后代长大成人,看着家园变得符合自己的愿望,人们这时处在最幸福的时光。

二十世纪上半叶且末被沙漠逼到新址,新址离旧城五十二公里,为了护卫家园,人们在沙漠与且末之间植第一道草网,植第二道红柳、胡杨、沙枣,形成屏障,人类用气魄和智慧在自然那里争得了安宁和生存的权利。我不得不想到这句诗"土地说,我要接近天空,于是山脉耸起,人说,我要生活,于是洪水退去"。这构成了历史一元。原动的神话显现。

一个民风淳朴的地方和一本好的书一样,它塑造一个人善的灵魂。在见过它的人生命里留下深深的印迹。

田园是世界上最美的图案。

由于塔中油田的开发,见到了过行的石油车辆,现代文明在震动这个地方。

且末是新疆最遥远的地方之一,它南靠昆仑山,北邻塔克拉玛干沙漠。

八月二十一日

上午近十一点去邮电局旁等车。久久不来,心情焦急,望眼欲穿。下午两点后去车站，见和田至且末的车在院中停着，等至四点，人来车开。起初，司售人员不让上车，称人多，勉强上去，至街里，人忽上来很多，车满。车厢小，座位窄，过道亦无法坐，站着头顶厢棚，这样站着，勉强换腿，看不见外面。

一过于田为沙土路，民丰至且末路颠，沙漠已漫上路基，已称不上公路。下午五点开车至第二天晨四点才到，仿佛永远也到不了了，路无尽头，我盼着两旁树的出现。忍耐最好地体现在这里了，这是我一生最困苦的时刻。维吾尔族人很不客气、不将就，他们稍不舒服便反应出来。他们喝混河流水，他们陌生，但互相传吃。过大片胡杨林。

八月二十二日

且末一天

狗将一从库尔勒至且末的司机咬伤。

上午去且末小集市，西瓜最便宜，一毛五一公斤，且末汉人已多，多从内地四川、安徽、河南而来。去且末小县城（所记见前）。晚欲去沙漠未实现。昨天从民丰上车，又遇三个广东青年。

正逢学生返校期，且末至库尔勒两天一班车，班车已排满，票已售，因同室为明天的班车司机，他答应我们坐在过道中。

已绝望又喜出望外,能走已谢天谢地,坐两天便不觉苦。

本想从若羌去敦煌,但不直通班车,搭便车时间不保,时间紧,我已不敢冒这个险,只有舍近求远,绕向库尔勒,这样等于绕了塔克拉玛干大沙漠一周。

八月二十三日

一夜热,狗叫未睡好,隔一小时一醒。

晨八点发车。开始,和民丰至且末路段相同,中段邻阿尔金山,死灰色,寸草不生,恐怖。路过沙漠,固沙网,人推车,拖拉机牵陷住的货车,过胡杨林。瓦什峡农场,和平原上一个农村一样,一路车绝少。晚六点到若羌,未多停。若羌也是一个世外小县城,安安静静,街两旁高耸白杨树。

一车多且末学生,他们返校,维吾尔族学生唱歌,做两个游戏。一是碰鸡蛋,看谁的硬,双方各拿一蛋,碰后谁坏谁输。他们用门牙试鸡蛋的硬度,这我在阿克苏市场也见过。另一游戏是打后背,被打者弯腰,蒙住头,数人中有一两人打,通常只一人动手,让被打者猜,猜不中挨打,猜中,由猜中了谁谁接着挨打,他们守信,不因被打者看不见而不承认。

过若羌车辆向西开,一路风景美丽,沙漠上遍生干粗冠小的胡杨林,也有林海感,虽然它们较稀些,它们的宽大的冠仿佛更新了,成现在的大形状,有干枯粗枝。连续过了几个生产建设兵团场，夜十一点在三十四团场过夜，无电灯，水质黏。

八月二十四日

　　下午近四点到库尔勒。住库尔勒饭店。
　　买票，库尔勒至北京通票一百一十八元。
　　库尔勒市容尚干净，像个小城市，瓜果明显贵，欲打电话，未行。
　　晚因与一同旅社旅客聊天，分神，在卸胶卷时未倒过来，打机箱而至第二卷曝光，大错，心情无人能体会，无可挽回的事情。

八月二十五日

　　上午去库尔勒市内打了长途，欲买挂毯，民族商店未开门。匆匆返回。火车为库尔勒至西安，直快，一点零五分开车。
　　火车路线与汽车路线不同，开始两旁是宽敞的，能看很远，类似草场的草色，牧群很少。后来，出现农田、农舍，一派农园景色，维吾尔族农民在田里。再向前火车过隧洞，进入山谷，视野狭窄，但这山不光秃，有浅浅的草色，山谷有一流水，坡多弯多，火车开得很慢，令人心急。出现了雪峰，这是天山，雪峰云雾缭绕，从山顶至山脚有如一条色谱，由白转为绿，很温和，车开至吐鲁番已一点多，走了十二个小时。

八月二十六日

吐鲁番至哈密，为八百里戈壁，绿洲很少，景色单调。

十月

十月，秋天仿佛向后推移了，大片的玉米还未收获，田野也并不热闹，农民似乎还要等几天。往年田地已经空空荡荡，小麦破土，新生与垂老并存。树木仍然郁郁葱葱，生机盎然，只有几种敏感的草木呈现金色。

——十月一日去门头沟所见

利用"十一"放假三天，欲写关于新疆的随笔，总感不充分。改定《美丽的嘉荫》。

十月九日

在王府井买《帕斯捷尔纳克抒情诗选》，出版者为了销路，冠以"朦胧诗大师帕斯捷尔纳克"，用心良苦，也令人啼笑皆非。另一本书是美国学者迈克尔·哈特的《历史上最有影响的100人》，这是第三次印刷。哈特这样排前十人：穆罕默德、牛顿、耶稣、释迦牟尼、孔子、圣·保罗、蔡伦、古腾堡、哥伦布、爱因斯坦。排列的道理令人信服。

十月十一日

西川寄来一册印刷、装订朴素的小书《倾向》,这大概是他们编的刊,第二期,为"海子、骆一禾一周年祭"专辑,内收海子诗文、骆一禾诗文、书信,西川、张玞、钟鸣、肖开愚、邹静之、陈东东纪念文章。

感谢西川。

十月十二日

十月颁诺贝尔奖获奖者名字的日子,医学奖已公布,今天报纸和电视都报道了文学奖授予墨西哥诗人帕斯的消息。这在意料之中,帕斯终于得到了这一荣誉,帕斯一九一四年生,今年已七十六岁。他是我很喜欢的诗人。

十月十八日

近两天,电台、电视台、各大报纸均发布了这样一条消息:

新华社斯德哥尔摩十月十五日电:瑞典诺贝尔委员会决定把一九九〇年诺贝尔和平奖授予苏联总统戈尔巴乔夫。

这一消息是诺贝尔委员会今天宣布的。

没有获奖原因，新闻简化到最低限度，各报通用新华社电，连《人民日报》驻外记者发回的消息也是一小条。

王衍让我看一本书，埃及作家陶菲格·哈基姆的小说《灵魂归来》。第一部前引了一首《亡灵歌》：

> 当时间成为永恒，
> 我们将再次相见，
> 因为你正去那边，
> 合众为一的地方。

古埃及贵族墓内，常可见图画和文字，记述主人生前的丰功伟绩和济世德行，反映古埃及人对来世的幻想和憧憬，写着各种符咒和祈祷词。学者将这些文字统称《亡灵书》，其中带韵的文字又称《亡灵歌》。时间在公元前一千五百五十五年左右。

十月二十二日

近日同老愚通了一次电话，他已去唐山下放劳动，一年。平时回来，他的胃病似乎严重，声音很弱。他说他编的集子收了我的散文。

给西川、老愚信，内有新疆哈密王墓、盖斯墓、艾提尕清真寺礼拜情景的照片，一份新打印的《美丽的嘉荫》。

欧尼·赖特对他的学生说，每天清晨必要坐在打字机前苦思，即使没有灵感，至少可打出一些随时进入脑子的句子。

美国作家菲力普·罗思与妻子居住在纽约郊外坎州乡下，他的工作室是林间一座两间的小木屋。他在家中用过早饭后，就步入森林，关在工作室中，从上午十时左右一直到晚饭时间。然后步行五十码回到住屋。罗思一向是位孤独自居的作家。

小说家凯瑟琳·安妮·波特活了九十岁，批评家说，其良知和文字功底犹胜她的短篇小说一筹。她婚变四次，与诗人克兰有过恋情："……你那情感上的歇斯底里大发作并不令人感兴趣，也许那些附庸风雅的文艺小人，才把你的坏脾气看作天才的标志。对我来说，凡此种种丝毫不会增进你的诗歌价值，却夺去了我最后一线和你见面的愿望……"

一年之后，酗酒成性的克兰从墨西哥回美国途中投海自尽。波特给友人写信说："我从未把他看作一位有必要营救的人……他并不需要人们去营救，他已是个抢救不了的人。他身上唯一值得感人的部分，都已写在他的诗篇中了，这也是我期望能保留在记忆中而加以鼓励的东西。那又何必保存那行尸走肉的躯壳，他几乎总在神志恍惚中写他的诗；他若继续逗留人间，后果势将不堪设想。"

——《读书》一九九〇年十月

十月二十六日

　　劳动人民文化宫书市。均降价九折至五折。买《"新批评"文集》《游侠纳斯列金与巴格达窃贼》《骑马民族国家》《藏北游历》《裸体艺术》《乔伊斯》《社会改造原理》《托尔斯泰夫人日记》（两册），大小书数册。

　　在书市上遇韩长青，他面色老了许多，尽管胡须刮得很干净，但面纹更能显现岁月。他的感情生活陷入苦涩之渊，他正在办离婚事宜。

　　今年冬天来得缓慢，几乎让人感觉不出气温有什么突兀的变化，秋风没有怎么刮，一个秋天便这么过去了。大风降温尚未开始，人们也未认可冬天已降临。

十一月

读《历史上最有影响的 100 人》。世上不应缺少这样一部书。美国学者哈特以高度自信心，排出了历史上最有影响的一百个人。这里有一些人于我是陌生的，其中有：

德国印刷发明家古腾堡，美国飞机发明家莱特兄弟，荷兰微生物发现者雷汶胡克，英国青霉素发明者弗莱明，发动十字军东征的教皇乌尔班二世，伊斯兰第二任哈里发欧麦尔，印度国王阿育王，美国麻醉剂发明者莫顿，法国放射线发明者贝克雷尔，法国内燃机发明家奥托，法国摄影术发明者达盖尔，西班牙征服者皮扎诺，墨西哥征服者科尔特斯，意大利第一台核反应堆设计者费米，美国避孕药发明者平卡斯，三世纪先知摩尼教创立人摩尼，波斯帝国创始人塞鲁士大帝，伊朗先知拜火教创始人琐罗亚斯德，埃及第一个国王米尼兹，印度耆那教创立人玛哈维拉（筏驮摩那）。

本书所列是历史上最有影响的人，不是最有道德的人，最高尚的人，因而希特勒名列第三十五。世界首先以物质外观存在，因而本书所列自然科学家众多。本书仅列三个文学家，他们是莎士比亚三十六，卢梭七十一，荷马九十四。还有亚文学家培根七十八，伏尔泰七十九。

本书后附"享有盛誉的人物和未论及的有趣人物"，其中有梭罗和托尔斯泰。

订一九九一年杂志：《世界文学》《外国文艺》《诗歌报月刊》及《中国电视报》。国内可订的杂志还有《世界美术》，未公开发行的《外国文学动态》。

本月上旬。第一次寒潮来了，风头过后，气温降到了最低点，夜里静悄悄的，如果你未熟睡，会听到一点动静。早晨人们醒来，走出室外，都被眼前的景象惊呆了（能使人激动的事情并不多），泡桐的大叶子落了一地，仿佛一群麻雀停到了地上。一阵风吹来，叶子呼啦啦坠地，像急雨。

和老愚通电话，他告诉我他编的散文集收了我三篇作品《海子死了》《美丽的嘉荫》《大地上的事情》，他说读多了自我的东西，厌倦了，我的客观性散文让他耳目一新，很舒畅。他的几句话的确增加了我的信心。使我产生了把《大地上的事情》写下去的想法。他说可以因此出本书。

他打算编辑海子的作品，出三本书，一是《抒情短诗》，二是《诗剧》，三是《诗论、书信和纪念文章》。

一天，一个孩子告诉我，风是树刮起来的。（为小松而记。）

给西川打电话，谈了大学生诗赛让他出任评委的事情。谈到海子的作品出版事，他说中国文联出版公司曾拟出海子一本诗选，后来搁置下来，他告诉我有一家出版社出了海子的长诗《土地》，清样已出，出书后他寄我一本。我谈到老愚欲出海子三本书一事（尊老愚意未告诉他是谁），他说如果出太好了，但担心有人拿海子作品赚钱。他说可以谈谈。

为大学生诗赛一事给一平寄信,和林莽通电话。他请了创作假在家,他原来讲的和一平合出一书之事,仍未实现。我建议他找老愚,此书可列《21世纪丛书》之中。

(大学生诗赛拟请评委:晓青、一平、林莽、西川、老愚)

读马丽华《藏北游历》。她的这本散文的确是一流的。让我想到"刮目相看"这个成语。

西藏是我一定要去的地方。

读苏联作家索洛维也夫的《游侠纳斯列金》,此书还有了续译本《游侠纳斯列金与巴格达窃贼》。纳斯列金是伊斯兰世界传说中的英雄,主要以智慧取胜,类似新疆的阿凡提。这是传统文明的智者英雄。

书中所述在我这次新疆之行中,仍历历在目:黄昏伊斯兰宣礼者穆安津在清真寺宣礼塔召唤穆斯林晚祷的洪亮声音,被牵去屠宰的绵羊发出的凄惨的哀鸣,手工业与商业,提着长脖子水罐到混浊的池塘边打水的少女,毛驴,羊肉炒饭,烤羊肉串。唯一大的变化是公路修通了,汽车赶走了长途跋涉的骆队。

十一月二十日。去中国引进报社,Y让我看了我的稿子《本土歌手》,他已编好,稿子做了改动,Y为了例行编辑公职删了两句话,然后部主任审阅又删去三句,改动了两个地方,最后是主任定论,删去了一个段落。尽管是经朋友之手。

买到托尔斯泰文集之十五《政论》和《格林童话全集》,

勃兰兑斯《十九世纪文学主流》第一分册《流亡文学》。

《世界文学》第五期主要介绍了加拿大作家莫利·卡拉汉。我讲不出加拿大谁是富有世界声誉的作家,最著名的也许是《我嫁给了畅销书作家》的作者。当然了解取决于翻译界。

加拿大作家中或许首推卡拉汉,在他步入文坛过程中常旅居巴黎,与海明威、菲茨杰拉尔德关系密切,但不如两人名声大。他已出版长篇小说十九部,短篇小说三本。本期《世界文学》介绍了卡拉汉回忆录《在巴黎的那个夏天》和十一个短篇小说。

在这个回忆录中卡拉汉谈了一些真知灼见:

我决不相信文学的美妙在于比喻(已经不是文艺复兴时代堆砌辞藻,动辄比喻那的时代了)。简洁明快地讲实话。创作必须处理好用词和被描写的人或事物之间的关系;词语应当像玻璃般透明,每当作家用一个华丽的辞藻来显示自己的机智或聪慧,只会把读者的心思从被描写的事物引向作家自己:这样一来他不过是一个演员而已。作家一旦在书页上思辨,就免不了掉入陷阱。作家之间不可能保持友谊。我奉行的写作信条是不在文中矫揉造作,华而不实。批评家不同凡响之处是他识别新颖与美好的事物的能力。庞德被视为先知,伟大的发现者,品位极高的人。

他引了海明威:"作家像牧师,他对自己的作品必须抱有牧师那样的热情。"

奥地利作家卡累尔吉："阿育王是世界上最崇高最可敬的大王。"英国政治家霍尔登："但愿生活于阿育王的统治。"

临近年终，街上开始销售挂历、年画、贺年卡。我想到了几个朋友，应该到时给他们寄张贺年卡，并分别写上"新年寄语"：

赠王衍：迟开的花朵必晚谢。

赠老愚：老愚、老愚，你有一个漂亮妻子（身边），有一个欢乐兄弟（心里）（胸中）。

赠（高）立林：鸟的乐园，风的家乡，高于土地，矮于天堂。

赠西川：最早迎来东风，最晚见到太阳的兄弟。

十二月

　　写《库车笔记》。这是类似游记的文章，它有外部素材可用，并能容纳作者所感和思想。但极易流于平淡。应王衍缺稿所求，为他赶写。并附一张库车大寺照片。同时将一平的关于萨福《暮色》的解析文章寄给他。

　　今年冬天，在经过两次大风降温后，气温又回升，白天在十摄氏度左右，很像深秋天气。在冬季不冷，人反而不适。

　　五日下午去工人出版社老愚处。给他带去了从张金起那儿拿回的稿子。他想在明年出一套随笔丛书，大三十二开本，像杂志《读书》那样。第一期他已列好目录，内设若干栏目，大部分为在报刊摘收的文章，一部分为新写之作。他的想法是：一为将新近出现的有保存价值的文章收集入册，二为给自由的写作提供园地。这是一种有意义、值得为之劳作的事情，做这件事的人老愚是合适的、称职的人选。有写作功力，富于正义感，敏感的审美能力，明澈的鉴赏眼光。身在出版社，具有丰富的编辑经验。

　　为海子出版诗的事已落实，北方文艺出版社承担。我给西川打电话，和他谈了此事，他说这里只存在一个问题：骆一禾遗孀张玞主张，海子的诗要和骆一禾一起出，否则都不出（这次春风文艺出版社出了海子和骆一禾的两个诗集）。西川说应和张玞商量一下。我把电话给了老愚,老愚对西川说,他认为海子是二十世纪最伟大的诗人,他的作品不属于某个人,而属于公众,应尽早让它问世。出版海子的诗是每个有条件出版的人义不容辞的责任,做了功德无量。

海子的作品计划出大三十二开本,一册为诗剧《七部书》,一册为《抒情短诗》。一九九一年三月交稿。

读完《游侠纳斯列金》和《游侠纳斯列金与巴格达窃贼》。读这两本书,主要为了解伊斯兰世界。为写新疆之行。

这里讲了一个印度故事:

真主对一个人说:"你向我请求吧!你想要什么我都可以满足你,不过有个条件,我给你邻居的赏赐要比给你的多一倍。如果给你一座庄园,就给你邻居两座;如果给你一匹马,就给你邻居两匹。你想得到些什么呢?"那人回答:"万能的主啊,我请求你剜去我的一只眼睛吧。"

甘地建立了一个宗教团体,他欢迎任何种族和宗教的人加入他的团体,但有四个条件:1.永远说真话;2.不侵犯和仇恨他人;3.食用那些促进健康的必需品;4.不拥有那些不必要的东西。

胡杨的"三个一千":在戈壁沙漠先长一千年,死后一千年不倒,倒地一千年不朽。

《酉阳杂俎》:祁连山上有仙树实,行旅得之止饥渴。一名四味木,其果如枣。以竹刀剖则甘,铁刀剖则苦,木刀剖则酸,芦刀剖则辛。

孟子:"人之初,性本善。"荀子:"人之性恶,其善者伪也。"扬雄:"人之性也善恶混,修其善则为善人,修其恶则为恶人。"

"历史是胜利者的宣传。"(汤因比)"把历史的内容还给历史。"(恩格斯)

"黄钟毁弃,瓦釜雷鸣。"(屈原)"有生必有死,早终非命促。"(陶渊明)

"文章憎命达,悲愤动诗情""世上万般哀苦事,无非死别与生离"。

"受人之托,忠人之事。"

第六辑　日记

一九九一年

一月

一月一日

天气晴朗。阳光在冬季显现了它应有的金色。寒风弱而冷峻,在这样的气温里呼吸,令人舒畅。在高远的天空传来群鸟的叫声,我称它们为寒鸦,也可能有误。这样的鸟我印象中在深秋收完玉米时见过它们,它们在南迁。在高空的气流中,在远距离的视觉中,它们移动缓慢。我注意到,它们像蜂群旋转着向南移动,变化多端,一路呼声。它们是候鸟,但在冬天迁徙。我第一次见到这种现象。

在新年的第一天,我看到了迁徙的鸟群,我无上光荣。

一月二日

乡村的早晨。冬天闲适的气氛。麻雀跟随喜鹊飞翔。

一月三日

读完波斯国王昂苏尔·玛阿里著作《卡布斯教诲录》。这是和罗马皇帝马可·奥勒留的《沉思录》属同一性质的书。它们告诉人们应该如何生活。

《卡布斯教诲录》作于九百年前，它谈论了当时人们所从事的主要职业，所做的主要事情。它所谈论的适用于当时的道德准则，今天已失去意义，但不是它们不正确。

一月四日

定好今晚在一平家谈"随笔丛书"，但老愚因故未到场。有横舟。

这是我第三次来一平家。他的书房有几个低矮陈旧的书架，书堆放在尘埃中，一张席勒肖像摆在书架上。一平说他喜欢席勒这个人。

一平是一个和气亲近的诗人，他的诗和文都令我喜欢。他说写诗善于舍弃一些东西比保留一些东西更可贵。他讲，个性到了浪漫主义已近完善，二十世纪把个性推到了极端，在文化中表现为生理的东西，而非精神的东西。当今的诗人，多为即兴诗人，他们将一感一念都化为诗。他们只把握了局部，缺少巴尔扎克俯瞰人间的气魄。远离都市，接近自然，又不与都市断绝联系的地区，有利于写作。海子的写作也是由城里到昌平后才有了转折。他在昌平独自与实体作战。海子是文化史上的一个罕见的现象。

一月五日

电台报道，台湾女作家三毛昨晨在台北荣民总医院自杀，年四十八岁。她是入院治疗后两天自杀的。三毛原名陈平，浙江人。

三毛的作品触及了人类最普遍的情感，人们不必思想，但不可脱离情感，故三毛的作品具广泛的社会性。三毛从未越出性别的局限，但她获得了西班牙塞万提斯奖。

一月六日

过去未留意，一个新的发现。我陆续从书店买到了六卷托尔斯泰文集。（一）《童年·少年·青年》七，《战争与和平》三，（八）《战争与和平》四，（十二）《故事》，（十三）《戏剧》，（十五）《政论》。这是我能在数家书店找到的卷数。这套文集共十七卷。

现在我最终认定，列夫·托尔斯泰是我最敬爱的作家，这是我读了他的《戏剧》《故事》《政论》后所得出的结论。他不仅是一个伟大的作家，而且还是人类所可能做到的最伟大的人。在歌德那里我就没有这个感觉。

一月七日

今天是三十一岁生日。没有任何有意过生日的表示,和往常的一天一样便度过了。

三十一岁是一生的一个新的起点。这是在成熟和过去全部努力成果的基础上的一个新的开端。

一月八日

前日进城买了几部书,它们是托尔斯泰文集(七)(八),〔英〕艾尔默·莫德的《托尔斯泰传》第二卷,《托尔斯泰夫人日记》两卷,叶芝的著作《幻象》副标题为《生命的阐释》。

叶芝最后还是一个理性诗人,《幻象》没有使我读下来,原因在于它的艰深晦涩。一进入生命本身的探求,便不免切断与外部世界的联系,而脱离外部世界谈生命本质便会从概念到概念,生命感已消失。人在理论上的失败,即在于欲把本身不能表达出的事物勉强表达出来。

一月九日

美国心理学家哈维·C.莱曼经过调查得出结论,一般地说四十岁是"最好的书"质量最高的生产年龄。"一部在四十岁以后写的作品其寿命比一部在这个年龄之前写的作品来得短。"

绝大多数作家特别是二十世纪的小说家，是在二十五岁和三十岁之间成为作家的。他们在这个时期取得决定性成绩，成为公众眼里的作家。

作家与寿命：戏剧损害健康，哲学和历史有保健作用，小说对老人来说是致命伤，诗歌会在各种年龄击垮命中注定的体格。

——埃斯卡皮《文学社会学》

一月十日

莫德的《托尔斯泰传》可以读下去，它的缺陷在于作为传记对托尔斯泰的活动、故事叙述不够，大量的篇幅摘引了托尔斯泰的书信，文章原文和其他人写的有关托尔斯泰的书信的文章。作者除对托尔斯泰表示应有的尊敬外，还不时地指出艺术家托尔斯泰提出的改善人性、社会方法在现实中不能实行。但托尔斯泰的观点却反映了他的伟大，而行之有效的观点是什么呢？

一月十一日

"我还是谨慎地戒读报纸，并且我认为有责任使每一个人都

戒除这种有害的习惯。"（给费特信）

托尔斯泰极其欣赏我们的民间语言的美。每一天他都发现新的字眼和词句，并且他一天比一天更甚地指责我们的文学用语。

托尔斯泰拒绝结识画家维列夏金，这位艺术家劝斯特鲁可夫将军赶快绞死两个土耳其人，好让他在行刑的时候画素描。

"我现在还有一本书要给你，这本书还没有人读过，前几天我才第一次读到它，一面读一面高兴得叫好……它是所罗门的《箴言》《传道书》和《智慧之书》。"（给费特信）

"要了解一本书，我们必须选出十分清楚的部分……从清楚的部分，我们必须形成对于整个作品的要点和精神的看法……这是我们读一切书籍的方法。"（《怎样读福音书》）

一月十二日

"有些世俗的人，迟钝又没有翅膀。他们的境界在地上。在他们中间也有坚强的人——拿破仑。

"有些人他们的翅膀生得很平稳，他们慢慢地升起、飞行——修士。

"有些机警的人，有翅膀，他们轻而易举地从人群升起，然后又掉下来了——好的理想家。

"有些有着坚强的翅膀的人，他们由于肉体的渴求，掉在人群中，折坏了他们的翅膀。我就是这样的。

"有些人他们有着天神的翅膀，而故意地——出于对人们的爱——降到地上来（折拢他们的翅膀）教人们飞。当他们不再被人需要的时候，他们就飞走——基督。"

——托尔斯泰一八七九年十月二十八日日记

一月十四日

接王家新九日写的信，主要寄来一组诗（七首），是他近期写的，他说："这一段我一直在写，似乎多年都没有像现在这样倾注、投入过，这使我感到一种充满和坚定。我望写出一种真正能够激励我们自己前进的作品来，更加坚决、彻底、严格一些。"

这些诗是《铁》《火车站》《光明》《楼梯》《转变》《帕斯捷尔纳克》《最后的营地》。

一月十五日

去年八月，我去新疆旅行，听不到广播，看不到报纸，回来后方知世界发生了一些大的事情：伊拉克这个和伊朗交战时令人同情的小国，占领了另一个比他小得多的国家科威特。巴基斯坦总理贝·布托令人不解地下了台。

伊拉克占领科威特后，国际社会做了重重努力，呼吁经济制裁，企图非武力地迫使伊拉克从科威特撤军，但伊拉克置之不理。联合国最终做出决定，如果一九九一年一月十五日之前伊拉克不撤军，国际社会便有权采取一切手段把伊拉克赶出去，这意味着武力。中国对此投了既不反对又不赞成的弃权票。

一个时期以来海湾成为全球人注目的焦点。今天是个动人心魄的日子，因为伊拉克还未撤军，人们盼望着一场正义的战争。

一月十七日

晨听新闻广播。七点五十分传来中东特派记者的报道，在巴格达听到轰炸音，八点经美国广播公司公布军方消息，波斯湾战争已打响，这是在联合国规定伊拉克撤军最后期限过了十九个小时后，美国及多国部队对伊拉克发起空袭。

给王家新回信，文学的"职业化"倾向二十世纪尤甚，作家自觉地将文学视作一种社会分工，而不是包容社会的东西，文学成了某个阶层的趣味，它远离着什么。这也是我读托尔斯泰的感想。

一月十八日

托尔斯泰敬重的基督的五条诫命：

1. 你们听见有吩咐古人的话说："不可杀人"；又说："凡杀人的，难免受审判。"只是我告诉你们，凡向弟兄动怒的，难免受审判。

2. 你们听见有话说："不可奸淫。"只是我告诉你们：凡看见妇女就动淫念的，这人心里已经与她犯奸淫了。

3. 你们又听见有吩咐古人的话说："不可背誓，所起的誓，总要向主谨守。"只是我告诉你们：什么誓都不可起。……你们的话，是，就说是；不是，就说不是。

4. 你们听见有话说："以眼还眼，以牙还牙。"只是我告诉你们：不要与恶人作对，有人打你的右脸，连左脸也转过来由他打。

5. 你们听见有话说："当爱你的邻舍，恨你的仇敌。"只是我告诉你们：要爱你们的仇敌……这样，就可以做你们天父的儿子，因为他叫日头照好人，也照歹人；降雨给义人，也给不义的人。你们若单爱那爱你们的人……比人有什么长处呢？就是外邦人不也是这样行吗？所以你们要完全，像你们的天父完全一样。

一月二十日

接周所同来信,他仍借调在诗刊社。

一月二十三日

近日是学校期末复习考试阶段,白天和晚上都忙,无暇顾及其他。这就是职业带来的一半害处。它的另一半害处是把你禁锢在一种分工里。

一月二十五日

我的照片(去新疆所照)已整理完毕,我决定放大那张在焉耆照的向日葵代替房间悬挂的凡·高《向日葵》印刷品。我将底片送到宣武的中国图片社。

路过西单,我顺便去了王家新家,恰逢他夫人出门,她告诉我,家新刚刚睡觉,而现在时间已过下午两点。她让我进屋等一会儿,没有马上去叫醒家新的意思,这是一个优秀人的妻子爱护丈夫常见的做法。她做得对,因为爱护家新,就是爱护他的创作。但我是远道而来,未达目的也浪费了我的时间。我面有难色,说改日再来,她可能觉不妥,说去叫家新起来。

这是我和家新第三次见面。第一次是在一九八七年虎峪

"新诗潮"讨论会,那时未交谈。第二次是一九九〇年"海子、骆一禾周年祭",也未交谈。这之前因海子诗一事,他来过一封信,前几天刚意外接他寄来的近作,要求提意见。今天和初识一般,未免带生疏和隔阂感,有些不自然。

他住在西单白庙胡同11号,这是个典型的大杂院,进大门分两股东西各一条小巷,沿向东这条朝北走,经过数家,里面是个小院,家新便住在这深处,拐弯抹角。屋子两间,外间客厅,内间卧室,昏暗。

先谈到他的大作,他由诗刊社被排挤出来,他谈到数年前进京到诗刊社的过程,那时是邹荻帆调他来充实力量,这次邹已对此事给予过问。他的户口一直未迁来。谈话转到写作上来,他讲近日很冲动,状态非常好,从未像现在这样投入过,写得很多。我给他看了我圈点的他的诗,他肯定,但关于《帕斯捷尔纳克》一首中的一句,我讲由于提到"在北京轰响泥泞的公共汽车上读你的诗",他降低了诗人普遍意义。他说,他认为写诗必须落实到最具体、最现实的实处。我忽然觉得他讲的是对的。但在诗中汉语的中国地名入诗效果与域外地名入诗效果不同,前者总在破坏着诗中的东西,而后者则与诗结合得有机,它为诗增添东西。这是感觉中所显示的区别。

他提出去外面走走,我们在西长安街民族宫与西单之间走,谈到诗的写法,西川与海子诗集出版了,四川诗人的特点。他讲有些诗人更多地炫耀一种才智,缺乏抵达现实的东西。这和我的感觉一致。我愈来愈相信感觉的判定，它能准确无误，特别在对艺术作品上。他讲海子的长诗滑入了宗教，这是歧途，我说海子后期在勉强做一件不该做的事。他最好的最适合做的还是写抒情诗。家新讲，中国诗人还是要讲知识分子的良知，我说这一点西方作家可淡化，但对中国和苏联它确实应是文学的主体、主流。

谈得匆忙，但家新给我的印象很好。"朦胧诗"主将大多出国以后，除了国内几个隐者（田晓青、芒克、一平等），家新已被诗坛推至前列，我相信他还是当之无愧的。

他送我一本他的诗论集《人与世界的相遇》。

一月三十一日

我的眼镜掉地上，一片碎了，这是我的第二副镜子，戴了两三年。今进城配镜，并取了扩大的向日葵照片。洗印效果很理想。

买《拉丁美洲散文选》《拉丁美洲当代文学评论》。

二月

二月一日

近日整理房间、书架，它更像一个家了。读《托尔斯泰传》，它的缺点愈来愈明显。考证性的材料堆积，书斋化。

Y打来电话，明日来昌平。

二月三日

读了田晓青的诗集《失去的地平线》，前半部分是短诗，后半部分是长诗《闲暇》（片段），有"隐士篇""鞭身者篇""市井篇""行旅篇"。读了这几篇，使我产生了"这是目前国内写出的最好的诗"观点。比如"市井篇"：

披枷人，当初你是人杰，
我们认得你眉心的那颗太阳痣。
在闹市中，我们喝着酒，扪虱而谈，
谈论那早年盛世，和你身上死去的国王。

那时你还年轻，英姿骄骄，青春繁茂，
挺拔如秀美的白杨。

你左手执剑，右手执格言，目光坦荡。

这是一种彻悟和大的智慧，没有勉强和虚张声势，它没有障碍地到达了你的心里。这感觉促使我今晚给晓青打了电话。我告诉了他我的看法，谈到不足是总目"闲暇"具东方文人趣味，以及文言色彩（"之"代替"的"，"于"代替"在"，"一如……"等）。他的诗比致力于"史诗"的杨炼、廖亦武、昌耀及岛子等高出一格，这在于它的客观性、共性、经验感。而后者的诗则是主观色彩的、个人的、更为炫耀思辨才智的，而非经验的、智慧的。

二月六日

读《拉丁美洲散文选》，我对米斯特拉尔表示敬意。这里我更喜欢她的散文，自然的、感性的、血肉的、轻松的、不使人思想疲倦的。更注重事物本身，而不注重事物的形式。有些人只因偏爱形式，把原本简单的事情复杂化了。

"巨人柱像是贫瘠的呼声，像是干旱土地的干渴的舌头……他那固执的肃穆宛如全神贯注的痛苦。""我常把植物看作大地的情感。""植物的一切形态都有人性。"只有爱，才会有这样的眼光。

二月八日

"宗教信仰,是由人制定的他个人与宇宙的起源之间的某种关系,而道德,是来源于这种关系的永远存在的生活指导。"

"28 这个数字是我一生中最幸运的数字(28 日出生,28 岁离开军队),我最近才知道 28 是数字中一个特别'完整'的数字……'完整'数字是那些等于能除尽它的数的总和的数字。28 可被 14、7、4、2、1 除尽,它们相加等于 28。这样的数极少。"(在头一个 10000 中只有 6 、28、496、8128)

"'太阳下去了人就不能工作',从前的人就是这样说的!"

列夫·托尔斯泰最恨伏特加和烟草,比别的什么都恨。"一个人不抽烟可以多活十年,不喝酒可以多活二十年。"

"在免费分发东西的时候,人们心里最坏的情感就被唤醒了。"

——托尔斯泰语

二月九日

托尔斯泰在阅读过程中,遇到许多被检查员查禁的有价值的文章,感到很惋惜。他和几个朋友制订了一个计划,逐月用打字机出一份名叫《档案》的杂志,上面可以重新刊登这样的文章。每次只打印一打左右。

他编辑《阅读巡礼》，一年一年地修订、改进，像对待他自己的著作一样仔细。除了从其他作家的著作中挑选的内容外，这本书也包括他自己的许多故事和文章。

托尔斯泰学习希伯来文，是从他研究《圣经》引起的。

二月十日

"屠格涅夫会比陀思妥耶夫斯基存在更长久，这不是由于他的艺术才能，而是因为他不是狂放不羁。"

"我认为莫泊桑仅次于维克托·雨果，是我们时代最优秀的作家。我非常喜欢他，把他列于所有他的同时代人之上。"

契诃夫作为一个人和一个作家，都是托尔斯泰所喜爱的。托尔斯泰为契诃夫的作品中缺乏清楚的人生哲学而感到惋惜。

萧伯纳是有独创性的，他的许多话十分令人佩服，应该成为语录，但是他有故意独出心裁让他的读者感到惊奇的缺点。"……我将把我感到的你书中的缺点告诉你。其中的第一个缺点是你不够严肃……第二应受责备之处是……你所论述的问题又有如此巨大的重要性，把它们作为讽刺的主题，很可能妨碍而不是有助于这些重大问题的解决。第三，我发现你书里有一种用你的博学、才华和机敏，使读者感到意外和惊讶的渴望。然而所有这些对于解决你所论证的问题，不仅不需要，而且由于把读者的注意力吸引到揭露的出色，而分散了他们对问题实质的注意。"

"莎士比亚不是艺术家,他的作品也不是艺术品。莎士比亚笔下的所有的人物说的不是他自己的语言,而常常是千篇一律的莎士比亚式的刻意求工、矫揉造作的语言。"

二月十一日

托尔斯泰和同他一起工作的人创办一家《媒介》杂志,《媒介》的目的是向人们提供能体现最美好的思想和感情的作品。

罪恶并不在于拥有财产,而在于误用财产。托尔斯泰说"尽可能地少消费"。

托尔斯泰讨论了一切生命攸关的重大问题。托尔斯泰除了服从理智和良心,决不屈从任何权威。

二月十三日

在春节前,重新修改了前两年译的《索尔仁尼琴自传》《英国诗人琼斯答问录》。

二月十四日

今天是除夕,下午回小营。下了一阵雪,雪片纷纷,这是今冬第一次像样的雪。雪到地面便融化了。

二月十五日

上午去村东散步，田地聚了一群喜鹊，一会儿，它们四散分开走了，成双成对。喜鹊和麻雀是冬天的生气、血脉。我注意到，田野的鹊巢增多了，喜鹊把巢往往就搭在了路边并不太高大的树上。

二月十六日

春节期间。

一个永恒的节日，一年的间歇，给人们开始和终结的观念，用一年的辛劳换取此时的幸福。从反映的世界中走出，进入被反映的世界。放弃理性的生活，是真实的生活。

二月二十五日

晚和林莽通电话。他谈了《当代中国诗人50家》一事。由南方某报的人发起，《美国诗人50家》启示。每人写三千至五千字。他建议我写顾城。还谈到芒克欲办的打印诗刊事，他不赞成办成全国性的。

二月二十七日

进城。

买《日本古代随笔选》，内收《枕草子》和《徒然草》全篇。还有《罗摩功行之湖》，印度史诗。

三月

三月是户外，三月是大地上，一年中的事情开始出现。

我站在室内望着窗外。楼前有一座平房，方瓦覆顶。麻雀聚在房顶上，在瓦缝里钻进钻出。它们在寻找一个生育的巢，分不出老雀和新雀。一年一度的生和毫无痕迹的死，一个种族的神力延续。

读了加西亚·马尔克斯《一个遇难者的故事》，这是一个遇难的水兵在海中十天的经历，可以说它非常出色，比《孤筏重洋》惊心。

读色诺芬《回忆苏格拉底》。它不是一部回忆录，没有讲苏格拉底的生平，而是一部道德教诲录，与马可·奥勒留《沉思录》和昂苏尔·玛阿里《卡布斯教诲录》同性质。

（三月二十一日）早晨一醒来，天降大雪。雪在夜里下的，房顶积了厚厚一层。这是迟来的雪，已过节气，解冻后的大地暖气腾腾，化解着雪。雪在下着，但地面积雪不多。

一友人出了一本诗集，他两次嘱我写篇评论，我依我对他的诗的认识客观地定了调子，我写下了这样一篇题目：《读了一卷坏诗，心情抑郁》，它来自美国诗人詹姆斯·赖特一首诗的题目《读了一卷坏诗，心情抑郁，乃向闲置的草场走去，央昆虫来做伴》。

但我决定放弃它，它已写了一页。

在这一页中我写了两个意思：

事物往往很简单，复杂化在于人们热衷表达事物的方式更甚于事物本身的做法。

我们承认，世界上存在着诗歌这一事物，它体现在全部现存的诗歌作品中，但我们无法拿出一首作品，把它当成诗歌的典范和标准，评判诗歌优劣的准绳是我们的心灵。我们只是通过阅读亲近一些诗，疏远一些诗。诗歌理论只是对全部现存诗歌的概括。

读《泰戈尔传》，印度克里希那·克里巴拉尼著。我不了解作者，这是少数好的传记中的一部。

泰戈尔的家族是一个新兴贵族，祖父做实业（王子），父亲是位圣者（大仙），泰戈尔是他的第十四个孩子。泰戈尔的一生是纯洁的，他的形象是托尔斯泰的形象，但托尔斯泰有个转变，年轻时放荡，年老时先知。托尔斯泰比泰戈尔伟大些。

三月下旬，气候骤变。降了两天大雪，产生树花奇观。除了房顶和树枝上，落到地面的雪很快融化了。气候的反常使人与地震的传言相连。

写散文《海日苏》，依据一九八六年的笔记改写，也是一次重新创作，全文一千四百字，但耗费我一周时间。

四月

三日与政法大学张文天一起去林莽家。谈为出《当代中国诗人50家》写稿事。此书由南方某诗人倡导，托林莽负责北京的近十个诗人的传略稿。计划在台湾报刊刊载，由岛子负责在西德出书。这只是计划中事。牛波一九八六年写过一组介绍北京诗人的文章，有详有略，其中北岛、江河、顾城、杨炼、舒婷较详。林莽的意思是以这一组文章为基础而整理。这组文章发表在《世界日报》上，新加坡华人日报。

买了几本书《震撼世界的伊斯兰教》《诺贝尔文学奖获奖作家谈创作》《藏族神灵论》《宗白华美学文学译文选》（主要为席勒文章）。

读完《泰戈尔传》。续读《震撼世界的伊斯兰教》，为了写有关新疆的散文，书写得很通畅，不累人。

七日监考时，在一所小学的教室内，三年级的教室，板报上有一图，文字写"同学的想法：给地球的大伞"。在墙报上有学生的"学习计划"，我抄下了一篇：

1. 老师留的作业要认真按时完成
2. 下课不追跑打闹
3. 不管是不是低声日都不大声讲话

4. 不管什么时候都不能骂人

5. 学校举行什么活动都要听老师的

6. 老师提问要积极举手发言

7. 不逃学,积极参加课外活动,为班争光

8. 不管上什么课都不搞小动作,在考试上得考到90分以上

9. 自己的事要自己做

三(4)班孙蕊

四月中旬,春天已遍地了,所有藏匿的事物,公开来到这个世界。

和松回老家。晚又听祖父祖母讲家族的事。过去他们曾讲过一次,我未记,现在记了一点,但这次讲的不如上次详细。祖父的兴致这次不高,他没有说几句话。

北小营最初只有马姓、郭姓两家人。郭姓有来历,早先由外省迁来,但后来迁走了,今天村里已无郭姓。马姓连祖父也不知来自何方。祖父的祖父在村西洪水中打捞木料时,被水冲至下游因吓而死。他死后入土时,风水先生指着一地说:"埋这儿吧,别看你无儿子,但会有三个孙子。"果然被他说中了,我的祖父兄弟三个。马家坟地在村西北角,正当风口。长年刮风沙沿坟形成由北到南一条土龙,一年比一年大。风水先生看后说,马家坟将来要出皇上,郭家坟出娘娘。村人惊恐至极,设

法阻止。他们在村西北角修了一个小庙，这个庙在我童年时还见过。然后请来了"仙人"，在庙中向坟丘连射了三箭，果然马家坟在涨到北河边时便永久停止了，不再增长，北河从村边流过。我在小时知道马家坟的形状，像诸如杜家坟、屈家坟一样，是个庞大的黄沙丘。我和祖母去上过供，在每年清明时。剩下的煮鸡蛋刮上沙尘，但也被我们吃掉，上坟便是我们盼望的一件事。祖母说，原来马家坟上树木茂盛，后来稀疏了，七十年代，农村大兴平整土地热潮，许多小山似的坟丘便消失了。一个古老的具有原本色彩的农村也死去了。

买苏联学者所著《世界探险史》，普鲁塔克的《希腊罗马名人传》上册，这是上、中、下中的一册，全册将会有一百多万字。

楼前的平房，它的瓦顶是麻雀栖息的地方，一双双麻雀忙忙碌碌，操办生育前的事情。

四月底了，柳叶已长大，我见到两只麻雀衔着柳的绿叶钻进钻出，不知它们是蓄窝还是喂食。小雀并未出生，它们用绿色叶子营巢。朝向房顶的一方，柳枝都已光秃。

三十日，刮起了大风，六七级。一冬都未见这样的大风。风虽大，但它不同于冬天的风。人骑车尚可。

近日，读萨迪的《果园》。这是读了《震撼世界的伊斯兰教》之后的又一部关于阿拉伯的书。为了写新疆的事情，我在做准备。

五月

　　写完《库车笔记》后,还有几篇关于新疆的随笔待写。我想先写且末,开过头,但未进行下去。最初起名"沙漠边缘的小镇",后来改为"世外小镇""世外且末",现在我觉得定名为"天边小镇"恰当。

　　二日在人民文学出版社读者服务部买到《席勒诗选》,在王府井书店买六卷本《一千零一夜》。

　　读《希腊罗马名人传》,《一千零一夜》和《席勒诗选》。读布莱克《天真与经验之歌》时,我曾有这样的激动:就是拿全世界的诗歌来换它,我也不给。现在读《席勒诗选》,我知道此话说早了。

　　在一个土坡地,我见到一只蚂蚁叼着一个比它还大的昆虫尸体,它欢快地走在回家的路上,它似乎也未费太大的力气。我蹲下来注视着它,它从不放下猎物歇息一会儿。我想逗逗它,像逗个小儿一样。我用草梗扒下它的猎物,它并不惊慌逃走,四下寻找着它的猎物。我断定它没有视力,它用两只触角不停地探测,它放过了土块、石子、杂草,当它触到那昆虫尸体时,便再次叼起,继续去完成它的使命(当我们俯身下来,我们便会看到我们身边的另一个世界)。

　　写作散文《天边小镇》,进度是缓慢的。

（五月十日）中午老愚如约来昌平。他剪短了头发，脸色略白，一副精干的样子。

老愚在昌平三天（罗琼第二天来），骑车去了十三陵水库，（挖野菜）讲他的童年（照相），编《世界散文金库》草案，（按《中国大百科全书：外国文学》卷确定作家、篇目，复印，我负责二十余位作家的简介、评价、写作）。送他一把英吉沙（新疆）匕首，他拿走英诗人琼斯译文。

六月

托尔斯泰言论摘（六月读《列夫·托尔斯泰论创作》）

把写作当成了谋生的手段。这是个可怕的错误。这意味着高尚的原则屈从低下的东西。

（致齐先柯）

主要的，不必匆忙去写，不必为修改而苦恼，一篇东西改写它十次二十次。

所谓文学气味，我指的是文章面向阅读报刊的知识分子读者。

（致茹尔托夫）

"不声不响向前走，走得最远。"（引）

好的、表现得好的思想，正跟金子一样，纯靠冲淘。请您更多地思考和更少地写作，而写出了的东西要更多地淘汰。

（致戈洛文娜）

只有当你心里明白你有某种别人尚不知道而自己却一清二楚的新东西要说的时候，你才可以写，而那时任何一个真诚的人必然会用散文来写，而无论如何不会用诗句，因为写诗要用韵和讲格律，那只会妨碍思想鲜明准确地表达。

（致别洛夫）

我认为，人生一世哪怕写一本短短的，但却有益的书也于愿已足了。

（一八五二年，致谢·尼·托尔斯泰）

一本真正艺术作品除才能而外所必须具备的三个条件是：一、作者对事物的正确的即道德的态度；二、叙述的明晰（形式的美）；三、真诚，即艺术家对他们描写的事物的真诚的爱憎感情。

（《莫泊桑文集序言》）

文学衰落有几个原因：读轻松的作品成了习惯，而写作成了专业。一辈子写一部好书于愿已足。读一部好书也一样。

（一八五二年，日记）

我把当代作家都叫作颓废派，因为在他们的艺术里只剩下一个东西——形式。

在现代所理解的人类精神的伟大表现这个意义上的艺术目前是不存在的。

（一八九六年，日记）

真正禀赋大智慧的人是能够找到表达自己思想的手段的……可新的艺术家们却去寻思技术上的手腕，至于思想，便勉强地硬套进去。（一八九七年，戈里顿维伊则尔：《在托尔斯泰身旁》）

当一位全民的艺术家（例如希腊艺术家或希伯来先知）创造他的作品的时候，他自然尽力说出他所想说的，使他的作品为所有人所理解。

"虚假的艺术通常总是带有较多的装饰,而真正的艺术则往往是质朴的""真正的艺术作品只偶尔在艺术家的心灵中产生,那是从他们经历过的生活中得来的果实,正像母亲的怀胎一样。然而伪造的艺术可以由师傅和艺徒们连续不断地制造出来,只要有消费者""真正的艺术所引起的后果是把新的感情带进日常生活中来……伪造的艺术所引起的后果是使人堕落,使人对享乐贪得无厌,以及使人精神力量衰竭"。

事物的本质还是照旧,只是形式在改变着。

《什么是艺术》

文字是团结人的最强大的工具。文学,世界上最好的事业。

这是个非常显著的现象:趣味在堕落。

当代每个尊重自己的人,尤其是作家,不应该跟所谓官方人士这帮迷惘腐败的坏人有任何的协作关系,尤其是自己的活动要接受这帮人的命令的指导,这跟做人的尊严是不相称的。

(致格拉多夫斯基的信)

一切不满意之处,必须消灭干净,毫不手软,即算这些文字本身是美妙的也罢。

《列夫·托尔斯泰论创作》

朴素。这便是我所希望的比其他一切更要紧的品格。

应该抛弃写作而无须修改的念头。修改三遍、四遍还嫌少。

写作的艺术不在于知道写什么,而在于知道不该写什么。——就改好文章而言,任何天才的添枝加叶不及大刀阔斧的删削。

（日记）

读书，尤其读纯文学的书——要把主要的注意力放在该作品中所表现的作者的性格上。

艺术的主要目的就在于表现和揭示人的灵魂的真实。揭露用平凡的语言所不能说出的人心的秘密。因此才有艺术。

艺术作品中主要的东西是作者的灵魂。

（一八九六年，日记）

艺术表现艺术家所体验的感情。如果感情是好的、高尚的，那么艺术也将是好、高尚的，或者相反。如果艺术家是一个有道德的人，那么他的艺术也将是有道德的，或者相反。

（一八九六年，日记）

我把那只有少数精选之人才能懂得的艺术叫作坏的艺术。

（一八九七年致毛德的信）

一个人要创造真正的艺术品，必须处于他那个时代最高的世界观的水平。

（《列夫·托尔斯泰论创作》）

区分真正的艺术与虚假的艺术的标志，是艺术的感染性。

艺术是人类进步的两种工具之一。通过语言，人可以交流思想；通过艺术，人可以和其他的人交流感情。

艺术是人类前进到完美的手段。语言使还活着的一代人可能知道前辈以及当代的优秀和进步人物凭经验和思索而得知的一切；艺术使眼前活着的一代人可能体验到前人所体验过以及现代的优秀和进步人物所体验到的一切感情。正像在知识的发展过程中，真正的、必要的知识代替了错误的、不必要的知识一样，感情通过艺术而有同样的发展，即善良的为求取人类幸福所必需的感情，代替了低级的、较不善良的对求取人类幸福较不需要的感情。

普通老百姓由于他们辛勤劳动和穷困痛苦的生活，他们要比我们高尚许多倍，因此，我们的同行去寻找和描写他们身上坏的东西是很不好的。他们身上是有坏的东西的，但最好只读他们好的方面。

（一八五三年，日记）

劳动！劳动！只有劳动时我才觉得自己是幸福的。

（一八五三年）

写文章常常因为想把好的思想硬塞进去而拖延耽搁；因此，只要这思想塞进去很牵强，那就别塞进去，写到日记中好了，别费周折硬想放进这篇文章里。那思想会自动找到合适的地方。

（一八五四年，日记）

应当草草地写，而不考虑思想表达的正确与否以及放在什么地方。第二遍抄写时删去一切多余的东西，并把每个思想放在它该放的地方。第三遍抄写再斟酌准确的表达。

（一八五四年，日记）

《列夫·托尔斯泰论创作》

在通往十三陵水库路的两旁,有许多放蜂的,蜂箱摆了一片一片的,养蜂人忙忙碌碌,他们和蜜蜂一样。我想写写养蜂。我和一个叫段怀新的养蜂人谈了三次,他是十三陵人,养了近二十年蜂。养蜂人不断追逐着花期,从花谢地迁往高纬地区的花开地。养蜂人是追逐花朵的人。

月末进城。买了一些书,在商务印书馆门市部买了关于喀什、黑龙江的译本。斯宾格勒《西方的没落》,《泰戈尔散文诗全集》《西方现代派作家谈创作》。

去工人出版社找老愚,他讲和某书商谈好欲出一本批汪国真诗的书,他想组织几个人写稿,他想请我加入,我说不太感兴趣。《西方现代派作家谈创作》书名本为《作家在工作》,编者为突出本书的特色而将译本改名。老愚看了说,编者总认为自己比别人高明,看了这样的书名,也不想买此书了。

七月

月初、上旬，南方淮河流域、长江中下游流域持续大雨，造成洪灾。国家已呼吁国际社会给予援助。

读阿斯塔菲耶夫《鱼王》和《西方现代派作家谈创作》。《鱼王》对苏联北方大地描写是卓越的，对森林、河流细致入微的叙述，人在严酷自然中的生存特征，这是本书的特色。有一点我不太喜欢，这是苏联作家的通病，即对该制度中人的恶习的讥讽。

《世界博览》第五期介绍了一位游历作家，是美国的马赛厄森（彼得），他自己驾船游览过亚马孙河口，坐牛车游历过青藏高原，搭乘火车环游过东非。东非之行他写下了《人类诞生之树》，喜马拉雅之行写出了《血豹》，及以亚马孙河为背景的《庄园游戏》。

十一日收到寄自四川泸州的一封信，通知我已获"首届冰心杯文学奖"散文二等奖，这是《天边小镇》，并请于八月一日去四川领奖，颁奖会后召开"酒城笔会"，会期五天。

海子生前在他居室贴着那幅坐着的男子油画已搞清，为俄国画家佛鲁贝尔作品，名《坐着的魔鬼》。他像男孩、小伙子，英俊、神情忧郁。

十月

上午去单位，老愚打来电话，告我三件事：1.将《世界散文金库》稿送去，出版社很感兴趣，十一月底截稿。2.浙江文艺出版社约他编一本散文选，要我将稿全部带去，由他和我定出。3.《上升》书已到，我去取。

晚到工人出版社，遇骆爽、亦夫，两个《上升》中的作者。交给老愚《世界散文金库》稿七篇，散文《去看白桦林》《美丽的嘉荫》《库车笔记》《海日苏》《天边小镇》五篇，总题"大地四方"。取走《上升》两包三十册。

老愚、骆爽已去门头沟矿井劳动。

赠送《上升》：

《散文百家》马兴华，《散文》董令生，《星星》鄢家发（十六日）；

王军钢、星竹、刘瞬骊、张少云、闫建忠、吴文达、杨东、高立林；

《散文诗导报》马轼怀，黑龙江作协乔柏梁，《石河子报》牟国志（二十二日）；

韩长青、宫卫国、王纪仪、王衍；

《滇池》米思及，《诗刊》周所同、梅绍静，《中国专利报》

张文天（二十五日）；

寄史小溪《百年孤独》；

田晓青、林莽、苗木、郭旗、顾工。

十一月

十一月一日

捷克作家米兰·昆德拉，最初是从小说家（如刘心武）那里听到这个名字的，还有他的那本书《生命中不能承受之轻》。但在市面上一直未见他的著作，前不久在市内书摊见到了他的几种书，我买了《生命中不能承受之轻》和《生活在别处》二书。这是作家出版社的第二次印刷。

昆德拉和马尔克斯都是人们谈及一时的人物，但看了《生命中不能承受之轻》后我感觉他与马尔克斯不可同日而语，他的书不能与《百年孤独》相提并论。《生活在别处》写一个现代诗人的一生，它的诗人童年不及乔伊斯的《一个青年艺术家的画像》优秀。昆德拉有现代派作家的气息，但仅此而已。

十一月二日

自五月写完《天边小镇》后，经历了期末忙碌、暑期出游及结婚等世事，久未正式写作（为《世界散文金库》写下的十个作家评价除外）。现在有很强的写作欲望。

可以写出散文作品的有《追逐花朵的人》《从重庆到泸州的江上》《四姑》及新疆题材的文。

十一月三日

我耽搁得太久,以致有一种不知如何握笔的感觉。我想先写"四姑",关键是找好角度,确定好语调。它不在我的"大地四方"系列之内,它的语调也不同于它们,这是让我感到困难的。总之"四姑"已经开头,成败难说。

十一月四日

我的阅读太杂了,让我说说这一年读了什么书,我竟说不上什么,但我的确每天似乎都在阅读。这是一种灵魂不能改观的阅读,一种足以让一个人平庸的消遣。这是我的罪过。

十一月五日

每天等信是一种精神浮躁的表现。创造力的低潮。我正处在这样的可怕状态中。

接黑龙江乔柏梁信。

十一月六日

去长陵乡拉苹果。秋收已经完毕,剩下的是树木美丽的色彩。已很久没有留心自然了。无数个日子无端地被葬送了，没有一点痕迹，记忆里一片空白，我不知过去这段日子我做了什么。

必须恢复记日记，这是每日头脑清醒的保证。

十一月七日

晚星竹来，送来他出版的小说集《癫花村的变迁》。这是北京十月文艺出版社出版的《北京泥土文学丛书》之一种。

订明年报刊：《世界文学》《散文选刊》《文学报》《文汇读书周报》《中国电视报》。

第七辑　日记

一九九二年

一月

一月一日

（在小汤山岳父家过元旦，今天给他过六十岁生日。）

晨，我去散步，我今天才注意到鸟类的两种飞翔形式。如麻雀与喜鹊，它们是常见的，可作代表。麻雀的飞法像蛙泳，它的两翅如后肢一挺。喜鹊的飞法优雅，它是凤凰一类的鸟，两翅扇动如摇曳的叶子。一个灵动，一个庄重。

人的一生有几个显著的阶段，这不以年龄为显著的界限，通常是人的精神的完善程度。不同的阶段对事物的看法有不同的价值观。人的成熟不是依靠前辈的说理和教育，而靠他的经历。失败、代价、痛苦于他都是必要的，不可缺少的。前辈为使他避免而进行的规劝往往是徒劳的。这一切都是前定，都是生命的内容，前辈不可剥夺。后悔是人消除不了的，前辈睁眼看着后代重蹈覆辙。

"生活"主要以感情为重，它顺从人的本能。生活不能预先规范、计划，它有自己的运行法度。这就是人在终老时常常感到不知自己怎么过了这一辈子的原因。

一月二日

(与妻进城。)

西环里准备安装一部电话总机,各户申请装分机,分机费一千五百元,今年春节前通话。今在西单购物中心购买一部多功能按键电话机,二百四十二元。

在"三味书屋"买德十九世纪思想家弗里德里希·包尔生所著《伦理学体系》,这是一部伦理学史性质的书。

一月三日

收到顾工寄来一本书《疯人院的男男女女》。一本自传性、纪实性兼备的小说。河南海燕出版社出版。城母在附言中谈到有望我写一篇读后感之类的文字。元旦那天,我在小汤山和顾工通过电话,他讲,他曾在"文革"时进过疯人院,此小说所述,便是他的亲身经历。

一月四日

收到王家新的信,他说接到此信时他已经上路了,去英国,在一所大学任教,几年后再见了,各自珍重。去年一平去了波兰,也是在大学任教。我曾赶去同一平话别,未遇。也无法与王家新话别了。

一月五日

　　写《疯人院的男男女女》评论文，暂定名"《疯人院的男男女女》读后"，我想写得随意些。写了一页。

一月六日

　　今年订了《文学报》。在上面看到了关于张承志《心灵史》的文章，这是我看到的第二篇文章，第一篇在《工人日报》上见到。这两篇文章都是报纸文章，对《心灵史》的反应，远远不够。

一月七日

　　今天生日，妻送了一张"祝你生日快乐"的贺卡，一双暖和的拖鞋，精心做了饭。这是我三十二岁的生日，也是婚后第一个生日。家庭的光辉照耀着我，身边的妻子温馨、可爱，使我幸福。家使我忘记世界的存在，也使我感到世界的美好。

一月八日

收到上海译文出版社的双月刊《外国文艺》。《外国文艺》一年六刊,这是一九九一年第六期。它以刊载小说为主。

一月九日

进城。上午九点去王纪仪家,在马甸立交桥东侧。他已在家病休过一年。他与凌士欣等四人合出了一册书法集(北京出版社)笔法纯熟令我吃惊。他写了一个中篇,在《首都经济信息报》连载。他准备调往成立中的《北京工人报》。中午去小关王军钢的新居,遇张开山。下午与王军钢同去《诗刊》,周所同未在,见林莽、王燕生、唐晓渡。

一月十日

湖南湘西刘阳来函,一纸通知单及有关"当代校园诗选"的编辑说明。言我的《大地上的事情》已入选,但需助销六十至八十册。我无力而为。

一月十一日

我在这"日常"的生活中陷得这样深了,我仿佛成了寒暑表,生活的一得一失在我的精神中反映出来,我周旋于世人之间,提防着来自他们的伤害。我的眼界再也不能越过这周围的浮尘,昌平将要把我的思想和视线斩断,我成了一个十足的地方人。不再观察自然和生命,不能深入阅读,满足于日常的书刊。我痛苦地等待着一个时间,一切重新起始。

一月十二日

当一个现实的人,看清了全部"生活"后,他开始稳定下来,全部文明和文化于他已毫无意义,他要的是能助他过每日的"生活"的东西,他在其亲朋、好友、熟人的范围内,构造起一个利益的圈子,圈里与外使他使用双重的处世标准。圈外的人于他形同路人,他甚至期待着他们的灾难降临。这样的人构成了这个世界的主体,成为我们要与之斗争的最强大的东西。

一月十三日

见到一句话,抄录下来:
《宝经》宝有五虚五实,虚凶实吉。第一虚为"宝大人少",第一实为"宝小人多"。

一月十四日

今年订阅了《世界文学》《文学报》《散文选刊》《文化艺术周报》《文汇读书周报》《书刊导报》。

一月十五日

常收到陌生人来信,有两类:一是传播"神秘链",其言荒谬处显而易见,但那些生活中的聪明人仍予相信,为发财;另一是中下层的文人,为编书征稿,或交通联费或助销书籍,亦为发财。

一月十六日

报纸逐渐有可读性,《文汇报》由四版到一九九一年每周出一张扩大版,今年又增出每日八版,这是国内第一份可读性强的报纸。《光明日报》《参考消息》每周均有一张增刊,《北京晚报》由去年下半年改出八版。其他大报亦纷纷出周末或星期增刊,连《文学报》也不定期增出一张。他们均以报告文学或所谓纪实文学为拳头稿,一哄而起,也有那么多人为它们写这种一次性作品。

报纸泛滥，足以将每日你的空闲时间淹没。学会在报纸中得到时间。

一月十七日

收到延安史小溪寄来的散文集《澡雪》，这是他的第二本集子，他称还将有一本散文集问世。他是一个充满活力的人，高产于他是必然。《澡雪》从装帧、用纸到封面用色，很有陕西地方色彩，陕西人民出版社出版。

史嘱我为他的集子写点话，我读了他的几篇文后，看到了他的浪漫主义激情与直观反映的弱点。但我手里尚有几稿未完，顾工的小说，为中青报写的张承志散文论，还有横舟的诗集评论。这些都不能说定能写出。

一月十八日

我最近发现老作家柯灵的文字我很喜爱，它有"灵"。音乐般的神奇。如他《画意绵绵》一文中的话："站在蒙马特教堂前面，凭栏眺远，下界密密麻麻的通衢、华屋、车尘、河流、烟树，苍苍茫茫，无边无际，好一片波翻浪卷的浩荡人海！""看看那些画：一幅幅才气横溢，意象美妙，引人入胜。看看那些人：一个个风神俊逸……一眼就可以感受到那种艺术家特有的气息。"有的文字有生命，有些作家的文字是死的，我们不喜欢他们。

一月十九日

似乎是很突然的，单位按一九九二年房改文件，要买房了。一个门十八户，均为两居室住房。一户交一万元，余下以后补交。按条件我有资格要房。

一月二十日

读完《叶利钦自传》。了解了政治家和苏联的社会主义制度下的特权社会。

一月二十一日

收到史小溪寄来的《延安文学》一九九一年六期，刊发了我的《海日苏》，此文曾被《消费时报》删节发表，现在这个完整的文中又有了校对疏忽，第三段漏掉二三十字，使上下文的意义不完整。

一月二十二日

在《读书》的一篇文章中,我看到一段谈昆虫的文字:昆虫作茧之时,它的身躯是肥大的,当它作茧之时,必须爬过一条极细的管子,然后才能脱身飞翔,成为一只美丽的蝴蝶。所以,出茧之时它必须经过一番痛苦的挣扎。作者孩时为了蚕儿早点破茧而出,使用了剪刀,企图对蚕儿有所帮助。但结果却令人沮丧,蚕儿并没有变成蛾,它只是痛苦地爬了一会儿就不寿而终了。可见,这种蜕变过程非要靠自己经历痛苦的挣扎才能完成。

一月二十三日

"我什么也不说,什么也不想:一任无限的爱在内心引导着我。"(兰波)

"艺术的感情是非个人的。""个人"中最好的部分,也正是前辈中不朽的部分。(艾略特)

"艺术生于艰难跋涉之中,死于一蹴而就之时。"(瓦雷里)

一月二十四日

星竹在一月六日《北京日报》上发表散文《在小城》。这是写小城昌平的第一篇文学作品。写得很丰富。

一月二十五日

今天的《文艺报》又刊一整版文章《评小说〈坚硬的稀粥〉》，这是它第四次刊发论及《坚硬的稀粥》和它的作者王蒙的文章了。

一月二十六日

最近接连见到报上的期刊目录预告，几家文学期刊纷纷欲出散文专号。《天津文学》出了，《北方文学》一九九一年十二期出了，《湖南文学》今年四期出，《西北军事文学》第四期欲出。真的是散文热了。

一月二十七日

今在小汤山疗养院阅览室翻报刊，上午重点看了一九九一年的《散文选刊》，见了张承志的散文《忆汉家寨》，原刊在《中国西部文学》。下午阅报，见到十五日《中国青年报》介绍《上升》，占四分之一版，两封读者来信，一篇楼肇明的评论《散文"文体意识"的新觉醒》。这篇文中提到"苇岸的《大地上的事情》一文，则以梭罗、德富芦花、普里希文等人为师，他对崛起和衰落时间在度量上的发现和思考，说明这一主人公形象是有别于逃遁江湖、庄周蝴蝶莫辨的那种传统性格的"。

这是我的作品第一次被评论家自发地评论。

一月二十八日

单位分房结束，一门十八户，六层，局机关分十户，学校分八户。我分到五层侧门，理想。

一月二十九日

《主之音》是纪伯伦的一册小书，人民文学出版社出版。它不能一次性看完，需不时看上一段。像人们对待《圣经》那样。

一月三十日

进城。取学员成绩。

在北太平庄一小书店买《世界著名作家访谈录》，江苏版。在王府井书店买《托尔斯泰文集》（卷十七，为日记），《列王纪选》。《上升》已售完。

一月三十一日

《世界著名作家访谈录》与《西方现代派作家谈创作》入选上有重复。后者为中国广播电视出版社出版，两书均源自《巴黎评论》搞的专访，它辑六十位作家访问记为一书，名《作家在工作》。书名多好，我们的自作聪明的编辑失误，更改的书名平庸。

二月

二月一日

接贵州铜仁友马轼怀信及寄报，他们创办了一张《散文诗导报》，这是试刊。

二月二日

见到一条消息，称英一报纸举办征答活动，题为"在这个世界上谁最快乐？"，四个最佳答案是：作品刚完成，自己吹着口哨欣赏自己作品的艺术家；正在用沙子筑城堡的儿童；为婴儿洗澡的母亲；手术后终于救了危重患者一命的外科医生。

四月

四月一日

继续写《大地上的事情》。

在城里买《伊戈尔远征记》，米修诗选译本《我曾是谁》。

《文艺报》报道，一九九一年为兰波百年忌辰，法国由此掀起"兰波热"。"兰波现时占的地盘比雨果还多。"兰波："我献身于太阳这尊火神。"

四月二日

下午四点后，我正要去学校，大春突然来了。一月前在人大曾有一次未成的讲座，出校后去酒馆喝酒，后又去大春家，闲谈一夜。大春是温和的，他的谈吐也是优雅的，用词准确，见解颇具共性。我曾说他像印第安人，他也是诗人形象很浓的人。我不得不去上课，嘱他等我，但我下课回来后，他走了，称自己是"新浪漫歌手"，准确。

谈到海子，他似与海子不甚熟，我说了这样的话，我对任何一位诗人的热爱和敬重，很少是因为其人，而是对诗本身。他说"春天生长，诗人死亡"是绝句，他自己说："诗人生长，春天死亡。"

四月四日

今天是清明节。平淡无事。

四月五日

晚给大春打电话，祝他生日快乐。他曾想来昌平过生日，后放弃不过。他说他正在写诗。

四月六日

世界上的事物都有天然的欲尽职责的倾向，这是天性，女人要生育，大地要生长。事物是过程，也即是其完成其天然的、与生俱来的任务的过程。

四月八日

写《事物的名称》。

七百字，关于事物的学名、别名和俗名的不同。纳入《大地上的事情》。

四月十二日

打印出《大地上的事情》十二则。这是这段时间所做之事。

四月十三日

取出《生命中不能承受之轻》读。我曾读了米兰·昆德拉的另一本书《生活在远方》。他对性爱有种偏好。我不喜欢他的书。

四月十四日

今年春天令人生厌。阴雨、阴冷，连续刮六级左右大风。

四月十五日

《人民公安报》四月四日刊出《诗人本色：读〈疯人院的男男女女〉》。删约三分之一，"不堪回首"更改为"诗人本色"。

《消费时报》四月十五日刊出《三月》（诗）。

《文汇读书周报》二月一日刊出《天堂之声》（谈英国诗人布莱克的诗）。

四月二十一日

十八日黑大春打电话,约好今天下午两点去沙河"市第三福利院"看郭路生(食指),该福利院实际为精神病院。

两点后赶到沙河北大桥,下车遇大春招呼进一餐厅,黄维与他下放时的山东某乡干部同在,他们来北京玩,送大春至沙河。

王军钢先行从福利院中接出食指,我早闻其名,但未见过。食指是"朦胧诗"的第一代诗人,与北岛同年龄。他身穿院服,脸色病态,牙已掉一半,行走不正。人极和善,无隔膜感,因缺牙吐字不清。这是为诗歌牺牲了健康的诗人。

从谈话看出,食指格外真诚,责任感、使命感强烈(对国家与家庭)。对贫穷地区农民的感情。对低劣影视的忧虑。想写几篇政论并在"十四大"前完成。对国内将萨特、加缪定为存在主义大惑不解,欲写文澄清,他认为两人前者热情,后者冷静。何其芳的写作现象。郑振铎对党的意见的服从。

食指,人生与诗结为一体,理想化的人生,堂吉诃德精神。

四月二十五日

与老愚通电话。他讲《大地上的事情》续篇连续看有累的感觉，不宜以此为总题出书。因与《海日苏》《放蜂人》等合编。又讲《文汇报》一记者，姓薄，他的校友，很欣赏《上升》中的《大地上的事情》，预想五月十六日一同来昌平。

五月

五月一日

"四月是最残忍的月份",艾略特的诗正确。今年四月几乎刮了一月的大风,沙尘满天或转为阴冷的天气,没有几日阳光。进入五月,仿佛驶入了一个港湾,风和日丽。

读《世界文学》刊载的《兰登书屋琐记》,美国出版家贝内特·瑟夫作,谈了奥尼尔、刘易斯、福克纳及罗斯福总统。有阅读愉悦感。

五月二日

读《收获》上徐迟的长篇回忆录《江南小镇》。过去隐约知道徐迟是诗人,后有他的报告文学《哥德巴赫猜想》,未想他是一个老作家。我对他的全部敬意来自他译的《瓦尔登湖》,译笔异常优美,非一般译者能比。《江南小镇》有史料意义。在里面,我见到他引的一句西班牙谚语:客人是一条鱼,无三天新鲜。

五月三日

新疆《石河子报》牟国志来信。

五月四日

继续读《生命中不能承受之轻》。

在《十月》读到一篇报告文学《丝路万里行》,讲一对画家夫妇数次进西域的事情,他们步行绕过塔克拉玛干大沙漠,他们途经的民丰、且末又使我产生续写南疆之行的念头。这两个画家是北京画院的赵以雄、耿玉琨。报告文学作者向娅。

五月五日

下了一场细雨。今年春天的第一场雨。

五月六日

进城。在王府井书店买《米什莱散文选》,法国作家,我很喜欢他。

去历史博物馆看"萧乾文学生涯六十年展览"。分几个部分,最后是作家、书画家的赠品。观者很少。

五月七日

读《米什莱散文选》(百花文艺出版社,徐知免译)。

《大不列颠百科全书》中介绍米什莱:法国最早和最伟大的民族主义和浪漫主义历史学家之一(一七九八至一八七四)。米什莱是历史学家,《罗马史》和《法国史》的作者,但他一系列关于自然的著作优美无比,这是他的文学作品。

五月八日

处于写作前的不安时期。

五月九日

满天柳絮(还有杨花)飞飘,像大雪一样。

五月十一日

新的一期《文学报》刊文《散文界连续发生剽窃事件》,作者韩小蕙。周涛的万字长篇散文《读〈古诗源〉十记》被新疆某君分两期发表在《随笔》上,另揭露的还有湖南某君,山东某君,他们有的被当地称作"散文新秀",有的混入作协分会。

五月十二日

　　读完《生命中不能承受之轻》。我不能对它的故事和人物有一个统一的印象。但它甚为丰富。它毕竟是一部独特的书，类似《百年孤独》的独特。我看到了这样的话：对天堂的渴望，就是人不愿意成为人的渴望。

　　后附的昆德拉讲话"人们一思索，上帝就发笑"很好。这是句犹太谚语。

五月十三日

　　劳动人民文化宫举办一年一度的书市。

　　以原价及减价购周涛散文集《稀世之鸟》，《世界征服者史》，《番石榴飘香》，苏格拉底传《探索幸福的人》。

　　在三味书屋买《中外散文选萃》第三辑。

五月十四日

　　考虑写一短文，谈珍惜文字问题，想到了这些话：

　　"诗人的墨迹像圣徒的血一样圣洁。"（阿拉伯谚）

"一个好词抵得上一本坏书（平庸的书）。"（列那尔）

《道德经》流传千古，只不过三千言（或六千言？）。

五月十五日

放弃了其他书，读周涛的散文集《稀世之鸟》，它有这样的力量。过去知周以诗出名，诗近写实，零星见过他的散文。这次似一新发现，他应写散文，他的散文胜过他的诗，他的散文甚至要改变我的写作风格。

五月十六日至十七日

铺卫生间、厨房地面，白色马赛克。

五月十八日

收到《散文百家》第五期，我的《天边小镇》刊在上面，一字未删。改为月刊后的《散文百家》大方、美观、典雅。封面为巴金头像，张守义作，线条型。在《散文》《散文百家》《散文选刊》中，《散文百家》最为美观。

五月十九日

由岳父介绍,在小汤山锡昌疗养院认识内蒙古锡林郭勒盟老作家常捷先生,常老自我介绍是剧作家,写过剧作《草原民兵》等,他现在来疗养,是我岳父的病人。我未听说过,为地方上的作家。

常老年近七十,飞行员出身,过去在部队,依然存豪爽之气。他健谈、风趣,我说他有大家风范。他过去是右派,他说一场反右运动最终未被平反的只有罗、章二位,很多人成了冤假错和扩大化的牺牲品。

他读了我带去的《散文百家》上的《天边小镇》,赞不绝口,极欣赏。他认为我是埋没不住的,他建议我调动工作。他说夏日可去锡林郭勒盟看看草原。他在《散文百家》上写了"青草必定出土"留念。

五月二十日

进城听讲座:《改革就是解放生产力》。甚平庸,"左"味浓重,主讲人为某杂志副主编。中间休息时我写了一条子,放讲桌上:"此次讲座纯为老生常谈。您有个紧迫任务:丢掉八股味,更新七十年代头脑。我们知道要改革,但我们少知改什么。警惕右但主要防左,但'左'的表现是什么,好像讳莫如深,请列举。请恕直言。"主讲人看条后,脸甚红,讲话极不自然。

在成教书店门口半价买《陀思妥耶夫斯基夫人回忆录》。

五月二十一日

读完《稀世之鸟》,它和马丽华的《藏北游历》都是令我连日看完的书。

五月二十二日

常阅览的报纸:《文学报》《文汇读书周报》(前二为自订),《文艺报》《文汇报》《新民晚报》《中国青年报》《北京青年报》《北京晚报》《北京日报》《人民日报》《光明日报》《科技日报》《工人日报》(后几种皆为学校公订)。有些报天天翻一下,有些报每周只看一版。进城时还常在报摊买《南方周末》,专看其第八版《芳草地》,常有王蒙等短文。

五月二十三日

五月中旬过后,大风和阴雨的春天一过,天气稳定,马上就是夏天了,几日来,气温已三十摄氏度以上,阳光暴晒。今年气候似很反常。

五月二十四日

读《现代世界伦理学》，随意摘记几句话：

世上许多道德家和求道者都为自己强烈的利己心而感到苦恼。

利己心是所有生物普遍的最根本的本能。道德的善中最重要、最根本的东西，就是自我保存。但是如果每个人都按照天然欲望来行动的话，反而不能达到目的，不能实现善（故要制定礼和法律）。

荀子认为：人追求善这件事，本身就是人性非善的证据。人所追求的东西应是自己所没有的或者现在还不具有的东西。这说明我们的性是恶的。

把人从恶中解救出来，霍布斯提倡君主专制，荀子提倡圣贤和礼。"礼本来是人为的，它违反人的天性，人为即伪。""性伪合，然后成圣人之名。""积伪而化，谓之圣。"

伊壁鸠鲁的伦理准则：行善比受惠更幸福。

五月二十六日

接一信，寄自四川师院，下落《跨世纪丛书》编委会，内为打印单，大致：苇岸文友，鉴于您已取得的创作实绩，我们特约请您为《跨世纪丛书》撰稿，下详细则云云。丛书分诗、散文诗、散文、小说及校园诗人、校园作家作品六种,均为跨世纪……但条件是须交九十元,一看作罢。不知虚实。

五月二十七日

在小汤山疗养院阅览室,上午看文学期刊,下午翻报。

目前有一类亚作家很活跃,他们的跻身文坛,主要得益于其本身为编辑,把持着自家的阵地。他们的作品量大,但多不经一读。有较浓的职业文人趣味,家长里短入笔来,他们是文学事业的一大阻力,他们时常做着为稿子"去势"的事情,这是叶延滨的话,我极赞同。

整整一天,几只布谷鸟环绕院中树木,不懈地啼叫,甚为动人。

五月二十八日

见今日《文汇报》柯灵一短文《〈华夏丹青〉前言》,更感老人的文字无人能比,同他的名字一样给我"灵"的感觉,他仿佛能随意支配文字,游刃有余,妙笔生花。诸如"呼吸万里""目空今古"等字出神入化。老人的文章开头引了"林无静树,川无停流"两句,不知出于何。

五月二十九日

《随笔》杂志，必读杂志，花城出版社办。今年三期有一文"不需求索"谈一学院后来摘下屈原名匾，质问"求索云云，屈原则可，吾辈则不可吗？"尚有王蒙、戴厚英、刘心武等文。

五月三十日

上午与老愚通电话，他有两个编书的事要与我谈，约好下周三下午去他处。

傍晚回乡下，去看祖父母。正是小麦成熟的过渡期，绿色已淡，麦田泛出隐隐的黄色。田野格外秀丽。在断流的河沟，见挣扎的鱼跳出浊水，宁愿在岸上待毙。

家乡的东部终于要建水泥厂了，已开始施工，汽车往返运土，前景可怖。

近一年祖父母均在心理上有很大变化，童心复萌，言谈稚气，他们常因小事彼此生气，似青年恋人的表现。

六月

六月一日

随意读《陀思妥耶夫斯基夫人回忆录》。

除了名字，陀于我尚很陌生，我未读过他的作品，从这部回忆录看，陀可敬。

六月三日

上午在市成教学院听课，关于马克思人性论与西方人性假设。

中午去周新京家，他离婚近两年，尚未组织新家。谈话，诗仍是他的主要所爱，也为北京台一电视片写了解说词。他气色很好，颇显年轻，亦数次谈过女友，终因新潮女孩多不能接受他的书斋气质，未果。

下午五点去老愚处。他为北师大出版社编了一本《新潮散文选萃》，收了我的《大地上的事情》（续），这是该社一系列书中的一本，已印出广告宣传画。另一本散文选由一家新出版社（他讲的社名我已忘）出版，收入我的《海日苏》《天边小镇》《放蜂人》《库车笔记》，总题"大地四方"。他让我看了一本内部文艺通讯，刊有楼肇明先生《散文"文体意识"的新觉醒》全文。关于在武汉出的那本批汪国真的书（收有《诗人是世界之光》一文）亦可能将出。

后一起去崇文门大街《文汇报》驻京办事处，约会记者薄小波，薄是老愚的校友，约三十岁，人极随和，无文人观念。也遇《文汇读书周报》编辑郑逸文来京组稿。

与老愚同宿该处。

六月五日

与小松进城。

在王府井书店买《托尔斯泰文集》第十四卷《文论》，聂鲁达回忆录《我曾历尽沧桑》。

六月七日

在《散文》六期上见子页《鸠谷芳沟山记》中录这样一句话：

"在朝者心民，在野则心君。"特记下。

欲写关于羊的散文。曾题为"恶的承受者"，后我觉用"上帝之子"更恰当。为此打电话与田晓青交谈，听他谈了看法，他谈到"替罪羊"之说，我才觉我想了许多但这一点未想到。他说《金枝》对这方面讲了许多。他开启了我的思路。

六月十日

进城。上午听课"现代思维面面观"。中午去三味书屋,买一册《绿叶》杂志创刊号做纪念。

下午去北京体育师范学院访居此的青年画家迟耐。迟耐约三十岁,蓄胡须,无职业,画作不多,以大幅水墨画为主,挂于四壁,室内深郁艺术气息,一巨大枯树干立于一角。今来主要为顺路看看他的画,上次在黑大春家结识。

六月十一日

动手写《上帝之子》。

看了一些《圣经》片段,托尔斯泰论文。

六月十二日

中午薄小波带上海中年画家余友涵突然而至,他未事先告我。

余友涵,年近五十岁,文质彬彬,不善言谈,他是上海工艺美术学院的教师,很讲礼仪,我在薄处看过他的关于毛泽东的画,轰动海外。

下午闲谈,近晚骑车去十三陵游玩,在水库游了泳。对风景激动,余想在昌平买房。谈到海子。晚我与小波睡了地板。停了电。

六月十三日

上午小波和余欲返。走前我请余老师画了幅钢笔小速记,抽象的,近似海流。他写了一句话"让内心欢乐"。

我送给小波一幅驴子照片,送余两篇散文《天边小镇》《放蜂人》,小波借走《赛弗尔特诗选》和《宗白华美学文学译文选》。

(无时间,故草草记事情写这几天的日记,很为此不安,只作备忘。)

六月十五日

我的书房窗子外面,有了一个马蜂巢,尚很小,只有两三只马蜂在营造。它们什么时候开始的,我不知道,我要保存它们,我将这扇窗关紧而开了另一扇。我会看着它们的巢不断庞大。

六月十八日

写《上帝之子》,很缓慢。它最终是什么样子,我也无把握,我只觉得有些东西难于说清。

六月二十日

断续读聂鲁达回忆录《我曾历尽沧桑》。

六月二十四日

晚与上海余友涵通了电话,我问他那幅小画的含义,他说是从东方的太极考虑,他说他不打算给这幅未完成的画命名。

六月二十八日

小松随同事去星城(海边,兴城)度假约一周。《上帝之子》写作有了进展,但仍未完成,有近三分之一待写。

七月

七月三日

《上帝之子》终于完成，约一千九百字，最终感觉并未写好，似偏离了我的原意。

七月六日

和老愚通电话，他告我整理三万字作品，并附简介和一千字对散文的看法，十二日前给他，他欲编几个人的散文合集。

七月七日至十一日

整理、修改、复印了十五篇散文。
做总结的时候便看到成果多么有限。

七月十二日

上午在财贸干校监考，下午去高晓岩处（工人出版社），本来约好，但他并未在，亦未见留条。将带去的十五篇作品从门缝给他塞入。

和骆爽谈了一会儿,他赠一册《文坛"厚黑学"——骆爽幽默随笔·抒情散文选》。

八月

八月一日

《圣经》早几年我已有了，但一直未读下去，《创世记》《出埃及记》均读了一些，新约开端《马太福音》读了一些，仅此而已。妨碍我读完它的是什么呢？它的竖版繁体？它的世代一闪而过的几无意义的人名？恐怕主要还是近几年我丧失了那种沉下去认真阅读经典的心境，这是最可怕的。我把时间都浪费在当代一些作品上，包括书报，而这样做只是为了急功近利的写作。

我现在开始再读《圣经》，也是有了一种动力，如果写作，这个假期便可能读不完。

八月二日

借了两本杂志，主要为读《红岩》（二期）上周昌义的《作家忏悔录》和《中国作家》（三期）上周涛的《游牧长城》。

八月三日

收到《山东文学》刘烨园信，《石河子报》（刊《麻雀》），

《文汇读书周报》稿费。

刘烨园，山东多产的散文作家，青年？其余不详。上月十六日我寄他《上帝之子》，现回信："苇岸兄，您好，大作收到。读到过兄的一些文章，能收函联系，甚为欣慰。"他认为《上帝之子》的已被列宁批评过的托尔斯泰主义，对马列主义笃信不疑的他的头头不会同意发出，故退回。

读他充满友情的信，很高兴。

八月四日

连续阴雨，楼前楼后都积了水，蛤蟆开始叫了，先是楼前一两只，第二天楼西也响了起来。蛤蟆只在久雨中叫，雨停了，尽管仍有积水，但蛤蟆似亦消失了。蛤蟆只为雨叫。

八月七日

接《文汇读书周报》寄来的八月一日报，我介绍纪伯伦《主之音》的短文刊在上面。这是第二次，第一次是二月一日刊的介绍布莱克《天真与经验之歌》。

八月八日

去年养了两盆花草，冬天它们全死了，一盆大概叫灯笼草，一盆是紫罗兰，春天搬家过来，它们一直放在阳台上，干死的样子。雨季来了，出现了奇迹，被风刮进阳台的雨，落在花盆里，一天我们忽然发现紫罗兰滋生了新叶，它复活了，而灯笼草仍是干枝。

八月九日

要写作了，近几天一直倾读《圣经》。时间过得很快，放假日期的一半已过去了。

今天为写散文《四姑》，回老家和奶奶谈四姑。

八月十日

开始写《四姑》，但冲动不大，时时想读《圣经》。

第八辑　日记

一九九三年

一月

一月一日

日记属于个人生活。每天能写下有意义的日记,非需要一种特殊的毅力。我没有完整无缺,无须后补地写过一年的日记。但我还是想写日记。日记在我婚后断断续续,最后停顿了。没有日记的生活是一种无痕的、快速的生活,似乎丧失了意义。

过去日记的停顿往往也由于写作。

借这个开端,和这个已疏远的友人送的本,我开始写日记。

一月二日

在小汤山疗养院温泉水汇成的小湖上,有几只野鸭,这一片不冻的水面留住了它们。

一月三日

给《美文》陈长吟、《北京文学》赵李红复信(《美文》通知:《大地上的事情》之二刊载在其今年第一期上。《北京文学》的去年六月通过的《放蜂人》仍在排队)。

一月四日

近期所读书：

1.《绿风土》，张承志散文集。他的散文集看后便亦显出了"杂谈"的不纯粹性。张的尖刻使他自己将自己从一高度上拉了下来，这是他的致命弱点。

2.《升腾与坠落》，萌萌随感录。"诗是神秘的，如同命运"一节，不仅是她全书中谈得最好的，亦是专业诗评家所不及的。我读这册书，只有这节是明白的，深刻的。

3.《工作与时日》，赫西俄德的诗，但译本为散文体，有现代书籍所不具备的简单、伟大与神性，我总想因它写点什么。

4.《西行阿里》，马丽华继《藏北游历》之后的第二本关于西藏的散文体书。说它是第一的，但不能说它很好。

5.《世界史纲》，生物和人类的简明史，这是主读书，以上都是副读。薄小波推荐，一本我从未读过的别开生面、简洁的史书，做了摘记。

一月五日

老愚打来电话，谈刚从西安回来，准备十号左右同罗群来昌平。

一月六日

收到湖北安民寄来的一个小挂历和两张诗报,信中谈了对北方的认识和北方的意义:"这让我更清晰地理解了'苇岸'。苇岸是北方的儿子,是北方农村的儿子,苇岸以及苇岸的文章,同北方农村、北方的土地有着一种直接的关系。这关系使苇岸得以成功。同时,北方的土地因有这样一个儿子而得以进入艺术的视野。"这几行字让我"虚荣"地激动。

两张《湖北诗坛》报,让我感受到了一种久违了的"民间"生气。

一月七日

着手为史小溪写散文评论,此事已拖了一年,这次史来信又提到此事,老愚也促成这事完成。史是个为文学有献身精神的人。

一月八日

北方下了第一场雪,近似雪粉。雪下了一层,盖住了平地,雪尽管很薄,但人们依然欢天喜地,他们常常度过一个枯燥的无雪的冬天,也许这是今年冬天唯一的一场雪。

一月九日

《读书》杂志一九九二年第十二期一篇文章介绍英国学者Z.鲍曼《立法者与解释者》一书，书中讲，西方知识分子正经历着从现代的"立法人"到后现代的"解释人"的转变。"立法人"是指在现代条件下（国家权力与知识分子联姻），知识分子是对真假、善恶、美丑等问题具有最高发言权，创立权威知识，仲裁意见纷争。与此相关的是一元世界观。"解释人"是指在后现代条件下（国家权力与知识分子分离），知识分子面对多元并存的各不相让的生活方式、价值体系失去了以往的作用，转而在各种不同价值标准、文化传统中寻求对话、译解和沟通。与此相关的是多元世界观。

一月十日

《文汇读书周报》昨天刊出我的介绍《希腊罗马名人传》的随笔《英雄的粮食》，启示式文字，很短，三四百字。它本是为老愚编《世界散文金库》写的评介性文字，去年八月该报刊出了第一则《复活的先知》，介绍纪伯伦的。这是第二则，我共写了十则。

一月十一日

《北京文学》去年八期诗歌栏,刊出了海子、西川、骆一禾三人诗,我让赵李红寄了一册来,只为海子的诗。海子的诗以《村庄》总题,共七首,都未看过。我常拿起看看,永不生厌。海子在中国是诗的化身。海子的语言在某个方面与顾城相近,但顾城的诗有一种玻璃的、金属的声音,海子的诗则是水的、植物的声音。

一月十三日

现代人们的语言中有一个词,这个词有所指,有特定但不限定的意思,这个词即"有点那个"。它在特定对话、特定说明时常被使用,用于口语,也见于文章。它所代替的意思,既不好明说,也不能说清,但双方彼此明白。这是语言失败时机智的变通。

一月十四日

《读书》杂志今年面目一新,让人喜爱。纸张、印刷、封面、目录编排都变了,这是中国最漂亮的一本杂志。

第一期有王蒙谈王朔的文章《躲避崇高》,其中有一句话,

"我们的政治运动一次又一次地与多么神圣的东西——主义、忠诚、党籍、称号直到生命——开了玩笑……是他们先残酷地'玩'了起来的！其次才有王朔。"这句话对王朔的原因、评价做了恰当、准确的说明，我很赞同。

一月十五日

近期再度对围棋感兴趣，看了棋书，摆了棋局，但很难找到对手。棋牌不再大众化，大众日益被剥夺闲暇。

一月十六日

今天的《文艺报》又以半版刊署名张捷文的《谈"索尔仁尼琴热"》。我从中看到摘引的索氏言论，其中：

我终于懂得了世间一切宗教的真谛：它们是与存在于人内心的恶做斗争的（每一个）。世界上的恶不可能除尽，但每个人心中的恶却可以压缩。（《古拉格群岛》）

提高社会道德水平比发展经济和健全体制更重要，因为纯洁的社会气氛要靠道德的自我完善来造成，稳定的社会只能在人人自觉地进行自我克制的基础上建立（他提出，把"悔过和自我克制"作为国家生活的准则，反对"无限的进步"和"贪婪的文明"）。

一月十七日

写史小溪的文《悠悠扬扬走河者》完成,很短,八百五十字,用了约十天时间。

一月十八日

武汉《长江日报》阎春来寄来一份《长江日报》,今年扩版为八版,阎做连载作品工作。报亦办了随笔专版,其中有小说家方方的专栏《闲聊斋》,地方名人效应。青年作家成名,纳入了文坛,便形成了自赏的文人趣味,把自家的一切都变成文章。

一月十九日

看了一部录像片,美国影片,名字一时记不起来,看来是根据一部童话书的情节拍摄,我也未读过此书。由一在学校被欺负,在家里受父的成人指点的儿童读童话书开始。那本书很大,讲的是"虚无"这一无形的怪物,吞噬、毁灭幻想国的故事,毁灭在逼近,女王濒于死亡,拯救的唯一办法,是这个读书的尚未丧失幻想的儿童,用天真幻想的天性大声为女王改个名字。它在这里讲了人类物质的一个进步,导致丧失想象、幻想而坠入不可救药的虚无之中，挽救的办法是恢复它早期的纯洁精神。而希望在儿童。我想起泰戈尔的话："每一个孩子出生时所带的神示说：上帝对于人尚未灰心失望呢。"

一月二十日

今日大寒。日前下过雪后，气温降下许多，这十天是今年冬天的最冷期。这是极限和顶点，温暖将返回。

一月二十一日

读《世界史纲》，看到讲希伯来人，讲大卫和所罗门，它对所罗门的议论与《旧约全书》相去甚远。旧约中我们看到所罗门一个污点，这是一时误入歧途，它的所罗门是仁义的、英明的、智慧的，天下无双。而《世界史纲》的韦尔斯对此提出质疑。他认为历史上的穷奢极欲的、挥霍的、残暴的君主所罗门，显然被后来的某个企图夸大他的国势，颂扬他的智慧的作家大量篡改和增添了。应该相信谁呢？《圣经》还是韦尔斯？韦尔斯又是哪里来的史实？我喜欢旧约中的所罗门。韦尔斯？

一月二十二日

今天是除夕。今年春节来得早,让人有仓促过年感。主要是晚间的中央电视台的晚会,今年特邀了四川的魏明伦做总文字把关,但晚会的节目仍无大的新鲜感、优质感。

一月二十三日

鞭炮的高潮已在昨夜十二点前后过去了,燃放花炮就要被禁止,广东已先行。今年在岳父家过年。

元旦见到的小汤山疗养院内温泉水汇成的小湖上,四五只野鸭还剩下两只,这变化如何发生的,我不知道,那两只是死去了,还是耐不住飞走了?它们在迁徙期早过的时候能飞到哪里?但是两只留下了,它们厮守在一起,冰在湖的四面渐渐围拢,但冬天终于没有战胜它们。我查了一本《爱鸟知识手册》,知道它们叫绿头鸭。

一月二十四日

又有一次激动的发现。上午十一时左右,我和小松去院内后湖。那里有一座很小的山和依山而生的林子,它在这周围无遮无掩的平原,便是鸟儿一座幽静安全的乐园了。许多在外面见不到的鸟，在这里停留生活，比如冬天便有灰喜鹊、喜鹊、麻雀、啄木鸟和那湖中的野鸭，这是今天所见。现在林子上鸦声一片，我们走过去，树上落满了纯黑的和胫上有一圈白及腹部白色的鸦，它们混在一起，它们的体型比常见的乌鸦要小一些。令人激动的是，我们在林子北面，看到一群群的鸦，正不时地从天边涌现，它们不断飞来，落在这里。这是鸟迁徙的驿站，它们停下来休整。它们的生活习性？它们在春天临近时，为什么由北向南飞？我查《爱鸟知识手册》，没有见到它们，它们不在我们爱之列？

查《不列颠百科全书》知鸦科为雀形目一科，约一百种，有山鸦、星鸦、寒鸦、渡鸦、秃鼻乌鸦、松鸦、喜鸦等。我见到的，极可能是寒鸦。

一月二十五日

一九九二年诺贝尔文学奖获得者是个令人意外的作家，加勒比海黑人诗人德里克·沃尔科特。评论家说他的诗深受英十七世纪玄学派诗人和现代诗人迪伦·托马斯、奥顿的影响，他的诗有"伊丽莎白时代的富丽"，亦有人称他的诗过于"崇高炫目"，以至于几乎使诗的内容变得模糊不清。授奖词称，他的诗"散发着巨大的光和热，并具历史眼光，是多元文化驱策下的产物"。他的作品，我还无处读。

一月二十六日

今天骑车回老家看爷爷、奶奶。感觉爷爷衰老的速度比奶奶还快。一种东西终于不可回转地逝去了,一个家族的主干即将倒下。我坚持在屋子里吃饭,让他们看着我吃,像童年在家时一样。

村东建起了一座大水泥厂(北京水泥厂),在村与厂之间还有一条宽阔的现代标准的公路,已挖好路基,祖父、祖母的村庄真的要不存在了。

一月二十七日

给武汉的胡发云、萌萌打电话,问候新年。张志扬正在萌萌家,通了话。

一月二十八日

再次读了张承志《北庄的雪景》《离别西海固》。
只写令人重读的东西。

一月二十九日

星竹通知,《武汉的东湖》,《北京日报》采用。

一月三十日

上海《文化艺术报》说,韩美林的重塑千尊佛首的庞大计划,才有个开端,便因被泼冷水而搁置。结论不明。

二月

二月一日
星期一

我写过纪伯伦几行文字《复活的先知》，这个名称是我对纪伯伦的概括，也是我对"先知"的理解。我在《世界史纲》看到了它对"先知"的描述："早期的先知很像早期的僧侣，他们得到神的启示，对人做出告诫，同时预言将要发生的事。""他们一般穿的是粗羊皮制成的独特的外衣。他们保护着游牧时代的传统，不同于'新式'的定居生活，但自从建造了庙宇，僧侣制度形成了以后，先知这一类型的人物仍然留在正式的宗教组织之上和之外。""希伯来的先知们，以及他们认为全世界只有一个神的观念的逐渐扩展，是与人类自由良心的概念并行发展的。"

今天气温八摄氏度，天气晴暖。给王衍写信，转牟国志散文。

二月二日
星期二

再次着手写《大地上的事情》，这是第三组的开端，今天写了一则，是关于樗树和象鼻虫的。翻翻昆虫类书册，发现哺乳动物与昆虫的区别之一，是它们的幼体，前者可爱，后者可厌。

二月三日
星期三

去单位（五天未去看报）看报，读到柯灵一篇数百字短文《善哉人生，美哉艺术》。谈论散文的，老人的文字简直有种神力，魅力非凡，光灿夺目，处处惊人，中国当代作家中，柯灵最能支配汉字。读到的另一篇文是老愚这家伙的，名为《一只色彩斑斓的毒蜘蛛》，矛头指向王朔，这是报刊开始解剖王朔的发轫，文字犀利尖刻，老愚风格。前文刊一月三十一日《文汇报》，后文刊一月三十日《中国青年报》。

还收到王开林的信，谈了《湖南文学》新散文介入的困难，对《诗人是世界之光》又未能上今年第三期的散文专号表示抱歉，再编第八期时再力荐。

二月四日
星期四

今日立春，气温十摄氏度左右。

（进城。在复兴门工艺美术馆订家具，餐桌椅，两人沙发。

去书法家王纪仪家。)

在王府井书店买《中国鸟类》图解一书,书内绘鸟五百一十五种,是我渴求的一本书,黑白绘画,使一些形态相近的鸟类不易辨别。

分游、涉、猛、鸠鸽鹑雉、攀、鸣禽先后介绍,我翻览一下,我在故乡见过的记在下面:

野鸭(少见)、苍鹭(水骆驼,苇地)、雀鹰、苍鹰(现已绝迹)、长耳鸮(猫头鹰)、斑鸠、鹌鹑(地牤牛)、杜鹃、夜鹰(卵直产地上,无铺垫)、斑啄木、翠鸟、戴胜、百灵、云雀、家燕、田鹨(我叫不出名的那种地面小鸟)、伯劳(虎不拉)、黄鹂、黑卷尾、喜鹊、灰喜鹊、白颈鸦、大嘴乌鸦、寒鸦、小嘴乌鸦、苇莺、黄腰柳莺、山雀(憨,不避人,称老稀子)、麻雀。

二月五日
星期五

在窗外台上,隔玻璃我看到一只蜘蛛,扁形,泥土色,它在爬。这是我看到的露天中第一个生命。

收到河北邯郸刘治国寄来的一张小报《微型文学大观》,刘是主编。

给王开林、刘烨园(寄《四姑》)、刘治国写信。

二月六日

星期六，大风

看了看关于金星的说明。金星是夜空中最亮的天体，它是太阳系中第二颗行星，离地球最近。它是地内行星，故有时为晨星，有时为昏星。古中国人给它的名字很优雅，晨称它"启明"，昏称它"长庚"。古希腊人则亲近地直截了当把它叫作"流浪者"（行星的希腊文意为"流浪者"。古希腊人把自己观察到的相对于恒星运行的天体叫作流浪者，这种天体共有七个，按照亮度依次为：太阳、月亮、金星、木星、火星、土星、水星）。

新月时，在月的上方总有一颗星，它就是金星，它们挨得很近，它们处身的背景，各自的位置，密切情形，使我把它们看作海中的船与撑船人。

二月七日

星期日

重翻《林中水滴》。普里什文是将温和的生物世界（林木、植物、鸟、小兽）送到人类身边的作家，他生活在那个环境中，忠诚地记述，他有情趣、热情、爱，只是略少一些智慧，"形而上"的东西。但普里什文独特。

二月八日
星期一

收到王衍的信。去年底,在我给他寄贺年片的同时,收到他寄来的《中国船舶报》,它刊出我很早写的一首诗《冬天》。

二月九日
星期二

一则三百字的写金星的文,今天写成,也用了两三天时间,纳入《大地上的事情》。

二月十日
星期三

今天看到张承志一篇文章《重写一个金牧场——写在〈荒芜英雄路〉一书出版之前》(《光明日报》二月八日)。

《文学报》(二月四日)刊出《"王朔现象"果真是——"一只色彩斑斓的毒蜘蛛"》一文,对老愚的文章设专栏展开讨论"王朔现象"。

从《文汇读书周报》知,作家出版社出了一本《二十世纪美国抒情散文精华》。该报的读者信中有一封说对《希腊罗马名人传》梦寐以求，显然是看了我的评介文字。

《读书》第一期后有《文讯》栏，很丰富，其中有一则介绍刘再复在海外写作的第二部书《人论二十五种》。这二十五种人主要是中国的社会众生相：

傀儡人、套中人、犬儒人、点头人、媚俗人、肉人、猛人、末人、轻人、酸人、阉人、忍人、伥人、妄人、阴人、巧人、屠人、畜人、谗人、俭人、痴人、怪人、逸人、分裂人、隙缝人。

至于这二十五种人是否概括了"众生相"，它们之间的具体区别在哪里，只有待读这本书了。

二月十一日

星期四

关于"谈唱诗人"

谈唱诗人，吟唱歌曲和故事的歌手，史诗吟诵者。他们既是口语发展的产物，又是促进口语发展的要素（口语发展是新石器时代人类全部进步中主要的成就）。谈唱诗人歌唱了或背诵了以往的史事和在世的头人及其人民的事迹，他们还讲述了自己编撰的故事，还记下了笑谈和轮唱的歌曲。他们或许就是听觉方面最早的大艺术家，正如后来的岩画作者是视觉和手技方面最早的大艺术家一样。这类谈唱诗人标志着人类在智力和思想境界方面迈出了新的一步。他们在人们的头脑中保持并发展了一种感觉，觉得某些事物比起他们自己，比起他们部落更为伟大，觉得生活一直可以追溯到过去。这些雅利安人开始在溯往追来、生前死后的思想中生活。

这些谈唱诗人是活的书本、活的人物史，是人类生活中一种新兴而更强有力的传统的保管者和缔造者。每个雅利安族都有他们的像这样流传下来的长篇史诗：如条顿人的英雄诗篇，如希腊人的史诗，如古梵语吠陀的叙事诗。最早的雅利安族实质上是个讲究声音的民族。吟诵在大多数人类种族里也曾经起过传递传统的作用。

那时还没有文字，以后我们将会叙述，当书法最初流入欧洲时，人们一定认为这些记录方法太过于迟钝，笨拙而缺少生气，不值得这么费事地用它来写下人们记忆中的那些灿烂而又华丽的财富。文字起初是做记账和记事用的。在文字传入以后的一段长时间里，谈唱诗人和史诗吟诵者仍然盛行。他们在欧洲确是作为吟游诗人而留存到了中世纪。

很多雅利安族谈唱诗人可能都是盲人，他们所以被搞得双目失明，是为了防止他们离开他们的部落。斯拉夫人统称谈唱诗人为斯列帕克，这也是他们称呼盲人的词。

——以上从韦尔斯的《世界史纲》中摘录

二月十二日

星期五

收到《北京文学》赵李红信,告《放蜂人》已排今年第三期。

收到《文学自由谈》(不知它是双月刊还是季刊),有可读性,订阅无妨。

二月十三日

星期六

给西安《美文》陈长吟打电话,他告诉我,《诗人是世界之光》排四月号上,他说两文(《大地上的事情》之二,《诗人是世界之光》)编辑认为都不错,有满意稿希望继续给他们,好的作者不怕多次刊发。

他讲《美文》第一期春节前已寄出,但我未收到。

他让我转告老愚,希望他给《美文》写稿。

二月十四日

星期日

天气非常好,气温在十摄氏度左右。骑车回小营,去看祖父母。

　　这次我选了一条新路，从未走过，为绕开公路，为穿越田野。我发现尽管树木仍不高大，依然稀少，但鹊巢增多了，它们在依然光秃的树上，很显眼。我看到两处一棵树上有两个巢，有的并列的两树上都有巢。上午喜鹊很活跃，麻雀夹杂其间，这是乡村冬天上空的两个主人。在路边十几米的一个无水池旁，有片垃圾，十数只喜鹊正在那里觅食（喜鹊与乌鸦同科，可能亦吃腐食），我停了下来，看着它们，它们马上警觉，做出了反应，一齐飞走了（这个多次的发现使我今天写出了一段片段，纳入《大地上的事情》）。

　　在返回的路上，临近黄昏，在京包线附近，一列火车驶过，惊起了田地上的麻雀，它们呼的一声，几乎布满了那片天空，这是麻雀黄昏的聚会。

　　我还在路上看到了火烧野草，火从中心向四周推进，不管风在哪端，它把枯草吃得干干净净。

　　（祖父母身体状态还好。祖母有度日艰难感，病体，不易入眠。）

二月十五日

星期一

　　今天看到的二月十三日的《文艺报·作品版》有一篇元元

的散文《大老板》,笔法给我幽默、机智、稚气的感觉。

同期的《文艺报》还有一篇短文,胡昭写,他讲了蔡其矫一九九二年夏在东北谈的一篇外国人论诗人的文章,文章说诗人要保持生命力必须具备三条:一接近大自然,二过普通人的生活,三保持皮肤的湿润(这一点道理不详)。这个说法,直通我的灵魂。

二月十六日
星期二

收《山东文学》刘烨园信,退回《四姑》一稿,称"同类题材,我刊甚多,头头会认为陈旧,恐不好用",希望寄他《大地上的事情》之类的稿子。去年七月曾寄他《上帝之子》亦退,认为关于"暴力"的议论,恐在头那儿难以通过。可寄他人性的、离政治远一点的稿。

二月十七日
星期三

写《大地上的事情》之三的片段。

二月十八日

星期四

今日雨水。但下了雪。今年冬天只下过一次不大的雪,今天的雪片比上次大,很密集,在气流中凌乱、迷离。这是一场像样的雪,纷纷扬扬,但它落地便融化。这是一场短暂的仅限于空中的雪。

二月十九日

星期五

收史小溪寄来的一本刊(《延安文学》)和信,对我写他表示感激。

今天和李松去美术馆看"罗丹艺术展"(二月十五日至三月十五日)。七八十件青铜作品放在一楼三个展厅,包括了罗丹的一些主要作品(不是全部,如《思》就没有),如《地狱之门》《吻》《青铜时代》《巴尔扎克像》《思想者》等。青铜作品仿佛是他大理石作品的草稿。他的人物,全部有着人类痛苦的表情。(门票:十五元。)

二月二十日

星期六

在从昌平至小汤山的路上,我看到了许多鸟巢(喜鹊巢),在小麦初显绿意、树枝依旧光裸的原野,鸟巢最醒目。它们大多在不算高大的树上,有的一树双巢,激动人心。田野上鸟巢是多了起来。

二月二十一日

星期日

春天的第一场大风,五六级。

今天的《文汇报》副刊,有刘心武《听沃尔科特受奖演说》一文,我仔细看了。去年十二月七日,诺贝尔文学奖得主在瑞典文学院发表演说,刘正在瑞典做文学访问,成了参加颁奖仪式上的受邀客人。演讲题目大意为《安德列斯:关于史诗记忆的碎说》。院士马悦然认为,当今英语文学文笔一流者,当首推沃氏。沃的演说主要阐释他不求纯美,但求弥合的美学信念。他说,诗应是世界的早晨,诗的命运是爱这个现实世界。演讲历时七十分钟。

二月二十二日
星期一

"同印度教徒生活结合在一起的是它的好客的传统义务。留一顿饭给可能在午前来求乞的任何陌生人，这是家主的义务。主妇要等全家人都吃完后，才坐下进餐，如果有时剩下的只够她一个人吃时，她就得等到午后很久才能进餐，唯恐一个挨饿的陌生人会来讨饭。"

——摘自《世界史纲》

二月二十三日
星期二

收到《美文》第一期（春节前第一次寄我的未收到），扫兴的是《大地上的事情》（之二）十二则只刊了六则，且谈事物名称一则，删去三分之一。篇幅占了两页，但题目占的空白很大，有头重脚轻或大将军带了很少的兵之感。

下午，薄小波突然来，他刚从上海回来。他带了丁荣早期油画的照片，为大连青岛街景的写生作，有田园，就有劳作的人。

二月二十四日

星期三

上午天气很好，几天的风，住了，气温回升，阳光明亮。和薄小波去爬住所东南方向的小山丘，步行了近一小时，山顶上有块测量用碑，小山东侧还有一低些的小丘，上有房子，似庙。春天，登高看看很好。

薄下午走，借走维吉尔诗。

二月二十五日

星期四

给《美文》陈长吟去信，谈了他将《大地上的事情》删节的看法。

今天农历初五，又看到新月了，但这两天我未见到金星与新月的撑船人与船的关系，看来金星与新月的位置不仅每天有变化，季节不同的同一天也相异。我将文改了一下，"有时它们挨得极近"。一年中每月的关系还有待注意。

二月二十六日

星期五

在小汤山疗养院阅览室看报刊，报刊订数均已缩减。在第一期《大学生》杂志上看到老愚谈钱、财富的文章，唐晓渡谈诗人酒馆聚会，话题已不同前几年的感慨。《芳草》一九九二年第十二期有一篇洪烛散文，谈邹静之。《四川文学》一九九二年第十二期有罗强烈一篇散文理论《走向叙述的散文》，认为散文应从"作者的说教'变向'对象的叙说""放弃作者自我那种似乎全知的虚假努力，让散文更加接近真实和完整"。我赞同。

二月二十七日

星期六，春天的第二场大风，五六级

（接湖北安民信。谈关于东湖的文集已排版，让寄一则简介去。）

关于湖北传说中的九头鸟，在《读书》第二期一则介绍《荆楚文化》的文中有说法，"天上九头鸟，地下湖北佬"。九头鸟的原型是"九凤神"，九颗头的神鸟，又叫九头凤。楚地凤的雕像、绘画遍地，楚人将凤看作是日中之火鸟，祖先祝融的英灵，真、善、美的化身。有文物"虎座立凤"，表示凤对虎族的征服，古今楚人"悍、强、刚、劲"的风格。九凤如何演变为美丽的凤凰和狡诈的九头鸟？可能与北方民族对南方的征服、改造有关。"龙凤呈祥"，是南北文化融合的表征。

二月二十八日

星期日

给刘烨园信，寄《大地上的事情》（三）给《山东文学》。给赵李红信，寄《四姑》给《北京文学》。给王开林信，告他《诗人是世界之光》，《美文》四期已排。给安民信，寄简介、《天边小镇》和老愚、元元、柯灵文复印件。

三月

三月一日
星期一

今《北京日报·广场》副刊刊出《武汉的东湖》，同版还有星竹的散文《一点重温》。

二月二十七日这期的《文艺报》报道，《中流》杂志举行创刊三周年座谈会，参加的主要人物有：臧克家、姚雪垠、李准、朱子奇、李琦、刘绍棠、何东昌、玛拉沁夫、梁光弟、于敏、郑伯农、管桦、魏巍、张常海（光明日报总编辑、《中流》社长）。

三月二日
星期二

看到《世界博览》一文说，印象派绘画之父不是莫奈，而是欧仁·布丹。早在莫奈之前，这个翁弗勒尔的小伙子就已开始研究光线在水面上摇曳的效果，是他把当时一心研习漫画的莫奈拉到室外陪他一起观察大自然。布丹是艺术史上的牺牲品。

三月三日

星期三

《文艺报》二版开了一个专栏《作家的一天》，已介绍了巴金、冰心、赵朴初、臧克家。臧每日有一事必做：供应飞到他院中的麻雀饮食，一日四餐，顿顿不落。我也极想这样，在西环里时，我的阳台上常落一两只麻雀，我也为它们在台上撒过小米，但它们一次未吃。现在搬到了新居，四周空旷，我的迎风西面的大阳台从未落过麻雀。需要有自己的院子。

三月四日

星期四

读《世界史纲》。

希腊打败波斯的进攻后，是四十年的和平期，伟大的伯里克利时代，思想和文化兴起。希腊的外部的政治史，像其他一切国家一样，充满了战争、外交、权术，非常伟大的却是它内部的历史，是思想、感情和性格的历史。伯里克利是一个胸怀豁达的伟大的民众领袖，他的身上有一种爱好深奥、高尚、优美事物的真挚而生动的热情，他把他的这些品质的烙印打在他的时代上面，雅典的民主政体一度具有"伯里克利的面貌"。但后来，奇怪的雅典人，要把他扔到一边去了。

三月五日

星期五

有些阴天，风向似不定，关在室内再读《世界史纲》。

苏格拉底：

外表笨拙，不修边幅、赤着脚，他的周围聚集了一群敬慕者和门徒。他自己没有著作，习惯于在公共场合演讲。

柏拉图：

与苏格拉底不同，他是个优雅细腻的作家，而苏格拉底却写不出连贯性的文章。他喜爱优美的事物，而苏格拉底却鄙视它们。

亚里士多德：

在柏拉图晚年，有个美少年从马其顿来到他那里，这就是亚里士多德。他对具有想象力的意志天生就怀疑，而对确定的事实却极为尊重而力求理解。在亚历山大大帝资助下，他从事于收集知识和整理知识的工作。

犬儒学派关心的只是道德，只是灵魂同上帝的关系；这个世界和世上的学问和荣誉对他们只是些渣滓。

斯多葛派和伊壁鸠鲁学派最终目的是很相似的，实际上关心的是伦理学，即关于一个人应当怎样安排生活的实际问题。这两个学派的确都专门从事于某一科学，前者是逻辑和修辞，后者是物理。但不过仅作为达到目的的一种手段而已。他们把他们的信条归结为四句格言：神明不可畏，死亡不能感觉到，幸福可以赢得，一切可惧的都可忍受、都可克服。

三月六日
星期六

续读《世界史纲》。

雅典的作家的确是最早的近代人。他们讨论过的题目，我们还在讨论；他们开始为之奋斗的大问题，今天仍然摆在我们的面前。

荣格：古代（雅典以前）思想和近代思想之间的区别：前者无指导的思想，用形象来思想；后者有指导的思想，用言词来思想。远古精神所产生的不是科学而是神话。古代的人类世界是主观幻想的世界。婴儿的思想和梦是史前的和野蛮人的思想方法的一种回声的反响。神话是广大民众的梦，而梦是个人的神话。（书引）

希腊人的思想里有三道他们难以逃越的关卡：

其一，心理上把城邦作为国家的最终形式的成见。他们以为帝国的日子一去不复返了，梦想一个不受外界影响的小城邦（而马其顿正在虎视它）。

其二，家奴制度。把奴隶主（他们自己）归入了与一切外来人对立的阶级和组织里。

其三，思想还受到缺乏知识的妨碍。地理知识超不出地中海盆地和波斯边境的范围。阿那克萨哥拉设想日月为巨大的天体，太阳大概和"整个伯罗奔尼撒一样大"。哲学家对一切仪器都不愿接近。

希腊的思想家的真正价值，不在于其成就，而在于其尝试；不在于他们回答了问题，而在于敢于提出问题。

人类在成长。人们慢慢地逐渐地领会到人类兄弟情谊的现实意义，领会到战争、残忍行为和压迫是不必要的，领会到全人类具有共同目标的可能性。此后，每一代都有证据表明，人们在寻求他们感到我们的世界一定会到达的那个较好的秩序（但是，一切地方不管在哪里，每当这种伟大的建设性的思想在任何人身上产生影响时，我们每个人禀性中强烈的贪婪、嫉妒、猜疑和急躁便和为较伟大、较广泛的目标而做的斗争打起仗来了）。

文学必须等待书写方法发展到能够巧妙地表达词句的曲折和语言的美感时才能得到发展。《荷马史诗》，它们的壮丽、美妙、明智和悦目是任何译本都表达不出来的。戏剧是作为对酒神狄俄尼索斯定期举行的庆祝仪式的一部分而兴起的。希腊悲剧是暂时的和拘谨的东西。喜剧是人类社会的根本需要。散文文学起初是作为功史和严肃地讨论而出现的。这一时期的希腊造型艺术不过是以往文明的继续而已。

三月七日

星期日

《文学报》有一篇介绍台湾诗人痖弦的文章，痖弦讲了这样的话："道德文章，古来并重。文学艺术上的攀登，也是人格的较量。"他举出陶渊明与谢灵运，艺术界的陶地位高，因陶是艺术与人格的结合。台湾诗人周梦蝶，一位清寒隐士，人品极好。不搞、不接受电视报刊记者采访，不参加社会交际，请他不去，诗不多，但精良，我行我素。

（在街头书摊上，看到一本印刷质量不高的书《文革中的地下文学》，其中谈了"朦胧诗"的萌芽阶段，如郭路生，白洋淀诗派等。）

三月八日

星期一

最近头脑似在静止状态，主要读《世界史纲》，无写作动力。

三月九日

星期二

收到《美文》汇来的稿费五十五元，这是迄今我收到的报刊的最高稿费（不含书内收入作品的稿酬。两次了，实际我也尚未收到稿酬）。这说明我的作品的篇幅一般很小，一两千字的文章。

三月十日

星期三

每天都到土地上走走，我的居室临近菜地，它们正在废弃，成了科技开发区。踩在任何物品上面，也没有踩在解冻的土地上松软、舒服。

（陈楚寒今下午三点从城里来，四点后返回。他是在泸州认识的一个小朋友，去年考入了北京电影学院，走出了黑龙江的乡村。）

三月十一日

星期四

收到《文汇报》北京办事处薄小波的信。内有关于钟鸣

《鼠王》一文的评论，和一首诗《擦去烫金》。

他说他像那颗"流浪者"，他从小就喜欢金星，他知道金星的另一个名字是"天狼星"。我查了一下，"天狼星"是双子星，恒星，而金星是行星。它们都是天空中亮的星。

三月十二日
星期五

收到《世界文学》第一期。

本期重点是去年诺贝尔文学奖获得者沃尔科特的作品（诗抄），还有一个资料性内容，多诺索的回忆录《"文学爆炸"亲历记》。

印刷改观了，但反不漂亮，定价又提高了，每册四元。

三月十三日
星期六

昨天在阅览室（小汤山），看到《文化月刊》第二期（新刊）上吴晓东文章：《永远的绝响——自杀诗人心态录》。讲了近几年自杀的四个诗人：

蝌蚪（江河之妻，一九八七年三月割断静脉），海子（一九八九年三月二十六日卧轨），方向（未听说过的浙江诗人，一九九〇年十月服毒），戈麦（一九九一年九月自沉清华园内一条小河，二十四岁）。

海子和蝌蚪的死我知道，另两个诗人不知。诗人是世上最脆弱的人。不如也说"理想"和"绝对"最脆弱。

海子死时，带着四本书：《新旧约全书》《瓦尔登湖》《孤筏重洋》《康拉德小说选》。

三月十四日

星期日

近日继续读《世界史纲》，刚刚读到古罗马。韦尔斯是个将高瞻远瞩和诗意细节结合得极好的史学家，还没有读到一本历史著作比他这本书更愉快和富于启示。韦尔斯是个陌生的名字，他不该陌生。我读得很慢，因为每一页几乎都有令我记下的一两句的话。

三月十五日

星期一

读了《人民文学》第三期上的孟浪的一组诗。有海子的影子。第三代诗人的特征。我已很少读诗。

三月十六日

星期二

王开林寄来第三期《湖南文学》，有个散文专辑。其中一篇《托尔斯泰故乡行》。谈到托的墓地在老扎卡斯峡谷，一个长方形土丘，没有墓台、墓碑、雕像、十字架。这是遵照托的遗嘱而做。

老人童年时，有这样一个传说，在老扎卡斯的沟边上埋着一根小绿棍，上面写着一个秘密。一旦秘密公开，利用这个秘密，所有的人都将成为幸福的人，大家彼此相爱，成为"蚂蚁兄弟"。他们还玩过"蚂蚁兄弟"的游戏。老人在回忆录中说："彼此相依相爱的蚂蚁兄弟的理想，不应当仅限于挂着头巾的两个椅子下边，我认为苍天之下，世上所有的人都应当如此。"

三月十七日

星期三

进城。很长时间未进书店了，跑了几个书店。在书摊上买《文化大革命中的地下文学》，在三联书店门市部买《贝奥武甫》（古英语史诗）。在书摊上见到《防"左"备忘录》。

三月十八日

星期四

随意翻《文化大革命中的地下文学》,意外地见到有郭赤婴的,从他后来的工作单位,可以确定是我大学中的同学。但上学时,丝毫未闻。

三月十九日

星期五

租了一辆"121"(一百元),去复兴门"工艺美术馆"拉回家具:一个餐桌,四把椅子(一千三百五十元)、一只钢架沙发(六百元)。

三月二十日

星期六

(今天春分。接安民信。)

晚上老愚打来电话,谈到他与《散文选刊》已约,陆续介绍一些新生代的散文。广东(林贤治)办了一个散文刊物《散文与人》(已出,我尚未见),约稿。林贤治喜欢一平、冯秋子的散文。他与马朝阳编了一本散文随笔集,两人各自起了一个书名。让我给他寄新稿。并寄他邵燕祥、张炜两人的两篇散文。

三月二十一日
星期日

（给薄小波写回信。）

回老家。小松给祖母念了《四姑》，祖父认真看了。然后话多起来，并拿出一册线装小书，上有日常用品，格律式排列，许多生僻字，祖父和我一同念。

三月二十二日
星期一

给罗强烈打电话，问关于史小溪散文评论事，他讲发评论文，一般须寄书看看，我说如不便，另转他处，他说把史小溪的《澡雪》寄给他看看。

三月二十三日
星期二

农历三月初一。今年春天刮过两场风后，一直很平静，只是常阴天，但未下雨。这是个少风的春天。同时阴天后的天晴，阳光下柳树仿佛一下子吐了芽，有了绿色。

三月二十四日

星期三

今天的《文汇报》有张锲的报告文学《是真名士自风流》，讲萧军逝世前对他讲的一席话。

萧军说："我的道德观：积极地讲，是给人以愉快，消极地讲，就是不妨碍别人的愉快。人给旁人愉快，自己也愉快。""为人处世要多想别人的好处，少想人家的坏处。要净化自己的灵魂。对人，要宽宏，要大度。水至清，则无鱼。人至察，则无友。""话到嘴边留半句。言出如箭，不可乱发；一入人耳，有力难拔。得一个朋友不易，伤一个朋友，只要一句话，就了结了。""一个人为自己而生，就会经常苦恼，处处碰到死角；为社会而生，就会永不懈怠。"

四月

四月一日
星期四

昨天在王府井书店买了两本书，一本是［法］苏利·普吕多姆诗文集《孤独与沉思》，这是漓江出版社庞大的出版计划（出齐诺贝尔文学奖获奖作家丛书）中的第一部，他是第一个获奖人。这套丛书采用了红底美观的统一封面，过去先出的数种，亦重新用此封面再版。我在田晓青家曾见过一套台湾出的诺贝尔奖获奖作家丛书。大陆亦应有人做这件事。

另一部是我十分喜爱的书《沙乡的沉思》，［美］奥尔多·利奥波德著。我差点忽略了这本书，它在柜台内，开本不标准，封面是一幅林中木屋照片，我认为它是本小说，但"沉思"两字，还是使我向售货员要来翻翻，这是我想要的书，一个提倡"土地道德论"的生态作家。利奥波德是现代的梭罗，他的书在美国印行上百万册。但他们是有区别的，梭罗是文化（人文）的，利奥波德是科学的。

四月二日

星期五

今天晚上下起了雨,春天的第一场成形的雨,没有风,小雨,但地面积起了水洼。

过去了的这个冬天,是个无雪的冬天,有过一次薄薄的雪层,由雪粉构成。也飘过短时的落地便融的大的雪花。它给人的印象仍是无雪的冬天。

四月三日

星期六

今晨七点乘班车去小汤山。西边的山上积着白色耀眼的雪(昨天的雨在山区是雪),从半山腰往山顶,被雪覆盖,我想起在新疆见到的天山,就是这个样子。"那山顶上留下的发光的帽子/吸引春天向上生长",这是我记住的江河的一句诗。

在路上,我留意着树上的鸟窝,它们不久将被树叶淹没,在沙河东部。路旁,我见到了小松讲的那棵上面有四个鸟窝的大树,它被一个土台围着,大概是受保护的树,我未能认出这是个什么树。这是我见过的鸟窝最多的一棵树。我现在很想写一篇关于"鸟巢"的散文。

在小汤山,我看到高空翱翔的几只鹰,雨后的天空纯净,它们飞得很高，只有借助一块遮住太阳的云，我才能看清它们，它们长久地双翅一动不动，我想这一定与觅食毫无关系，它们是成双的。

《中国作家》第二期上，有一篇周涛关于散文的狂躁的谈话。

四月四日
星期日

今天吃了一道春天的菜，拌柳芽，用小葱拌柳芽。

四月五日
星期一

清明（天气比较平静）。

收到《北京文学》四本，一九九三年第三期，刊用了散文《放蜂人》。改动了一两个字，删去了最后一句话："放蜂人孤单的存在，同时是一种警示，告诫人类，在背离自然，追求繁荣的路上，要想想自己的来历和出世的故乡。"

四月六日
星期二

《美文》第四期，在《文艺报》刊出广告，我的《诗人是世界之光》题目更改为《关于海子的日记》，这是我的副标题，这样也好，标题与内容更直接。但有两重义，可以理解为是记的有关海子的日记，也可理解为谈的是海子写的日记。

《美文》自去年九月创刊，每期必在《文艺报》和《文学报》上刊完整的目录广告。

四月七日
星期三

"清明节"那天，较印象中每年的"清明"都平静，但并非风和日丽。这两天有风，最明显的是气温降低很多，使手微冻。

四月八日
星期四

近日为写《鸟巢》一文，翻看了有关的书，主要是《爱鸟知识手册》和《中国鸟类》（图谱），辅助查查《简明生物学词典》。

四月十日
星期六

本周，市中教处组织评估组，对学校进行了全面评估，其中也听了我首次讲的人事管理学中"晋升与降职"一章。为迎接评估，学校进行了紧张、忙乱、后补的应付。

四月十一日至十三日

这几日，北京刮了历史上罕见的大风，报告说局部阵风达十一级，风沙使天昏地暗。城内北京站附近一巨大广告牌被刮倒，砸死两人。

四月十四日

去复兴门工艺美术馆家具展销厅交涉沙发事。

三味书屋经改建后又开业，我看了一圈，无可买之书。

四月十五日

收到编辑部寄来的《美文》。《关于海子的日记》完整地刊出了，占了三页半，并用了大字体，有突出之意。文内个别字做了改动,"努"改为"累","抵"改为"披"等。字的变化,意义也变。

四月十六日

安民来信。他说:"你的来信总使人想到许多遥远的事情,许多很平淡而又很大的事物,这些东西使人产生回归的想法,并且想哭。"

四月十七日

今天的气温骤然升高,使人如临夏天,报道说,今天温度三十一摄氏度。为历史上罕见。

四月十九日

高温持续了三天。
读《沙乡的沉思》。

四月二十日

大学同学包和春打来电话,讲周日(二十五日)班内同学聚会,这是十年中的第一次聚会。毕业后我与他们完全失去了联系。地点在地安门东大街金座火锅店。

四月二十一日

杭凌冰打来电话,讲约定的时间不能来昌平了,薄小波因母病已先回上海,她二十六日走。薄小波在《文汇报》北京办事处干了一年,期满归。(约定二十五日下午我去"北办"还书取书。)

四月二十二日

《世界史纲》要还给薄小波,但我只看了一半,我争取在这三天中将它看完。

四月二十三日

春天的最赏心悦目时期,一片新绿。洋槐和臭椿大概是最晚萌芽的树木。前几日高温时,路旁的树木叶子还未舒展,人们无处遮阴。高温后平静两日,又是大风,五至六级。

四月二十四日

《世界史纲》剩最后一编未读,为近代史部分。

四月二十五日

大学同学在地安门金座火锅店聚会。毕业十年了,原四十五人的班到二十六人。其中有出国者,有在南方者,有出差者,有个别人不知下落(未联系上)。

后到者的一一辨认、寒暄、招呼、惊喜、交谈。大家十年未见。每人简介了一下经历,讲了一句祝愿话,后原班长介绍了一下聚会发起过程,出资者,未到者的下落。由上午十点至下午三点。

然后去《文汇报》北京办事处。薄小波已返上海。杭凌冰留下条外出,有薄归还的部分书。

四月二十六日

给《美文》编辑韩俊芳、李志清复信,谈了其对《关于海子的日记》改动个别字的看法。

四月二十七日

给安民回信。我说，四月是最残忍的一个月。因为在这个月我见到了西山顶上的雪，经历了三十三摄氏度的几天高温，和刮倒市内广告牌砸死行人的大风（阵风据说到了十一级）。

四月二十八日

去年我的书房窗外一扇玻璃上端筑了个蜂巢，从一两只马蜂起直到一个庞大的马蜂家族，我注视了全过程，包括它们离去，弃下至今仍存的空巢。为了不惊动它们，我关闭了这扇窗，只开另一扇。今天我在卫生间的小窗外，又发现了刚刚筑成的一个小蜂巢，只一两只蜂，我这次只得将其捅下，因为这唯一的窗夏天不能不开。十几个小蜂穴内已产进蜂卵。我是在大蜂离去时干这件残忍的事的。

四月二十九日

再次动手写《鸟巢》。我想将题目改作《鸟的建筑》。

四月三十日

现在写日记有一种应付差事的感觉。记了一些琐事,匆匆几笔,仿佛就做了一件事情。细想,是无意义的事情。

五月

（本月是我在写完《鸟的建筑》后，于二十七日始补记。因写作，一月内未记日记。）

五月一日

今天骑车回北小营。风不大，但气温并不高，天有些阴，沿途未做细致观察。

五月二日

继续写《鸟的建筑》。

五月五日

今日立夏。多么美丽的名字，多么美丽的季节。但它仿佛已同现代社会无关。

五月七日

收到安民来信。信写得较长。他讲我"大致是缺乏一种苦难"。"因为缺乏残忍的、苦难的,也就缺乏一种大沧桑、大悲哀的东西。"我同意这个意思。他说,"所以我一直感觉到苇岸是个农民和圣者"。

五月八日

在我的前阳台,为晾衣而缚的三角铁中,我又发现了小蜂巢,有两只马蜂在忙,大概这是我前几日捅掉巢的那对蜂,它们又寻到这样一块地方。但我还是无法留它。趁它们都不在时,再次捅掉。请它们原谅。

五月九日

《鸟的建筑》有了大的进展,有一半已定稿。

五月十二日

与汤武一道去北师大出版社。汤开了个小书店,欲进些书。找到马朝阳,他给了一册《群山之上》,并支取了《大地上的事情》的稿酬，三千九百字，三十九元，极低廉。

马朝阳用"西马"一名同老愚编了《90年代校园文化新潮丛书》，内有一本散文集《亲爱的狐狸》，一本随笔集《膜拜的年龄》。《膜拜的年龄》收了我的《放蜂人》《天边小镇》《海日苏》《库车笔记》四篇。

在王府井书店买到《二十世纪美国抒情散文精华》。

在商务印书馆买《人生的亲证》(泰戈尔)、《权力论》(罗素)，还有几册关于土壤、地形、自然地理方面的很早出的小书。

五月十三日

近日收到王衍寄来的一版《中国船舶报》清样，这是他采写、评论的关于人才流动的报道、述评。他写了一句话"误入歧途之作"。

五月十五日

这两日，安民从武汉打电话给李松找我。今给他回电话，谈他编的"礼品书"事，收我几篇散文。

老愚将《膜拜的年龄》两本和稿费八十元寄给李松，李松今收到。晚呼老愚，通电话。他讲他办了一个有关书刊方面的公司，六月中旬开业，届时请我去。他再次讲五月底来昌平。

五月十七日

第二期《世界文学》已到，我最感兴趣的是美国诗人威廉斯自传。其余主要是小说。

五月十八日

《人民文学》今年第五期刊出了顾城的《激流岛话画本》，列入诗歌栏。实为散文体，十八则。很浓的世俗的因素，谐谑式，感到有流沙河的口吻。前几天听林莽在电话讲，顾城近期回来过。

五月二十二日

给顾城家打电话，顾工接的。他说《激流岛话画本》是配画的文字。顾城因其母病回来过，待了一周，便走了，仍去西欧。他的儿子小木耳很帅气，周围常围小孩，他们跟随他。顾城这次回来，外界很少知道。

五月二十三日

《鸟的建筑》已近尾声。最后两段让我踌躇良久，是要简洁呢，还是要细节，本来还可展开，但我已让它拖得感到厌烦，想尽早了结。

五月二十七日

《鸟的建筑》写完。打出。两千字。我用简约牺牲了丰富。从四月就考虑动笔，真正是五月展开。我现在只想休息两天。

五月二十九日

将《鸟的建筑》寄《美文》陈长吟。同时寄《沙乡的沉思》给安民，寄《膜拜的年龄》给陈长吟。

五月三十一日

二十九日收到薄小波信，他的工作尚未落实，他母患的是乳腺癌，杭凌冰弟弟也患上鼻咽癌，这对他们是个很大的打击。余友涵和丁乙将赴西欧参加自己的画展。

今给薄小波回信。

六月

六月一日

　　写完《鸟的建筑》的几天，处于一种松弛的、懈怠的、随意的、放任的状态，一种心安理得的休息，仿佛是个吃老本的人。太把事当事，太看重完成的东西的心理？人家每天写两千字以上，你一月写了两千字，然后休息。

六月二日

　　今天赚钱是时尚，赚钱的必要性仿佛人人不言自明。作家在叹息、议论，不断有投笔从商的人。现在报上最热的文章便是关于"下海"的话题。

六月四日

　　大学同学魏高翔寄来一篇散文。体现他的"悟"。讲阅读的美。

六月六日

骑车走小路回小营。麦田最美的时刻,在黄与绿之间摇摆。

今天是"芒种",又是个动人的节气。在院门口,祖父与另一老人(他们相互的交谈对象)在谈论播种。

六月七日

《湖南文学》王开林寄来一封邮政快信,告《诗人是世界之光》已排该刊第八期。

我曾写信告诉他此文《美文》已刊,再次去信将情况告诉他。

六月九日

《十月》第三期上有一篇张承志散文《以笔为旗》,读了并复印下来。张仍是国内我最喜欢读的作家。《以笔为旗》是指斥与宣告,对在拜金大潮中骚动的文坛的指斥和蔑视,自我孤立,高扬"信仰"之旗。是有力量的文章,字字千钧。

六月十日

想写一篇《沙乡的沉思》的读后感类的文章。介绍它的主张，义不容拒。

六月十二日

《人民文学》第六期继续刊顾城的一篇小说。我第一次看到他的小说，但它并未让我认真看，我不大喜欢。

六月十三日

写《沙乡的沉思》读后感，题为《土地道德》。

六月十七日

又收到王开林的一封邮政快信。他讲《关于海子的日记》《美文》已发也无妨《湖南文学》再次刊登，各有各的读者。这主要在于对纪念海子有重要意义。

六月十九日

王衍来信。讲仍矢志于文学。

六月二十日

进城。上午遍访了几个书店,在美术馆看了馆藏作品展览。在地摊上买了一本《防"左"备忘录》。

下午去田晓青处。过去田讲过一个青年很喜欢我的作品,有机会聚会谈谈。这次这位青年在场,近三十岁,田介绍说是宣武医院的办公室人员,平日喜读书,似不善言谈。这次谈得最多的是环境与生态的问题。晓青讲了他作品很少的原因:工作奔忙,家庭栋梁。他在中华文学基金会谋生,主要给跑钱,他自己收入也丰,他一年收入两三万元。我过去认为他不写作的主要原因是他将写与不写看得很淡。他实际是陷入这个职业的、养家糊口的泥潭不能自拔(他不是正式职工,他想去教书,但无文凭)。他印了一期《诗文集刊》作罢,他讲这个圈子中的人,只有西川在虔诚写。

晚饭晓青在餐馆请客。

六月二十二日

晓青给了一册《诗文集刊》，自印，主要作者：西川、童蔚、一平、殷龙龙、刘自立、王家新及田晓青。晓青有一篇《巴别图书馆馆员》，这是博尔赫斯小说读后感。想将它推荐给《文汇读书周报》，打电话给晓青，让他将误字校对过来。

六月二十三日

报讲，新疆的塔什库尔干县，从未发生过刑事案件，公检法机关空闲，监狱长满了荒草，这里的居民不使用锁，拾东西者会在路边等失者。

六月二十六日

继续写《土地道德》，虽为一篇读后感类文字，也未轻松下笔。写下一两段，便一次次改写。

六月二十八日

看了一篇中青报记者刘爽笔访贾平凹的文字，贾说《美文》从今年第九期起改版。

六月二十九日

顾城母亲于本月下旬寄来一册顾城在国内新出版的诗集《顾城童话寓言诗选》。

七月

七月三日

晚给田晓青打电话，催他寄稿，他说尚未改，七日后去东北跑企业，走前一定寄来。

七月五日

写完《土地道德》，一千四百字，给《读书》。

七月七日

今天小暑。

田晓青寄来修改的《巴别图书馆馆员》。信中说："我现在所为与书斋相距甚远，十号左右去佳木斯，日后相聚你可祝我恭喜发财，写到这里不禁悲从中来。"

七月八日

《文汇读书周报》六月二十六日刊出《托尔斯泰的故事》，鼓动我又将另六则小书评略做修正，寄给郑逸文。

七月十日

读泰戈尔《人生的亲证》。

七月十一日

读美国人写的一本小册子《世界的饥饿》。

七月十二日

产生想写一篇马蜂的想法，就叫《我的邻居胡蜂》，然后给《散文》。

七月十四日

大学同学刘哲来。近十年未见。

谈同学状况，社会形势，主要的是他在跑经济。他来主要为两个事找我，一是本溪某钢厂想在北京郊区找个合作厂，二是找制作手工艺袋的乡。

七月十六日

给《美文》陈长吟打电话。他讲《美文》改刊主要是改印刷版式,印成天津《散文海外版》的样式,该刊我未见。他们九月又将办起一个新刊《花季》,面向读者广泛的青春时期的年轻人。《美文》现发行一万五千份。

七月十七日

读完《世界的饥饿》。有这样一句话,"如果全世界都以亚洲人民的生活水平为准,则现在的谷物产量可以供养差不多三十亿人口",该书一九四五年出版。

七月十九日

学校开会,下学期始搞分组承包,期限两年。现代文明的结晶,民主自由的社会,难道只能在商业渗透到一切角落的社会中实现?这里仿佛也是个鱼和熊掌的问题。

放假,假期四十天。

七月二十一日

读《美文》第六期，韩少功的《海念》印象很深。

七月二十二日

收到画家丁乙从米兰寄来的明信片，他和余友涵等画家参加"威尼斯双年展"，余生病回国，他留下在意大利广泛游览。

七月二十四日

今天的《文艺报·世界文坛版》介绍了俄罗斯文学史上一个普希金、叶赛宁式的诗人，弗拉基米尔·维索茨基，诗人、歌手和演员。

七月二十五日

读菲尔多西的《列王纪选》，这是人民文学出版社的一个选本，主要是四个悲剧。

七月二十六日

给薄小波写信，附给余友涵、丁乙的短信。

七月二十九日

收到《石河子报》寄来的一封信，告《天边小镇》获该报一九九二年好作品三等奖，一个很小的证书，十元钱奖金。

七月三十日

读完《列王纪选》，想写一篇读后记。

八月

八月一日

读《二十世纪美国抒情散文精华》，很喜欢美国诗人罗伯特·弗朗西斯的一组日记，"屋外，一群麻雀正啄食我撒在外面喂养它们的麦粒。有足够的麦子供它们享用，也有足够的空间供它们活动，但是，麻雀们却相互驱逐，只想自己独食。"我多么喜爱这种写法，水波不兴的流水，自然的节奏。这一两年我是怎么写日记的呢，常常遗忘，匆匆几笔，干燥的事情，因弗朗西斯的日记，我将改变我的日记写法。

弗朗西斯的一生，可能也会是我生活的本色。他终生生活在新英格兰，一生过着梭罗式的简朴生活，凭诗歌的微薄收入及自种园地为生，一生出版八部诗集。

八月二日

我已经采过两次马齿苋了，这是自从春天吃过柳芽后，第二次食"野菜"。这个时候我仿佛脱离了缜密的社会供需网络，重现了最原始的采集活动。抛弃了钱这个使一切肮脏化的中间媒介，自给自足之感稍稍体现，我到农民的菜田拔下这种他们极少除掉的野草，我一时好像是另一种社会的人。

词典介绍："马齿苋，一年生草本植物，茎匍匐地面，叶子小，倒卵形，花小，黄色。茎叶可以吃，也可入药。性耐旱，生命力强。通称长寿菜，有的地区叫麻绳菜。"我的故乡叫它时发音"麻麻菜"。各地给物起的俗名，其实只是一个"音"的意义，当你想写成文字时，你会感到不好下笔（也因汉字重音字太多）。如：现在还有一种野菜可食，人们称"人人菜"，这个写法，我不能断定是否准确，直感上其不准确。

八月三日

近一个月，每日总是阴天，几乎天天见雨，偶尔太阳显现一下。没有盛夏的炎热，也没有因连阴雨带来的心情的阴郁，这是数年来最好过的一个夏天。

八月六日

借来《十月》第四期，它用了十分之九的篇幅全文刊载了贾平凹的长篇新作《废都》，这部小说四十万字，日前已被媒介叫得火热，与陈忠实《白鹿原》、高建群《最后一个匈奴》同称"陕军东进"。

《废都》写现代西安的众生相，中心人物是大名鼎鼎的作家庄之蝶，他与几个女人的私情是这本书的炫耀之处。

八月七日

（与松、建秀、建华、小龙、大嫂一起去门头沟大姨家，欲去潭柘寺玩。）

今天是立秋，阴天，去门头沟途中，在城里转转。到了"三味书屋"，买了英国散文家的《赫德逊散文选》，这是个初次知道的大自然歌手。在王府井书店买时代文艺出版社的《生活美如斯》，这是诺贝尔文学奖获得者散文选，为《20世纪魔笔》丛书的第二本，第一本为诗集。书开本、印刷都不错。

下午四点，又下起了雨。

八月八日

上午近十点乘小巴到潭柘寺。大概中学时来过，印象已不深。寺内建筑整洁，我最感兴趣的是寺内两株高大的银杏树，大者称"帝王树"，主干以外尚有次干六株，小干无数，合在一起，气势非凡。另一为后植，称"配王树"，六百余年。银杏外，还有两树也令我感兴趣，标名为"七叶树"，又为"梭椤树"，见到此树甚高兴，久寻不见，终于看见，分别在树下照了相。晚近七点返回昌平。

回来一查《生物学简明词典》，才知"七叶树"为七叶树科，分布于黄河流域。

在潭柘寺还见"流杯亭",石刻南看为龙,北看为虎。《北京日报》一副刊以其命刊名。

八月九日

去校取报,收《山东文学》刘烨园信,告《大地上的事情》已发十期头题。

八月十日

看到一篇文章《诺贝尔文学奖的隐秘》,作者为瑞典文学院一位院士。说一八九五年十一月二十七日,诺贝尔立下遗嘱:"所有我留下的不动产,应以下列方式来处理:其资金将由我的委托人投资在安全证券上,成立一项基金;其利息以奖金的方式,每年赠给那些在最近几年造福人类最大的人。此项利息将平分为五份,分配如下:一部分赠予在文学上能创作出有理想倾向的最优秀作品的人。"这里关键词汇是"理想"……

负责颁发诺贝尔文学奖的瑞典文学院,深受德国古典主义美学思想的影响,自然地将"理想"解释为"理想主义",即文学上的正统性,符合宗教精神和社会道德秩序,能激发人乐观向上的情绪。这个标尺曾将托尔斯泰和左拉以"作品不符诺贝尔遗愿"为由拒之门外。左拉为"其自然主义常流于庸俗无耻，缺乏道德精神"；托尔斯泰因为《战争与和平》"表现了宿命论思想，宣扬偶然性，轻视人的主观努力"，《复活》反映了仇视道德的思想。最重要的是，他表现出"仇视文明"的态度，热衷于自然的生活，断绝与不断发展的人类文明的一切联系，并谴责国家和教会。

勃兰兑斯曾走访了诺贝尔生前密友罗夫勒，罗说："诺贝尔本人是个无政府主义者，对他来说，'理想'的含义是指对宗教、政权、婚姻和社会秩序等持批评、谴责态度。"瑞典文学院理解的歧义，造成了一系列文学"冤案"。遗落了至少下列一些大师：托尔斯泰、左拉、勃兰兑斯、易卜生、普鲁斯特、卡夫卡、瓦莱里、马尔罗、莫拉维亚等。

八月十一日

晚松转来两信，一是安民，一是王开林，他们将信寄到了中安宾馆。安民讲，《东湖文萃》已寄来。

八月十二日

松建议买个电脑。今天我们去中关村一家四通公司小门市部，找到一个经人介绍的年轻人，谈好明天取机，价钱四千一百元。

今天是立秋过后的第五天，但今天感觉秋天真正降临了，天高云淡，刮凉爽的风，身心非常舒畅。

八月十六日

收到安民寄来的《东湖文萃：好美一个湖》。收入一九九二年十月底"东湖散文研讨会"参加者专为东湖写的散文。书印刷很好，但封面设计较陈旧，仿佛二十年前中国的出版物。

收到一张《石河子报》，去年牟国志拿走的《放蜂人》刊在上面，但有几处改动。

八月十八日

音乐家王洛宾在回答电台记者问时，引用了他已记不清的一位西方音乐家的话：

如果大家从我的音乐里只得到愉快或娱乐，我感到很遗憾，我原来的意图是让大家从中得到高尚。

九月

本月日记因精神状态被忽略过去。在年底回想一下,本月主要写了两小文,一是《我的邻居胡蜂》,一千三百字,另一篇是《观〈动物世界〉》一千余字。

《鸟的建筑》刊于九月的《美文》。陈长吟将其列入了"四通杯"美文征文大赛。

收到刘烨园信,言《大地上的事情》已排《山东文学》十月号。

在一篇文章中,我见到了这样的话:

小乱住城,大乱住乡。
没有走不着的路,没有用不着的人。
好人尊敬不完,坏人得罪不尽。

关于环境,电视上出现了一些画面,一个女孩说,我好像获得了所有的东西,但是缺少干净的空气和清洁的水。

读《列王纪选》的感想:古代因忠诚而获罪,因守信而失命的各种情形,现代则体现在了生意场上、商业行为上。

《圣杯与剑》

"自达尔文《物种起源》以来最重要的一本书。""我们这个时代的规律（本书），用以指导解决罗马俱乐部的多份报告里指出的人类面临的全球性难题。"作者为一九三四年出生于维也纳的理安·艾斯勒。用了十五年创作此书。

本书认为，从公元前五千年到公元前三千年，嗜血尚武的游牧民族克干人的入侵结束了欧洲母系社会田园诗般的生活，父系社会制度建立，男神代替了女神，剑代替了圣杯。

目前，男性统治关系的社会模式正在临近它的终结。今天的世界性难题（军备、战争、人口、资源、环境）皆因这种模式崇尚剑的力量：依靠暴力维持，对大自然不加节制掠夺。

最佳选择和出路，是向史前女性伙伴关系社会模式复归：一种人们合作并相互尊重的伙伴关系。

在法国有以作家名字命名的街道，作家头像印上邮票和钞票的传统。在三者同时扬名的，有十位：雨果、笛卡儿、夏多布里昂、莫里哀、帕斯卡、孟德斯鸠、高乃依、拉辛、伏尔泰、圣埃克絮佩里。

所选作家很严格，乔伊斯因"道德败坏"，普鲁斯特因同性恋，乔治·桑因爱情过于浪漫，及写性变态著称的萨德，色情作家布列多纳均在这三方面不予考虑。

一九六八年夏，意大利罗马的林赛（伽利略的学生们取名"猞猁"——锐利的知觉去洞察自然奥秘之意）科学院，由一位大企业家贝切侬牵头,组成了三十多位科学家参加的罗马俱乐部,旨在唤醒全人类对自己所处的自然环境不断变化的认识。

贝切侬的口头禅是:"如果你首先不是一个好的世界公民的话,你就不可能是你们国家的一个好总理。"

十月

十月十日

今天给自学高考监考，上、下午各三个小时，其间在考场读《世界文学》创刊四十周年纪念专号（一九九三年第三期），下午回来正好五点半，听法国国际广播电台中文节目，这个节目每天五点半（下午）首播。第三条消息是惊人的，我仿佛又经历了一九八九年听到海子自杀消息时的情景，我在记这条日记时将它记下："路透社今天发自威灵顿的一条消息说，流亡在新西兰的当代中国诗人顾城，在这个星期五，在奥克兰的激流岛自己的家中，用斧头砍死了自己的妻子谢烨，然后在门前的树上上吊自杀。当地警方是在今天报告了这一消息的。顾城是中国朦胧派诗人代表，被外界看作有希望获得诺贝尔文学奖。他在一九八六年离开中国……顾城曾经在奥克兰大学任教。到目前为止还没有其他消息来证实顾城的死亡和悲剧的原因。"

（前不久，国内的报纸在报道深圳文稿拍卖消息时，还提到寄自海外的第一部作品是顾城的中篇小说《英儿》。我将这条消息寄给了城母，老人回信说将寄给顾城看看。还说如有兴趣可评一评城的童话、寓言、诗选，我正欲回信。）

晚八点法台第二次广播，我将消息录了音。晚九点半给田晓青打电话，他不知道，我们分析了悲剧的原因（认为可能谢烨渴望过一种正常生活，两人经常吵架激化），商谈了如何告诉他的父母，为了他们的孩子，应该将这一消息告诉。电话是顾工接的，声音低沉、悲伤，他已在中午得到了消息，说是顾乡打来的电话，说孩子有人照顾，说现在需要先冷静一下。

（给林莽打电话，有事未归，其妻说已知顾城事。）

十月十一日

给顾工寄唁电。

晚给顾工打电话，平静，讲芒克等欲自费去新西兰，北岛等及西方一些诗人亦将去新西兰参加顾城的悼念活动。给晓青打电话，他讲有举办悼念顾城活动的想法。给林莽打电话，关于顾城事，他是昨天中午听芒克电话中说的，顾乡从国外给芒克打来电话，芒克再打电话给顾工，先说谢烨自杀了，顾工问顾城呢？芒克讲顾城也不太好，顾工说你就直说吧，当他听说顾城亦死后痛哭。关于顾城的死，还有个说法，谢烨自杀，顾城亦自杀。关于举办悼念活动，林莽消极，认为纪念文章不好发，悼念活动因顾城的砍死谢烨，亦让人无所适从。顾城亦曾指责过江河，江河的过失，导致了其妻蝌蚪自杀。

十月十二日

上午给老愚打电话,他继续编着数种散文,同楼肇明、马朝阳都有合作,其中想搞一套类似巴金编过的文学丛刊,约我将全部作品编好(写个前言,准备一张照片)。他尚未听说顾城事,他想编顾城的作品集。提醒我写悼念文章。

给陈长吟打电话,近日寄去的谈"作家与书"的七则随笔已被接纳。他说以后凡我写的东西应先给《美文》,如不用,再给他刊。《美文》亦打算出丛书,我亦在之列。我说我的散文怕还不够数量。

十月十三日

给顾工打电话,谈编顾城作品集事。顾工说编全集暂时不允许,顾不过来,还是从长计议,可编一本选集。他讲,给我寄了信,将有关材料寄来。

十月十四日

呼老愚,告诉他顾工对编全集的意见。我谈了一下看法,他让我将手头的顾城作品先编一下,出个纪念集。同时编我的作品,加快节奏。

十月十五日

做顾城作品的编辑工作,设想全书分两部分:一、顾城作品,包括一诗,二歌,三画,四话(诗话),五小说,六书信。二、纪念文章:生前的评介,逝后的纪念。主要依据:《朦胧诗选》《舒婷顾城抒情诗选》《黑眼睛》和顾城打印诗集《顾城新抒情诗选》《颂歌世界》,诗话《青年诗人谈诗》及零散积累的材料。

给晓青、林莽电话。晓青赞同,他说将写文(关于纪念活动,他听从了低调处理此事的说法,放弃了)。林莽亦赞同,我请他搜集一下顾城的书信(如给舒婷的)。他说,诗界很多人将写文章。

十月十六日

回父家,接到索杰、张金起的电话,皆谈顾城事。王军钢亦打来过电话,留下了电话号码。

索杰说《参考消息》今天有关于顾城的消息。

粗编目录已定。陆续复印。

十月十七日

给自学高考监考。同时修订粗编目录。

给顾工寄去粗编目录。

十月十八日

编散文集,二十余篇,四万余字。巴金编的那套丛书,何其芳、陆蠡的集子均四万余字。

来平帮助带来一包邮件:顾工的信(顾城最后一封家信,顾工泪笔写的《我了解的情况》,顾城谢烨的通信集十二件),陈长吟的《美文》,安民的汇款和报。

十月十九日

呼老愚。谈了编辑顾城作品设想,全书结构。他说可补进前些年关于"朦胧诗"争论的文章,我说实无必要,它已成历史,我们现在出书是另外的意义。

和林莽通电话,他讲《天津日报》星期刊十七日刊出关于顾城报道。有顾城最后一封家信等。他说舒婷正在北京。他提到和吴思敬谈起关于顾城这本纪念集事,吴问起这本书的版权所属问题,他说现在许多人、书商等都欲出顾城书,出于赚钱的目的,我们搞的这本书也有这个嫌,外界可能会这么看。听了他的话,我心里很不舒服,我说对这个事,我一下子冷了。我说这件事总得有人干,也许由城父顾工做更适宜。他说那样会不客观。他说出书事先要签合同。

关于编这本书,我完全出于对顾城的友谊和对诗的敬爱。和顾城交往多年,这个过程中,我视他为师、兄、友,在文学上,没有人比他对我影响更大,我始终感念他。

十月二十日

收到城父和母各一信。其母的信急,说上次寄的城父署名的《我了解的情况》严重失误不当,请勿传,并转告吴思敬。城父寄来短信,"您要出顾城的集子,材料充分,较完备,我支持,由衷感谢……"和顾城一篇散文《采桑》,诗话《我不能想得太多》。

给城家去电话,城母接,谈了信上嘱的事,当我问:您身体好吧,便说不出话哭出。城父接,谈了编书进展,我提了讲演稿、国外新组诗、画和照片。他说讲演文他再细看看,可能国内不宜发表。组诗就不寄了,因从目录看,内容已很多了,画和照片将提供两幅。他不愿我去其家,因太劳累,支持不住,许多作家都给拒了。

我对书的版权、收入一事向城父谈了我的看法:全部收入给木耳（城的遗孤），编者用化名，编书起因、过程、参与人员等细节，由顾城父写一文做个交代。意味这是朋友们为顾城做的一件事。我说尚未跟老愚协商（这样也免去外人说以这个机会赚钱之言）。城父说，我们了解你编书的初衷，不要这样做，木耳寄养在新西兰当地一毛利族（白人）人家里，归属还说不好，这个家很富有，出书的收入如给他，还要换成新币，已无几。出书如赔钱，由你们出，如有些收入，也是你们劳动应得。我说这事以后再说。他说书还是要署你们编者的名，这是和城的友谊。

十月二十一日

继续做编两书的工作。书房这一时期一片凌乱，期待两书稿送走后的清理。

读《白天的星星》（世界散文随笔，俄罗斯卷）。

十月二十二日

两天的风，降温。

和张少云通电话，他已调至北京电台将开播的交通台。他想请我去做个节目，先说说顾城。他说《羊城晚报》近日有顾工答记者问。我让他复印寄我。

十月二十三日

收到顾工寄的两张照片"与谢烨在柏林马克思雕像前""在旧金山和美国诗人合影,三人,其一为翻译",和顾城的两幅画(复印)。

上午和老愚通电话,谈了编书事,林莽讲的版权事。老愚说,书为我编,还涉及策划(即老愚),书的收入稿费给顾家。我谈了我对顾工讲的想法及顾工的意见。

晚接楚寒电话,讲了顾城事,说《南方周末》有文。从电话中王纪仪已知,约其写稿。

和顾工通电话,讲《北京青年报》有一版长文。他对提供顾城新作似乎消极,他说等翻一翻再找找看。

十月二十四日

周日。上午给自学高考监考。读《世界文学》(一九九三年第三期)一组散文:《勒南和罗曼·罗兰对话》《良师雷蒙·卡弗》等。卡弗畏惧讲课。卡弗的谦恭不自觉地出自内心。我觉得我与他在这点上大体相通。

中午在报亭买《北京青年报·青年周末》(《顾城之死》);《南方周末》(《顾城魂断新西兰》);《首都经济信息报·周末》(《著名朦胧诗人顾城在新西兰杀妻自缢》)。

十月二十五日

和吴思敬通电话。交换了编书的意见。吴说他和文昕去了顾家,他们准备以《诗探索》编辑部名义编一本有关顾城的研究资料,其中有文昕的长文(两万字)《最后的顾城》(文昕是今年三月顾城回北京去见他的一两个人之一,另一可能只有芒克)。吴说希望合作起来,如两方都出不太好。我说此事和老愚商讨一下,我讲了编书的初衷和过程。将此事告诉了老愚,给了他吴的电话号。

王军钢多次打电话找我,今和他通话,已一年未与他联系。亦是谈顾城的事,他讲今年三月顾城回来后,顾工曾和他联系,欲让他做顾城作品在国内的经纪人,王婉谢,但作为朋友为顾城的作品(诗与画)出版跑了十多家出版社,均拒,只有华艺出版社接受了,但须由顾工出费用,未果,事情便放下了。王现有与我合作出书的想法,我讲了我近日做的事情。

十月二十六日

和老愚通话,老愚讲,他与吴思敬通过电话,对方是从研究、资料角度编的,不涉及作品,故不与他们合作。他讲速度要快,让我二十八日将编好的作品送去,我感到匆忙,准备不充分。他说还可在校对中随时加进材料。

十月二十七日

复印,重新选编目录,将手里有的材料选编成。

晚给顾工打电话,再一次征求他的意见。这次他已完全对此事消极,他讲不断有出版社找他,要出顾城作品系列集。我说我们这本是综合性的,他说他们也搞综合性的。然后城母接过电话,讲人都没了,出书还有什么意义。他们都不明确说书不出了,但都明显地不赞成,觉得我们这本书已搞成这样,不好说不出了。又以担心沦为非正式出版物为由。城母有"书不涉及谢烨为好"的意思,说又有新情况,以后我会知。两位老人轮番讲,拖得时间很长。最后我说(对顾工):您既然信任我,我会对您负责。明天在老愚处会给他打电话,告诉他结果。

十月二十八日

进城。上午去几个书店,在"三味书屋"买了《散文与人》(邵燕祥、林贤治编,丛书,一集),《中国文学·中文版》创刊第一期,迪金森诗集《青春诗篇》。迪是美特色诗人,女性诗人,略知简历,她的诗很小,但我很喜欢,自然的,心。

下午去老愚家,将稿子给他。我说编此书是我犯的一个错误。他说找的是工人出版社。我将顾工的态度告诉他,说要给他打个电话。在工人出版社给顾工打电话，老愚跟他讲。（顾工说不知是正式出版，开始以为是朋友私下打印。开始写信支持，后情况变化了……）最后顾工讲定三条，出书，一要正式出版社，二要有书号，三要签合同。这是在我们明确说不出了的情况下，顾工不好反对的情况下讲的。

对这件事我很难受，满腔热情地投入了两个星期后，成了这样一个结果（出书本身就有被人视之借机图名图利之嫌）。晚给顾工写了一长信，谈了出书想法的起因、过程、出发点。

十月二十九日

大风由昨日下午刮起，剧烈，降温。

编自己的第一个散文随笔集。字数在四万五千内。关于书名，我不想用《大地上的事情》，考虑《大地四方》。我觉得《大地上的事情》《没有门户的宝库》应是我今后两册书的书名。

十月三十日

和韩长青通话。他认为我应做编顾城书的事情，这是贡献，事情总得有人做，如所有人都有这个想法，便无人做了。他举了现代文学史上的例子。

十月三十一日

建秀（妹）从家里来，说老愚打来电话，问我城母姓什么，是否姓傅，回复他和留言即可。我知道此事是什么（城母已呼他）。

这件事从初衷的单一走到了现在的复杂。心里很别扭。

（顾城自杀后，为其事、为编其书事投入近三周，日记也记得纯记事了。）

十一月

十一月一日

和吴思敬通话。谈老愚对编书的意见,谈了我对编书"骑虎难下"的感受。

十一月二日

在老愚处曾见其编的散文新书清样,名《九千只火鸟》,又选入了我的《大地上的事情》《美丽的嘉荫》《放蜂人》三篇。我呼他,说总是这几篇显得作者无德,能否更换篇目。他说尽快。(给他寄换《大地上的事情》《鸟的建筑》《诗人是世界之光》。)

收到城母两信。晚呼老愚,留言:顾城书停止出,待交换意见。

十一月三日

续写《大地上的事情》,一则谈"计谋、骗术大多出自(源自)弱者"的文字。

十一月四日

和老愚通话,决定不再出"顾城纪念书",书稿暂放他处。我问他《学习》杂志上总见一署名"老愚"的作者,是不是他,他说是另一个人,大概是杂志的主编。他说《文艺报》编辑跟他要稿,让我有稿寄他(我曾寄他《我的邻居胡蜂》)。他两次提醒我,编好我自己的书稿。

十一月五日

和李松回小汤山。在"疗养院"里的阅览室翻阅报刊。看了《美文》(第十期)、《花城》等杂志。

十一月六日

《山东文学》寄来《大地上的事情》稿费八十元。

订明年报刊:《世界文学》《美文》《文学报》《文汇读书周报》《中国电视报》,订费一百二十三元。同林莽通电话,告诉他"关于顾城书"不再出。让他转告吴思敬老师。

十一月七日

今天立冬。天气没有大的异常，只是灰蒙的色调，冬天特有的那样。

我已经形成特有的、稳固的内外生活规律，外在的、内心的，惧怕什么因素扰乱它。我的创作情绪、读书心态是完整的，高低潮的变化是有序的，惧怕什么因素介入。这次，出于为顾城做点什么的心情，又投入了两周多，终放弃。它再次切断了我的创作的、读书的精神进程。我做这个教学的工作，已调理好其与我的创作关系，任何其余的外在事情，都会扰乱我。

十一月八日

买《南方周末》。今年每周我都买这份报纸。它的开放性、社会性、文化性，它的相对独立的特色，它的随笔、散文专版《芳草地》，是我买这份报纸的原因。

十一月九日

晚和安民通电话。他新安了一部电话，借武汉装电话降价之机。他病了，他说可能由于"立冬"的原因，他的身体呼应着节气。他将《我的邻居胡蜂》给了《武汉晚报》的编辑，编辑认为似不合其胃口，他试图说服编辑，并让他不要改动。他说作者遵自己的精神进程写作，不会为了报刊而做更改。这句话很对。

十一月十日

今天收到王军钢和薄小波信。王写了《我所认识的顾城》一文，刊在《北京法制报》上，给我寄来。

本期《文汇读书周报》有一顾城专版。

十一月十一日

找出《西方的智慧》，罗素《西方哲学史》后的另一角度的简洁的西方智慧史。我想看，是由于想读文学作品之外的东西，而我读轻松的东西过多了。

十一月十二日

想读《战争与和平》。我，托尔斯泰的敬爱者，却没有读过他的长篇（《复活》除外），他给我的影响主要是《列夫·托尔斯泰文集》第十二卷《故事》，第十四卷《文论》，第十五卷《政论》。

十一月十三日

这周（一九九三年的十一月八日至十三日），发生了三起劫机事件，皆至台湾，航空史上罕见。

十一月十四日

给丁乙（画家）回信。他的信寄来已近两月。

十一月十五日

这台电脑买来已数月，现在我才想认真地学学，看《电脑十日通》，开机，随书操作。小松教我指法。

十一月十六日

黑大春打来电话，同事给留了条，谈食指过生日事。

十一月十七日

近几天连续两场阴雨，持续时间长，滴滴入地，土壤湿透了。楼顶渗水，从六楼渗下，洇了我的房顶。

十一月十八日

和黑大春通电话。他有意在昌平办食指的生日。后定在沙河。

十一月十九日

下了一天的雪，雪有一脚深。今冬开端第一场雪。初冬降水多，冷得快。上午去蹚雪。

下午，雪几乎停了。听楼下有铲雪声，我下楼半是觉得内心不安，半是有一种舒展的冲动。我接过老人手里的铁锹，雪经人踏后已坚实，须用力铲。老人说：你们年轻人都有事，我们这些老的能干什么就干点什么。她是一位搬迁户，科技开发区的道路使她搬到这里，她的三间瓦房，七间土房，几十棵树，换来这里一层的两居室楼房，还须交四百元。她有怒气，她的怒气并没有妨碍她雪后出来铲雪，她是这场雪中楼区唯一的一个铲雪人（与生命结为一体的农民式美德），她今年整七十岁，自己在这里居住。李松说每天早晨都见她在垃圾中捡东西，她自食其力。

十一月二十日

"风后暖,雪后寒",雪后白天气温亦在零下数度,路上积雪丝毫不化,很滑,行人(骑车人)时有摔倒。

给林莽打电话,他说食指的生日因事不能去了。

十一月二十四日

路上冰雪基本化净,阴面还残留积雪。

给大春打电话,他讲二十一日他们在沙河社会福利院一酒馆给食指过了生日,十余人,有芒克、严力、黑大春本人等,照了相,录了像,朗诵了诗,一派诗人情谊。

十一月二十六日

这两天改《上帝之子》后半部分。我一直想搞清"以眼还眼,以牙还牙"(《圣经·旧约》)是如何转折为"爱自己的仇敌""为那迫害你的祷告"(《圣经·新约》)的。

十一月三十日

给陈长吟打电话,他说《四姑》已排《美文》一九九四年第一期。

吴文达老师告诉我，街上小书屋已卖《英儿》。我买了一本，华艺出版社版。书出得很快。

十二月

十二月一日

　　冬天不再是少年，冬天仿佛已长成，有成熟的气息，举止稳重。这一时期偶尔刮风，气温维持在零上几度与零下几度之间。

十二月四日

　　上午与老愚通电话。作家出版社亦出版了《英儿》。老愚促我快速将我的散文集《大地上的事情》编成，并陆续出顾城纪念集，他做责编，我做选编者。
　　这本纪念集应有北京的"朦胧诗人群"参与，保证其翔实、有意义。晚与林莽通了电话，我谈了看法，意与其合编，最后认定共同参与，署《诗探索》编辑部编。

十二月七日

　　二十四节气是属于北方的，今日"大雪"，北方今天无雪，南方永远无雪。

十二月八日

　　进城。在宣武门中国图片社扩印一张照片：草原上两匹马。坝上所摄。

　　在西单中国书店意外买到三本托尔斯泰文集，且新书折价。我的托尔斯泰文集还缺三本便补齐，文集共十七本。

　　在王府井书店买《沙乡的沉思》，举荐给老愚。这是我买的第四本。我曾荐给安民、陈长吟。老愚送给我卡内蒂的《获救之舌》，这是他的自传。

　　下午在老愚家。将《大地上的事情》书稿交给他。还缺正在改写的《上帝之子》和一篇后记。

　　谈顾城纪念集。老愚将书名定为《朦胧诗王子的绝唱》。他反对我的与林莽等合编，属《诗探索》编辑部的建议，且时间紧，不能再拖。今在书摊又买到《墓床——顾城谢烨海外代表作品集》。这使赶来的发行人张小波有些犹豫，最后决定继续搞。我谈了我的编者想法及顾家的不放心。这里关键在于书是否正常出版。长春出版社出版。

十二月九日

　　分别给林莽、田晓青、张金起打电话，约他们关于顾城的文章，他们说马上会寄出。歉意地向林莽讲了老愚的意见。

十二月十一日

收到安民寄来的《武汉晚报》，发表了《我的邻居胡蜂》。北京作协李青寄来了入会申请表。林莽寄来稿《空中花园的陨落》。

黑大春打来电话，说明天下午四点在西四红楼影院对面"一代人餐馆"聚会。

给田晓青打电话，他说明天将稿带到一代人餐馆。

十二月十二日

他们选了一个有意思的日期和有寓意的地址。十二月十二日与"一代人餐馆"。

今天为这个聚会进城。上午十点出门，先去了几个书店：东四作家书店、东四小街人民文学出版社读者服务部、三联书店读者服务部（因吃午饭遗忘），沙滩"五四书店"，西四书店。在"五四书店"买《夏加尔画风》，在西四书店买《博物志全译》（晋人张华著，古籍）。这是两本令我心喜的书。夏加尔，我一直喜爱的画家，他的世界、田园、幻想、天使、梦境、美色（色彩）。羊是他的一个主题。《博物志全译》，一本东方的、前科学的认识的书，美妙无比，它使西方的智慧望尘莫及。科学之前的世界多么美丽、完整、富于生命，科学不知从我们的精神中剥夺了多少东西。

下午四点在"一代人餐馆"聚会。有芒克、食指、杨炼、田晓青、严力、黑大春等人,三四十人。晓青的稿子带来了。同唐晓渡讲了,让他明天将稿寄出,他答应了。见到去年去武汉认识的张海雷。《荷兰现代诗选》译者、青年汉学家柯雷与另两个外国人也来了,还有其他不识之人。晚七点钟,与晓青提前退出,返昌平。

十二月十三日

与老愚定好,明天来昌平。

十二月十四日

近一时期,日出在七点十五分至七点三十分间,已近日出最晚的极限(十二月二十二日冬至)。我见到了三次无云的日出,并不是每天都可见到,多数是天边有云霭。五日那天我见到的日出也非常大,就像我曾写过的那次日出,见了非常激动。我数了一次,日出用四分多钟。因不能完全看到地平线,故不精确。

上午近十点,老愚到。他打"的"来的,有回程,匆忙的样子,拿稿要走。我拦住了他,让他将车打发走,告诉他,我的后记还未写好。"面的"被打发走了，他留了下来，我们开始整理稿子。不到半小时，张金起到。

本来想正式签个合同，为了对顾家负责。金起内行地与老愚讨论了这本书的"行情"，销量与收入还难说，故作者、编者的稿酬等还不能定。老愚讲，唐敏的一部书稿全权委托给他出版。意应相信他。

老愚与张金起两个"书商"一见如故，有共同语言，谈得投机。

老愚说，"苇岸是个我很尊敬的朋友"，金起说，"苇岸是我最信得过的朋友"。

对顾城书（纪念集）达成了一致意见，下午三点前他们离去。拿走了后半部分稿。

十二月十五日

给安民寄书：《英儿》（作家出版社）、《二十世纪美国抒情散文选》、《泰戈尔散文精选》、《博物志全译》。

给丁乙打电话未通。

十二月十六日

结束了顾城书的事，静下来，休息状态，补记了日记，看看报刊，批学员论文。

今天给丁乙寄了信，谈我的小书《大地上的事情》出版，请他设计封面，画肖像事。

十二月二十二日

今天"冬至"。表示冬天已到"中天"。但这一时期并不太冷，气温在零下数度与零上数度之间。没有雪，时常有风，无规律。今年冬天一大特点是入冬早，一次大降温和不多见的大雪，使冬天提前来临，但入冬后，一直没有怎么冷。

十二月二十三日

改《上帝之子》，每天有一点进展。不大。我的脑子有很大疲劳感，是编书造成。

十二月二十五日

收到陈长吟寄来的《废都》，有贾平凹签字、名章。

十二月二十六日

《上帝之子》终于改完。

今天是毛泽东一百周年诞辰,国家的纪念活动自下半年起就已展开,今天达到高潮。

十二月二十七日

《文汇报》昨日有一篇薛涌文章《单纯》,谈"梭罗的生活方式"的。他举了一则故事:

一个渔夫,每日钓鱼充饥。一个过路商人见了,问他为何不多钓几条。"为什么?"渔夫反问。"可以卖,卖了钱可以买张网,有了网就能捞更多的鱼。""要那么多鱼干什么?""卖更多的钱,有了钱又可以买条船。""买船干什么?""出海。捕更多的鱼,卖更多的钱,最后开个渔业公司,发大财!""发大财又干什么?"……那商人终于无以为对。

十二月二十八日

拿到丁乙二十五日寄到的航空信。信内有贺年片。

他谈了高兴合作的事,但涉及一些极具体的"技术"问题,须搞清(封面、肖像、插页)。

十二月二十九日

进城。换画框。书摊上买到《顾城新诗自选集》。

十二月三十日

将《上帝之子》寄《美文》陈长吟。寄贺年卡给北京作协李青,以谢。

寄一份《上帝之子》给林莽,并附一短信:

"《上帝之子》改好,主要做了后半部分的议论。因前面'调子'已定,故全文仍是内敛的、凝聚的、字字计较的,这是我以往为文的倾向。它实际'妨碍'着一些东西,如血肉的、平易的、舒张的、自然的,等等。

"这与'审美'的演进有关,我已预感到了后面会发生一些变化。"

十二月三十一日

新年到来前,以人间的方式,给亲人朋友寄了一些贺年片,他们是:

大姨(门头沟)、陈长吟、吴思敬、王衍、王开林、罗强烈、胡发云、韩长青、刘烨园、萌萌、阎春来、牟国志、张少云、李青(北京作协)。

第九辑 日记

一九九四年

一月

一月一日

元旦。

昨天刮了一天大风，没有持续，今天风和日丽，仿佛一切都在迎接新年。气温六摄氏度。

回小营老家，有小松。

祖父昨天又跌倒了，卧床不起。这可能是他血栓引起的第二次病症。他躺在炕上，不能翻身。他情绪低沉，不再吃饭。他说：平时饭养人，生病病养人。病人一二十天不吃饭没关系。

奶奶去年八月摔后，不能行走，现在爷爷又卧床不起，两位待侍候的老人，几乎压垮了父母，他们深感力不从心。

没有到田野上去走走。因北京水泥厂的建立，我的故乡已失去田野。

一月二日

去岳父家。这是生活。乘车途中看冬天的田野，醒目的鹊巢，《鸟的建筑》即在这条路上有感而写。小松说麦苗很青。因为冬天不冷。

翻阅了一些报，《上海译报》《北京晚报》及其他杂报等。

一月三日

读《博物志全译》。

再读（因书在桌上，指《世界文学》一九九二年第一期）《三诗人书简》，即里尔克、帕斯捷尔纳克、茨维塔耶娃。

一月四日

与老愚通电话，他说上次未等我是因未收到信号（机未开）。关于两书，"顾城书"仍未最后定，市面上，四川、湖南社也已出顾城诗集（还有百花社），这使出版社犹豫再三。《大地上的事情》一定出，争取春节前发稿，丁荣可画插页，钢笔或铅笔画。

《文艺报》刊出《美文》一期目录，《四姑》已排。《北京青年报》已改成大报，在开展关于顾城的"诗人之死，还是凡人之死"的讨论。

一月五日

写今年的第一封信，给丁乙，关于为《大地上的事情》画插图之事。并寄给他照片，几篇作品。

寄信前，给丁乙打了电话，详谈了"插图"细节。

一月六日

考虑写《大地上的事情》后记。

一月八日

装"万家乐"（八百三十元）热水器。

一月九日

晚和薄小波通电话。

《大地上的事情》一书，丁乙插图，余友涵"无胆画家"，素食。

一月十一日

上午与老愚通电话，《朦胧诗王子的绝唱》放弃（已设计好封面，打好清样），这是出版者利益上的考虑。他说《光明日报》编辑到他那儿拿走了《我的邻居胡蜂》，希望苇岸每月给他的《金蔷薇》栏写一篇，一千余字。

六日的《文学报》刊两版关于顾城文章，一版为谢烨母亲的"控诉"，一版为上海评论家的讨论。

下午骑车去看血栓不起的祖父。喂了他饭，陪他说了话。他一面不愿拖累人，一面也对治疗有畏惧。但他渴望自己重新站起来。我很难过，我看到对于亲人必然会发生的，这是人的结局。

一月十二日

写《大地上的事情·后记》。

一月十四日

写完《后记》，这是我新年写的第一篇东西，约一千字。给薄小波一份，让他转给《文汇读书周报》安迪，安迪编辑的版《书人茶话》常有序跋文章。

一月十五日

收到郑逸文信，她已调来《文汇报》驻北京办事处。收到法国国际广播电台寄来的节目表、明信片、精美的通讯本。

和林莽通电话，他说南京的周俊欲编一"自杀诗人纪念集"，他将我的《关于海子的日记》复印寄去。周俊是编《海子、骆一禾作品集》的那个人。他说有二十多位诗人自杀，我知道的有：海子、骆一禾（病逝）、方向、戈麦、蝌蚪、顾城等。他提到了雁北，过去编《诗选刊》的一人，因喝酒醉卧内蒙古冬夜街头而冻死。

写小传。

一月十六日

监考中给老愚写了一信，两页半（第二封）。

一月十七日

给郑逸文复信（第三封）。

一月十八日

和老愚通电话，他已收到信，他说明天可好好谈谈。

一月十九日

进城。去中国图片社取回扩大的照片（两匹马）。去书店，仍未看到《瓦尔登湖》。上海已出半年，而北京似未进一本，我已注意了几次。在商务印书馆门市部买斯宾格勒《西方的没落》(曾在海子那儿读，并做了若干摘抄)。

下午去老愚家，他刚从北师大出版社赶回，终校一部新散文书稿。彼此歉意地谈了心，除去一些误解，他说你不该怀疑我们的关系。原准备去工人社签《大地上的事情》出版合同，因急归，看了看合同单，便全权委托给他。拿回一册一九九四年第一期《美文》，《四姑》用的是改前稿。

一月二十日

《人民文学》第一期刊登了顾城《最后的篇章》，这是他一九九三年十月二日至七日写给其子木耳的一组"信"，共十二篇（他口述，谢烨打字）。亦是忏悔篇章，内中时时流露将死之意，而悲剧十月八日发生。

一月二十一日

读一点《西方的没落》。在将《大地上的事情》编完，写了《后记》后，我有一种需要休整的感觉，不想写东西，随意性很强。

一月二十二日
周六

晚与上海薄小波通话，丁乙恰好也在他那儿。丁乙讲"插图"和像已画完，五幅插图，明天用航空挂号寄出。小波说《后记》已改，并已转给《文汇读书周报》安迪，最后一段及出版社名广告色彩浓，故已删去。

和两人谈了夏加尔，我对他的画有一种亲近感，这在其他画家那里是没有的。大概是他的"家园"色彩。我喜欢凡·高、米罗、马蒂斯，但感到夏加尔亲切。

一月二十三日

今天风后奇冷。和小松一起去岳父家。一路冬天景色，鹊巢醒目。田野空旷，村庄散落，一望无遗。我感觉（这时很强烈）在四个季节中，我还是最喜欢冬天。我不能明确说出为什么，我看着土地，觉得它能孕育任何奇迹。

一月二十四日

上午读《西方的没落》。我可怕地感到，我已不能专注，我不能控制自己不走神。我已好久未读艰深一些的东西了，仿佛吸收的阶段已过去，今后只是产出了。我不知这是不是一种暂时的躁动状态，总之我一上午未能静下心来读这部书。

一月二十五日

今天我感到很幸福。上午去学校拿到四个信件：丁乙寄来的画稿、薄小波信、王衍信，和另寄的一份《中国诗人报》。

丁乙的画稿为《大地上的事情》作插图，钢笔作，"点彩"式的，温和的、平静的、朴实的气息。我的肖像着了西装，这是我唯一不满意之处。小松说，肖像"老气"了。

小波的信对我的《后记》给予指正（主要是"胡同习气"一类的话），很中肯，他说"光明"本身就是利剑了。他修正了我的误处。

看到昨天的《光明日报》，《我的邻居胡蜂》刊出，优美的版式。

一月二十六日

在文字上修改了一下《大地上的事情·后记》，寄给《文汇读书周报》安迪（第四封）。

收到赵李红约稿信，她已从《北京文学》调入《北京晚报·文学与社会版》。

一月二十七日

给《北京晚报》赵李红复信(第五封)。

一月二十八日

给《光明日报·东风》副刊编辑宫苏艺写信,对刊出《我的邻居胡蜂》并纠正一个别字"陷阱"的阱字(原为井字),表示感谢(第六封)。

考虑想写一篇关于编辑的文章,内中会涉及我发表的作品被编辑改动的情况。编辑按常规的标准改动你生动的字。我遇到很多这样的情况。

也想写一件小事,即冬天第一场雪时老妇铲雪的事情。为此我找出了鲁迅的书,看了他的《一件小事》。

一月二十九日
周六

收到新疆牟国志寄来的他的小书。他已调至云南,叫蒙自县。

晚和老愚通电话,谈:一、丁乙插图,春节后再送出版社;二、《北京晚报》约稿事。他说如赵李红自主性大,能在两月内使《北京晚报》有新变化。《新民晚报·文学角》较成功,在文坛有声音。

一月三十日

周日

读《博物志全译》。

一月三十一日

写《一件小事》。

这是我今年的第二篇短文。

二月

二月一日

给丁乙写信,谈我对他的插图的看法(第六封)。

二月二日

继续写《一件小事》。这不是我写作的最佳状态,不顺利。

和《美文》陈长吟通了一个电话,他的家属已迁到西安,他们长驻《美文》编辑部。谈了《美文》的一些情况,它的发行量又有所上升,已达两万多份。他说《上帝之子》可能采用会困难些,但他很喜欢,会尽力去说服"把关人"。

二月三日

十天前,与薄小波通电话时,我曾说对夏加尔的喜欢,使我想写一篇关于他的文字。

奇迹出现了,意外地听到"夏加尔画展"二月一日在中国美术馆开幕。今和小松一起去观看。有一百多幅作品,一楼正中一个大展厅,二楼两个展厅。置身展厅,异常激动,夏加尔是我最喜欢的画家,我觉得仿佛是梦境。我将每幅画的标题和创作年代记了下来。但回来同我的画册《夏加尔画风》一对照，画册中二百四十多幅画，只有几幅是这次展品中有的。夏加尔是多产画家，因为他长寿。

夏加尔（一八八七至一九八五）说："对我个人而言，我不认为科学的倾向对艺术有所裨益，印象主义、立体主义与我无缘。对我来说，艺术是说明灵魂的状态。""有什么性格即有什么绘画。""绘画即人格的色彩。""人生是黯淡而悲哀的，但爱将其变化为喜悦，那就是艺术的力量。"

（毕加索说：二十世纪画家中，最会用色彩的画家是马蒂斯和夏加尔。）

二月四日

收到《光明日报》宫苏艺寄来的报和信。

二月五日

继续写《一件小事》，不顺利，头脑有迟钝感。

二月七日

收到《长江日报》阎春寄来的贺年片。

二月八日

大风。罕见，吹得门窗似承受不住。

二月九日

今天腊月二十九，无年三十，明天即正月初一。今年的春节在"立春"之后，而去年春节在"立春"之前，这造成了农历一九九三年的双"立春"现象。它使年轻人纷纷在一九九四年春节前结婚，成为一种新闻现象。二月六日是农历十二月二十六日，星期天，这天结婚者很多。

另一新闻是，今年是北京禁放爆竹的第一年，今晚昌平环路之内静寂无声，亦在禁放之内。几千年的习俗，在今天被成功地禁了。

二月十日

春节。

在岳父家。

二月十一日

今给王纪仪打电话拜年,书法家。他说给我刻了一个名章。

大年初一夜下了雪,早晨地面已白。上午返昌平。车行很谨慎。

晚给上海薄小波打电话,丁乙正在他家。和丁谈了对他画的插图的看法,丁乙再次讲这五幅插图赠予我,由我支配,我表示画太多了,不好意思接受这么多。让薄小波转达对《文汇读书周报》安迪的谢意。

给田晓青打电话,他对他的工作很不满意,它使他无暇写东西。

二月十三日

带小松回老家看祖父母。他们在八十岁高龄双双瘫在炕上。他们的样子使我异常难过,祖母先摔了一下,腿坏了,她可以坐在炕上。随后,祖父的血栓再次导致他躺倒,他不能起身。他们人生的最后路途只能不再行走,而等待到最后。

二月十四日

今年《世界文学》第一期,刊了法国学者列的《理想藏书》，以各国文学分类，各举出四十九种值得收藏的书籍。本期刊了"德国文学"和"美国小说"。

二月十五日

初六。

给《北京晚报》赵李红打电话。她告诉我，我给她信中的关于对《文学与社会版》的意见，刊在了今天的"点子公司"中读者建议中。我对她的未征求我的意见而这样做感到不悦。

二月十六日

读《西方的没落》。它的内容令我有一种艰深感，读着困难。但它的局部叙述，充满诗意。在第一章《宇宙和小宇宙》的文字中，下列的话使我震动：

"在纯粹生活着的人跟那或则由于心理的能力或则由于血的缺陷因而成为'才智之士'的人之间隔着整个一个世界。前者是农民与战士，政治家与将军，娴悉世故的人与事务家，每一个想获得成功、想掌权执政、想战斗、敢冒险的人，组织家或企业家，铤而走险的人或暴徒或赌棍；后者是圣徒、僧侣、学者、理想家或理论家。

"一切世界改良家、僧侣和哲学家一致认为，生活是缜密的思维的恰当对象，但是人世的生活自己走自己的路，丝毫不顾别人说了一些什么。

"一切时代的政治家和军人都看不起那些以为世界的历史是为才智、科学，甚至艺术而存在的'卖稿家'或'书呆子'，是有道理的。"

二月十九日

写完《一件小事》。约一千二百字。

二月二十日

给《光明日报》宫苏艺写信（第七封）。

谈了对《金蔷薇》栏目的看法，并将《一件小事》寄给他。

二月二十三日

读《托尔斯泰文集》书信卷，看到初入文坛的托尔斯泰给涅克拉索夫的信，涅正主编《现代人》，托作为投稿者，如何对编者提出保持文稿原貌及对文稿刊出后面目全非的愤怒。作家毫无例外都反对编辑对作品的删改。我想写一篇关于作家与编辑的文章。

二月二十六日

收到顾城母亲寄来的《顾城新诗自选集——海蓝》。附信中对关于顾城悲剧的许多报道极为不满，认为失实，并附寄文昕写的《我所知道的顾城悲剧》。她说手里有重要真实材料，是出一本关于悲剧真相书的时候了。

二月二十七日

今王军钢意外来访。同他已几年未见面。他目前在一本法治杂志《方圆法治》供职，非正式的。

谈了顾城事件，他在《北京工人》杂志开了一个专栏，专谈读书，他正欲写关于《心灵史》的文章，听我的看法。

三月

三月一日

（从本月起全国公职人员实行每周五天半工作日。第一周休两天，第二周休一天。）

收到黑大春寄来的《食指　黑大春现代抒情诗合集》。他题了两句话："善与恶一如大自然循环往复，对我们共处的这一年代，我不抱任何希望，像窗前抱着的头。"

书籍的开本像画册封面大部为黑色，肃穆庄重，用纸精美，各有一个画家为他们画的插图。我认为这是公开出版物中体现诗人（艺术家）意愿最好的版本，依然是强烈的民间气息。

食指与黑大春的诗，两人很近，他们让我想到叶芝的话，我们是最后的浪漫主义者，选择了传统的神圣和美好的主题。

三月二日

学期中要出一本教研刊物，我已经躲过一期，这次主编陈老师盯住我不放，见面就提，就催促，无奈我只好完成这个任务。我放下对《作家与编辑》的写作，赶写一篇教研文章《哲学与寓言——谈寓言在我的哲学教学中的运用》。

三月四日

与黑大春通电话。谈他寄来的诗集。他说，我有一种纯正的文学判断和鉴赏力。这样说我，他说不是因为朋友关系。我谈了他的诗集。

三月五日

今天晚上从八点半开始同家人玩麻将，一直玩到六日凌晨五点半。这对我是破天荒的一次。我有四天四夜未睡觉的记录，那是从新疆返京的途中。

三月六日

今日"惊蛰"。"立春"过去了，"雨水"也过去了，又逢"惊蛰"。春天在我的忽略中，就这样飞速地过去了。我很悲哀，我很少出门，从去年入冬的第一次感冒未彻底治好开始，这一冬天，我一直感到很虚弱，怕凉，怕冷水，经不住寒冷的冲击，不断地感冒。

三月七日

今天陪小松去首都体育馆的人才交流会场看了看。唯一的收获是这有助于小松观念的修正、改变。

三月八日

给《北京晚报》赵李红寄去《观〈动物世界〉》附信（第八封）。

与老愚通电话。约定十一日给他送画稿。

三月十日

与王衍联系。约定明天上午一同去看夏加尔画展。

三月十一日

夏加尔画展三月十五日闭展，展期共一个半月，我和小松曾去看过，流连忘返。今天上午再去看第二遍。近十一点赶到美术馆，王衍已先到。观众依然稀少，远不及上次罗丹作品展多。这是看展览最佳的观众量。

我注意了，夏加尔一生心灵的平静和完整，他的前后年代跨度很大的作品，始终呈示着一致和统一的气息：和平的、温暖的、爱的，即光明的气息。毫无风雨人生中怨恨的、愤怒的战斗的痕迹。夏加尔的生平，我知之甚少，我吃惊的是在他的作品中，除了"光明"，他一生的沧桑什么都没流露。这一点，他与凡·高不同，我感到夏加尔更亲近。

王衍以一种训练有素的画家的眼光，对细节观察入微。

下午，去老愚处，将丁乙画稿交给他。他还约了一个青年，共同参与他所谈的两张报，一是《音乐生活报》，一是经济类报。他约我给他大量供稿。

取回顾城四封信（尚遗一封）。

三月十二日

与赵李红通电话。知道是老愚狂妄的、傲视的、自负的口气使她中途挂了电话。是在谈请楼肇明先生谈"新生代"散文一事上发生不快的。

给老愚寄信（第九封），谈了对他办报的看法，寄了两稿。

三月十四日

给王衍寄去《上帝之子》，在看夏加尔画展时，我对他说，我在画展刚开幕时（二月初）第一次去看时，我感到夏加尔的画与我的心有某种呼应，因为我刚改完《上帝之子》，心仍在"非暴力"的氛围里。

给顾城母亲复信，寄还一二有关材料。

三月十六日

读《十月》一期上张承志散文《清洁的精神》。张承志是一面"精神"的旗。这是谈《史记》中刺客故事的散文。古代，人尚有一种崇尚高于生命的东西的精神，今天，人将一切都放在了生命与肉体之下。

三月十七日

写了教学方面的文章《哲学与寓言》，我仍不能轻松对待它，仍像写我的作品那样，再次修改它。

三月十九日

每周两次去学校，看看报纸和取可能会有的信件。近段时间，我的信件很少，我在写作上似乎亦处在低潮期，仿佛我需要外界的一种促动和刺激。翻看积存了几日的报纸，在我是一种快乐的事。

三月二十日

（第十封信，致薄小波）

今天写了两封信。一是收到牟国志寄来的《蒙自》报（不久前，亦收到他寄来的散文集），给他回信。他从新疆石河子报社调到了云南蒙自县经济开发区，一个从未听说过的地方。第二封信给薄小波，谈了我看夏加尔画展的感想。

三月二十一日

今天春分。上午阳光灿烂，天空非常晴朗，中午骤变，天阴风起。

由于昨晚看了一个关于凡·高的电视片，今天找出凡·高的书信体自传《亲爱的提奥》，这是后人根据凡·高写给弟弟提奥的信，编辑而成的。

三月二十二日

上海译文出版社去年再版了梭罗的《瓦尔登湖》，大约夏秋时我就在《文汇读书周报》上看到"凤鸣书店"的邮购广告。以后我开始留意北京的书店，但至今也未见哪家书店有这本书，我不得不在今天给凤鸣书店汇款。

三月二十四日

在蒙田书屋里，贴着古罗马戏剧作家泰伦提乌斯的格言："我是人，我认为人类的一切都与我血肉相关。"

三月二十五日

每天读点《亲爱的提奥》。令人落泪。

三月二十八日

收到同事转来的薄小波信。从我给他发信到收到他的信，只用了八天。

三月二十九日

收到王衍寄来的刊《土地道德》的《中国船舶报》。《光明日报》宫苏艺退回了《一件小事》。

今起，教师开始学计算机，我在第一批中。

三月三十日

与老愚通电话。他说《大地上的事情》改由北师大出版社出,作为丛书,人选有原野、钟鸣、他自己等。这种方式出,比在工人出版社出单行本,在"传播"效果方面要好。应该有这套"年轻"的散文书。他说,他编的另一本"新生代"散文集《九千只火鸟》,样书已出。

三月三十一日

今天给丁乙写信(第十一封信)。

四月

四月一日

已经是大开门窗的季节,阳光充足的时候,窗外温度已高于室内。长时间在室内,有阴冷的感觉。新绿已遍上树木,柳树与杨树最显耀。

今天在路过邮局时,发出了给丁乙的信。但到了单位,很巧又收到了丁乙的信。他谈了他的近况,他刚去广州办了一个个人画展,寄了有关的印制品,他今明年还会有国内外的展事,包括可能在北京举办个展。他近期要来北京看意大利当代画家米莫·巴拉蒂诺画展,届时来昌。

四月三日

续读《亲爱的提奥》。

四月五日

今天清明。我曾打电话问林莽,关于海子逝去五周年有无纪念活动。他对我讲,《诗探索》准备出有关纪念文章,但活动未考虑搞。

今天与老愚通电话,约定八日见面。与林莽通电话,他说关于海子文章,已分别约人写,他让我从与海子交往的"生活"角度,写一篇文章。并约八日见。

四月六日

翻过去的日记,找出涉及海子与我交往的内容,为写文做准备。

翻了几本画家的书,找出可摘的文章,为报纸(老愚所讲的报)准备一版文章版。

四月七日

收到上海凤鸣书店寄来的《瓦尔登湖》,封面为《外国文学名著丛书》的统一朴素的、土黄的、抽象图案。这是作为译者徐迟修订后的新版本,一九九三年五月第一版。

四月八日

一早进城。先到北海后门文采阁找林莽,将加入北京市作协申请表交给他。谈了海子的事。他给了一册复刊后的《诗探索》。这是中华文学基金会办公地点,他很忙,不断有电话和事，未久待。

与周新京通了电话，他的店与《中学生报》有关，开了一个《爱与美之岛》的专栏。他约我给这个专栏写文章。每篇四五百字。

赶到中国美术馆看意大利当代画家米莫·巴拉蒂诺画展。画有一种文字不具备的力量。

去书店和书摊都未见可买之书。书摊上有上海知识出版社的那套随笔丛书，但唯张承志的《荒芜英雄路》已无。

下午去老愚处，他正在画版，《中国合作经济报》即将创刊。他讲下周去珠海，谈《珠海晚报》创刊事，如讲好条件也许去那边干。看到了《九千只火鸟》的样书，收入《大地上的事情》《美丽的嘉荫》《放蜂人》《诗人是世界之光》。将一期"外国作家散文摘"给他。

四月十日

现在是最好的季节，一切都清新。叶子刚舒展开来，一片新绿。阳光在这个时候体现了它的颜色，真是金黄的阳光。有人已采野菜食。

四月十二日

看了第二期的《世界文学》，除继载资料性的《理想藏书》外，我要说的是本期刊登了王衍写的关于"我看世界文学"的征文。今天给他打了电话，谈了我对报及该文的看法。

四月十三日

武汉的安民兄弟要结婚了，一直想给他一件有意义的礼物。今天给他寄去一个巴拉蒂诺画展的介绍性印刷品，印制精美，艺术气息，它折上装入一个大红信封里，可挂。我写了一句话：爱在被祝福的事物中居于首位。并附了信。应该是我今年的第十二封信。

四月十四日

下午过两点，有敲门声，意识中想到了丁乙，他说来北京看画展，这些天我一直在等他，到十六日这个画展就要关闭了，我甚至想他也许不来了，或来过但未到昌平。

是丁乙。他昨天到的北京，从车站直接到美术馆，先看了巴拉蒂诺画展，晚住在了一个友人家里。我明显感到他瘦了，仿佛全身收缩了一般，比一年前见面时，显得矮了。从一九九三年始,他去意大利参加"双年展"后,他的一个面打开了,活动骤增,奔波不已,这是他瘦小下来的原因。

首先谈到了薄小波,自他母亲患癌后的一年中,他全身心都投入到为母治病上去了(去过庐山一个寺),近一段时间,其母病情加重,住院治疗。他白天去报社工作,夜里去陪床,天天如此,睡很少的觉。丁乙说,他母亲四月五日"清明"这天已去世,而这天上午我为丁乙来京看画展事还和薄小波通了电话。

过去我尚订《世界美术》杂志,近些年与"绘画"疏远了,不知米罗·夏加尔之后的重要画家有哪些。丁乙讲,巴拉蒂诺是当代西方的一个重要画家。

谈了我的《大地上的事情》出版情况,他的插图。

我曾与海子一起去看了一个画展,他买了一本塞尚画册,我买了一本马蒂斯画册,我将马蒂斯画册找出,让丁乙看。我问他为什么海子选了塞尚的画册,而不是其他人的?除了塞尚是现代绘画之父外,还有什么其他因素呢?丁乙认为,海子的作品虽然有理性的框架,但仍激情充沛,故他有一种"补充"理性的直感。我选择马蒂斯是由于我过于"理性",直感上接纳马蒂斯的"抒情"。

今天晚上是我的课,我要他住下,他说必须回去,还要跟寄宿的朋友的先生见一面,我需略准备一下课,故不能多谈了。我送给他一本《膜拜的年龄》,并让他将一巴拉蒂诺的画展的印刷品带给薄小波。他将两种"十字"画的印刷品送给我，这是他办个展印制的。

晚饭后，我送丁乙去车站并顺路去上课。分手时我让他转告薄小波三句话：1. 我对他母亲的不幸病逝表示哀悼；2. 望他节哀；3. 对他在母亲患病期间的无微不至的精心护理表示敬意。

四月十五日

王衍寄来一本《孔子格言一百条》小册子，作为邀请我去他的新居的请柬。他新近分了两居室，这是三室之居，他与人合住，他住两（小）居，邻人住一大间。

四月十六日

晚给丁乙打电话，他寄居的人家无人接。上夜班的小松告诉我，丁乙夜十一点半左右给她打了电话，言已购好机票，明晚的航班。

四月十七日

动笔写《怀念海子》一文，这是应《诗探索》编辑林莽而写。他给我的角度是与海子交往，平日的海子。我曾写过两文，故这篇文章的侧重点应是前两文未涉及的。

四月十八日

由于写《怀念海子》一文，我的日记由此中断，直至五月二十五日完稿后，我始于五月二十八日起开始由此补记，凭印象记下几件印象深的事。

四月二十一日

今天的《文汇报》刊出顾城事件的"核心"人物英儿（麦琪）的文章《命运的劫难——致《英儿》的读者》，同版还有诗人刘湛秋文章《黎明前的诉说——关于《英儿》和李英（麦琪）》。两人过去曾有一段恋情关系，这是在英儿出国去新西兰之前。两人共同洗刷（为英儿）在这一悲剧中的干系。如英儿与顾城的不存在的恋情，顾城对英儿的强暴等。

四月二十四日

《文汇读书周报》介绍了一位当代的"非暴力"主张者，美国学者迈克尔·特鲁教授。特鲁认为鲁迅"属于世界现代作家和小册子作家（托马斯·潘恩到托尔斯泰、甘地、奥威尔和保罗·古德曼）传统，他们身处沉睡者之中，大声呐喊'醒来'"。

四月二十六日

最近《中国教育报》刊载了名陈志昂的文章《也谈诗人之死》。文中说："我对古今中外上起屈原，下至顾城共一百名非正常死亡的诗人进行了抽样分析"，发现自杀者十二人，"而杀人而后自杀的，只有顾城一个，真是千古一人"。

使我对顾城产生看法的是，一是他的婚外情，这极出乎我意料，我怎么也不会想到顾城会寻找情人，一个世俗男人的做法。二是他的杀妻，这说明他的极强的报复心。他不具备宽待他人，自己自杀的胸怀。如果他自己自杀了，会是另一番情形。

四月二十七日

关于《怀念海子》一文，主要还是做准备工作：查我过去的日记，翻阅西川他们编印的海子、骆一禾纪念集《倾向》，将要涉及的事列出数条。

四月三十日

晚给西安《美文》陈长吟打了个电话。他说他在一本什么杂志见到了署名苇岸编的《朦胧诗王子的绝唱》,但我尚不知。我不知是早做的广告,还是老愚私下出版此书。陈长吟说《没有门户的宝库》已排第六期,而《上帝之子》,还是没有通过终审,主要在于它的与"马列"相悖的"非暴力"观点。谈了四期上的散文,张爱华、原野的写得不错。

五月

（本月日记因写《怀念海子》一文，未连续记，月末择要记载如下。）

五月二日

和薄小波在电话中联系，谈了这次丁乙来京看画展的事，言丁乙非常忙，排好的个人画展不断，上海举办后，六月份要来北京办画展。而小波全力助他的上海画展事，联系筹资、场地等，丁乙希望他做个经纪人。

谈到海子买塞尚画册的动因，小波不同意丁乙的说法，他认为海子选择塞尚，本质上还是选择抒情的，非一般所说的"理性"的。他认为海子的诗打动人的还是本性中的一些东西。虽然他也刻意追求现代派的一些技法。

五月六日

今日立夏。

海子曾将一首关于"孤独"的诗名为《在昌平的孤独》。这首诗是有原题目的，但我已忘，句子也记不起来了。这本海子送我的《麦地之翁》，现在薄小波手里，我想让他将此诗电传或电话里念给我。但他称找不到这本有海子签字的打印诗集了。这样的做法，我是不悦的。

五月九日

近日《北京晚报》连载一篇名"楚安"的文章《诗化的谋杀》，文章极尽对顾城的诋毁、败坏，让人觉得其人似与顾城生前有很深的恩怨。

今给赵李红打了电话，她作为该版主持人，也不知"楚安"何许人也。她说，马上要发顾城父母送来的顾城四封遗书和顾乡的一篇文章。

五月十一日

五月十日《北京晚报》刊登了顾乡文章《十月八日》及顾城四封遗书。文中谈了她在悲剧发生那天所见情景。说明顾城非蓄谋已久杀人。

五月十二日

《怀念海子》文进展可说顺利，原想全文五千字，现在看来可能会至七千字，为"幸存者诗歌俱乐部"一事，电话问了林莽。他说这个俱乐部成立于一九八七年冬，海子加入时，由一平和林莽做的介绍。

五月十四日

今天与妻子小松及她的朋友夫妇，一起去了天坛及景山。今天阴天。天坛我小时曾去过，所以今天到了里面，几乎是新鲜的。去的路上在北师大书店买了一本《九千只火鸟》。

五月十六日

从林莽那里得知西川的呼机号。他已从《环球》调到中央美术学院。《怀念海子》一文，涉及一些需与他联系的事情。近日和他通了话，主要为海子最后的死因交换一下看法。西川说，加缪讲，任何诗人的自杀都是有其直接原因的，骆一禾的"死于脑子"的说法只提供了一个背景，他还是另有导火索的。

五月十八日

我的武汉的一个朋友（安民）今天举行婚礼，昨日与他通了电话。

五月十九日

《怀念海子》一文，使我这几天全力以赴，七千字的数还要突破，因二十五日就要交稿，故这一压力也促进了我的进度。

五月二十四日

今天写完《怀念海子》一文，近一万字（大约九千五百字）。小松帮助了我，写出一些，她打出来，这便于我的修改和整体把握。

五月二十五日

今晨，小松下夜班回来，我刚吃好早点，将她打印好的全文，再校对一遍。已近八点半我才动身。

近上午十一点，到北海后门文采阁中华文学基金会。由于约好林莽不在，他将委托同室人员办理，将《怀念海子》放到他的桌上。同室捆扎二十册《诗探索》（拿到昌平一小书店代销）。并填写参加"散文研讨会"的表。

近午去美术馆，今天法国一女画家索非·泰代斯基的画展开幕。她的画有工艺色彩，画面个别以立体布置。画法具气度，有耳目一新之感。画家是个青年，很漂亮，她正在展厅与人交谈，展厅一角在放画家作画的录像片。在我坐在手提的这包《诗探索》上看录像（借此休息一下）时，有人从后面拍我一下，回头一看，是黑大春和画家何群。

大春执意要我去他家谈谈，并转我一篇关于顾城悲剧的文章。他家在阜成门，与夫人王兰住此。他骑车，我和何群乘公交车。午饭时谈了《北京晚报》不久前连载的楚安文章《诗化的谋杀》。大春说，北京的诗人方含等都对这篇文章很气愤。他要转给我的绿岛文《喧嚣之后的困境——由顾城事件谈开去》，即是针对楚安文的。另一个主要话题是我刚写完的《怀念海子》。大春说他和海子接触不多，但初次读海子的诗，为之一震，觉非常出色。他印象中的海子是少言的，自信心不稳固的（需要外界的鼓励）。他讲了这样一个细节，海子死后，在"首届幸存者诗歌艺术节"上，曾经因讨论海子的诗而出言不逊的诗人多多失声痛哭了很久，后悔自己当时伤了海子（大春建议我将这个细节写入文中，因文中涉及了这件事）。

从大春处出来，到日坛路中国船舶报社见王衍。

五月二十九日

上次，大春有意让我写一篇关于他的文章，我认为他有充足的理由要求。他是一位富于献身精神和浪漫色彩的诗人，有自己独特的诗歌角度，现代的行吟形象的诗人。如果我写，我就称他"最后的浪漫主义者",这是文章的题目。

在今晚的电话中我向他提了几个问题,让他记下给我。问题有:

1.写诗起始的时间;2.与《今天》的关系;3.圆明园:进驻时间、次数、动因,家园情结;4.诗歌追求与倾向,诗学观点;5.诗歌成就(诗集、目录等);6.各阶段喜欢的诗人;7.工作问题:谋生手段;8.主要爱好。

六月

六月三日

在三味书屋买了两本《当代的精神处境》，德国哲学家雅斯贝尔斯著。在它的目录上有"精神的颓废及其可能性""现代人对人存在的理解""在当前的处境中保存自我"等引人的内容。我看到他引了席勒一段话："以具体的意义来说，我们希望成为自己时代的公民（因为在这种事上，我们的确毫无选择）；但是在精神的意义上，逃避某一特别国家和特定时代的束缚，成为各个时代的公民，却是哲学家和有想象力作家的特权和责任。"这本书不厚，但宝贵。

六月四日

下午同黑大春通了电话，他打算下星期来昌平。我说可把食指接来，让他散散心。

六月六日

这两天，同元元通了电话，问她去不去参加"散文研讨会"，她说电视台的事非常忙，可能去不了。她倒很想去，做个节目。她说她与老愚电话里吵了一架，掰了，我没有问什么原因。

六月七日

我称黑大春为"最后的浪漫主义者"，是二十世纪之前的诗人。二十世纪的诗歌是智性的诗歌，大春的诗不是智性，是感情。

我查了《不列颠百科全书》和《中国大百科全书》的"浪漫主义"条目：

前者：一种势如破竹的反对权威、传统和古典模式的运动，在十八世纪后期和十九世纪中期横扫西方文明。广义的浪漫主义是指这样一种立场或思想状态，即它本身同个性、主观、非理性、想象和感情共为一体。它是对十三世纪古典主义的朴素、客观和平静的一种自觉反抗。法国的浪漫主义先驱是卢梭（他宣扬感情至上和人的本性善良）。严格说，浪漫主义起源于德国（最早表现为"狂飙突进"，施莱格尔为领袖）和英国（华兹华斯在《抒情歌谣集》再版序言中把诗歌看作"强烈感情的自然流露"，成了浪漫主义宣言）。注重个性特别是注重主观性和自我表现，是浪漫主义的不朽遗产。它承认人是非理性的动物这一事实，扩大了艺术范围，把被新古典主义排除在外的某些领域包括了进来，如人性的双重性，以及善与恶的两重性等。一旦出现任何机械体系限制人类的自我发挥,浪漫主义的抗议就会继续出现。

后者:浪漫主义倾向由来已久。"浪漫主义"一词来源于中古欧洲盛行的英雄史诗和骑士传奇、抒情诗。与古典主义相对立的浪漫主义这一概念,便是歌德、席勒首先提出的。席勒的《论素朴的诗与感伤的诗》,有古典主义为"素朴的诗",浪漫主义为"感伤的诗"。认为古典主义是"尽可能完满的对现实的模仿",浪漫主义是"把现实提升到理想,或者说理想的表现"。

浪漫主义的一些特征:

1. 主观性(最本质的):表现主观理想,抒发个人情感。

2. 对自然的歌颂,对城市的诅咒。

3. 重视中世纪民间文学,提出"回到中世纪"口号。

4. 追求出奇制胜的艺术效果。与古典主义的静穆、素朴、和谐、完整相悖。

诺瓦利斯《片断》:"善于用愉快的形象来使我们感到惊奇,善于这样来表现某种事物,使它在我们面前显得既奇特,又熟悉,令人喜爱,这便是浪漫主义的诗学。"华兹华斯《抒情歌谣集》序言:"事件和情节上加上一层想象的光彩,使日常的东西,在不平常的状态下呈现在心灵面前。"

六月八日

下午五点,食指、黑大春、王利丰(《食指 黑大春诗选》为食指诗插图画家)和利丰弟四人到。

大春是第二次到我这里,其他人是第一次。食指身着精神病院服。利丰兄弟二人漂亮,是个不落伍的人。

谈诗。大诗人食指(大春诗中的称呼),随身带着两样东西:手腕上的钥匙和手里的写满诗的小笔记本。不留发的大春,黑色衣装。因蝌蚪之死而在朋友中一落千丈的江河,在美默默而居,据说一月才同友人在电话长谈一次,这是上帝对他的惩罚⋯⋯

黑大春离开了谈话中心,他去书房,笔答我电话中向他提的那些问题。

傍晚,风雨雷电交加,风将黄土刮起,狂奔,有西部气势。雨后在东方天空出现了两道鲜艳的彩虹,两个完整的半圆,罕见壮观。

晚八时半,他们离开。合了影。

六月九日

大春很郑重地对我的问题作了笔答,倒使我有一种主次错位的感觉,因为要写文章的是我。他的叙述语言很好,完全可以整理成篇。诗人的独特的语言方式。如他谈勃洛克："他给俄罗斯和全世界建立了一个比宗教更令人神往的彼岸世界——蓝色和深紫色的，而他那些预言性的诗句，应验至今。"如果写下去，可成为一篇简洁的自传。

六月十日

读雅斯贝尔斯《当代的精神处境》。这是一部不长但全方位论述"精神"的著作。为"散文研讨会"做发言准备。

六月十一日

和西安陈长吟通了一次电话。《美文》未接到这次散文研讨会的通知。他还对《上帝之子》未能通过终审感到歉意。他希望我继续为《美文》供稿，说年内还可再发一篇。提到了老愚编的《九千只火鸟》。

六月十四日

中华文学基金会、北京作家协会联合主办的"当代散文理论研讨会"在怀柔雁栖湖召开。会期定于六月十四日至十七日。

上午九点在市作协门口发车。

我起得很早，七点前就离家了。上了"小巴"，星竹在车里，同去参加这个会。他称昨天刚从青海回来，铁路文协办的青海湖笔会。一路谈天。我们到西长安街市作协门口时，八点四十分，已有七八个人。上车前，作协的李青每人发一张住室分布表，从表上得知了参加会议的全体人。散文理论家刘锡庆、楼肇明，作家林斤澜、张守仁、黎先耀等，及评论家吴思敬、张同吾等，外埠有天津赵玫等。

分乘两部"中巴"，约两个小时到达雁栖湖，宾馆为市计委培训中心，临湖三层，我和怀柔一作者（翟兴泰）住二层203室。

与楼肇明师相识，因他写过"新生代散文"的评论文章，评论过我，有一见如故感。他中等身材，偏瘦，口音很重，与我过去想象的不同。

下午两点半会议开始，有个简单开场仪式。张锲、管桦、赵金九、马玉田（市委宣传部部长）、林斤澜分别讲了话。下午发言的是孙武臣、林斤澜、张同吾、赵玫、张锲、黎先耀（来时的路上与孙武臣、赵玫邻座，聊了会儿）。

六月十五日

今天是会议发言的高潮期，散文理论家刘锡庆、楼肇明，诗评家吴思敬、张同吾、张颐武及张守仁、林莽等均在今天发了言（另一蓝色小本有评论发言要点）。

昨晚十一点后，和元元通了电话，谈了会上一些情况，她说正忙于每日的"西客站"报道，不能来会上。今上午和罗强烈通了电话，他未接到这次会议通知。我告诉他《观〈动物世界〉》已在《北京晚报》发表，此文曾于今年一月寄给他，他说未收到此文。他说再给他寄稿，寄后打个电话问问他。

北京的一个散文作者凸凹也参加了会，他对我的散文推崇备至，他说凡我的作品他都是要找来读上几遍的，他说，不要多写，每年有几篇足矣，且我的散文适合在《美文》发表。

晚和楼肇明师一起到湖边散步。谈了许多。他曾对"新诗潮"给予著文推动。"朦胧诗"的主要诗人都与他有过密切交往。他对北岛印象较好，认为他忠厚，还谈到杨炼、江河、顾城、张承志。更多地谈到了"新生代"散文，如元元、钟鸣（认为他有"玩"的倾向）、原野、胡晓梦、罗强烈等。由于楼肇明师有很浓的浙江口音使交谈的深入有一定困难，部分话我听不懂。渐黑时，返回驻地。

晚去拜访林斤澜师。《光明日报》的记者肖海鹰正在林的房间。他们在谈关于编辑擅自改作家稿子的事。林赞扬了《新民晚报》《羊城晚报》的编风。

在另一室（与我紧邻），北京的几个作家星竹、凸凹、谭宗远、翟兴泰及《北京日报》编辑刘晓川正喝酒聊天，已近夜十二点，刘晓川对至今约不来林斤澜、汪曾祺的稿子感到不解。

六月十六日

原定四天的会议，要提前一天结束了，发言在上午结束，下午顺路去看一个寺，然后返回。

发言限制了时间，发言者主要有高玉昆（市作协），何锐（贵州《山花》主编），奚学瑶（秦皇岛作家），北师大的李虹、张宏等。我主动发了言，谈了三点：1. 散文理论与创作的关系；2. 关于散文热；3. 关于散文。仍有些慌、急，想说的，有些未表述清楚。发言后，坐在我后排的《中华散文》编辑龚玉，递给我一张名片，要我给他们写稿。

楼肇明再次发言，主要谈了"新生代散文"。他认为"新生代"的代表性作者，钟鸣"玩知识积木"，苇岸"形而上倾向"，说了一些苇岸是个创作非常严肃认真的人等。由于口音，很多话我未听清。

刘梦兰、张恬、星竹也发了言。林莽昨天发言时，我恰与孙武臣谈话，未听到详细内容。今天林莽又说了两句，说请了"新生代散文选"的编者老愚，但未到，及很喜欢苇岸的散文，有冷静的梭罗之风等话。

刘锡庆作为今天的主持人，作了最后总结。

下午两点半返回，途经"京北第一刹"红螺寺进去参观，有两个景观闻名，一是一片北方罕见的竹林，另一是寺前的枝丫伸展极远，形成巨大"华盖"的松树。

六点以后，在暴雨前赶到家。

六月十八日

上午呼老愚，十点呼，十一点半才打来电话，这是我四月初以来第四次呼他，前三次均未复机，他善于制造这样一个距离，或某方面的心虚。而我呼他是因一些事未了结。

通话很客气。他称曾去过西安，这大概是他未复机原因。我谈了这次散文研讨会情况。问了一些事，如"新生代"散文丛书出版进展等。他说《中国合作经济报》试刊两期已出，第二期刊有我的《一件小事》，样报及四十元稿费可随时去他那儿取。问我何时进城，我说明天进城去文化宫书市，他说一块去。约好明天上午十点在他家见。

六月十九日

星期日。进城。先到文采阁中华文学基金会，将十本《诗探索》交往林莽处，并让他转给吴思敬老师一本《九千只火鸟》。

十点到老愚家。他给我两期《中国合作经济报》试刊，四十元稿费及两本《九千只火鸟》，说《九千只火鸟》的稿费让马朝阳近期寄我。我交给他一组画家的文字，准备《中国合作经济报》作专版用。并绿岛的关于顾城事件的文章。丁乙的两幅明信片式的画作印制片，他说可作《大路》（该报副刊名）刊头画。

十点半去文化宫书市。书市马上要结束。大多数摊位都按九折或更低些的价在卖书。买了里尔克《给一个青年诗人的十封信》，都德《磨坊书简》，雅斯贝尔斯《智慧之歌》，卡夫卡《书信日记选》，还有久寻未得的张承志《荒芜英雄路》（一个上海书店的摊位）及张承志提的关里爷《热什哈尔》。还有唐敏《走向和平——狱中手记》。老愚编的另一本书春风文艺出版社《当代散文精品》也见到，他买了两本，送我一本，内收我的《美丽的嘉荫》，人人称赞的一篇（老愚、星竹、王衍、小松）。老愚买的书多，很多是散文方面的。

由书市出来，去王府井书店，未买一本。再去美术馆东面三联书店门市部，在这儿，老愚为一本有污的《新凤霞回忆录》与店方争执起来，要求对方能打些折，对方坚持原价，老愚说为维护消费者合法权益，最后以老愚让步，原价买走而终。在"打的"回去的车上，他说他要写篇文章，"店方不肯让利三角，就让他损失三千"。

最后我到了北师大出版社门市部，买了五本《九千只火鸟》。

六月二十日

给陈长吟、李青（市作协）、龚玉（《中华散文》）写信，各寄一册《九千只火鸟》，给陈长吟的另附一本雅斯贝尔斯《当代的精神处境》，给李青两册《九千只火鸟》，请其转给赵金九一册。书明天发出（第十二封信，陈长吟）（及十三、十四封）。

六月二十一日

今收到重庆市建设机床厂职大一信，写信人"想把文学和集邮这两种爱好结合起来，决心收集当代作家题词邮品""我特爱先生的隽永的散文，谨从《美文》上读到的先生的大作，文笔、风格都与众不同"。写信人附来自制邮品封一枚，请我在上面写几句有意思的话，签上名字，盖上印和闲章，写上年月日，并寄回。我写了这样一句话：我欣赏两句话"人皆可以为尧舜""上帝等待着人在智慧中重新获得童年"，我觉得真正的艺术家应是有助于世人接近"尧舜"或重新获得"童年"的人。并第一次使用了王纪仪兄请人刻的"苇岸"章。

六月二十二日

在我的书房窗外，顶部约正中的地方，今年又出现了一个蜂巢，与前年（一九九二年）那只空巢双双悬于窗外。在我写这则日记时，这只新巢已比旧巢大，每天蜂群忙碌不止。我没有问别人家的窗外是否曾出现过马蜂的雏形巢，我知道只要被他们发现，他们一定会捅掉。在作家的书房外，蜂找到了它们最安全的地方。

六月二十三日

为写关于黑大春这篇文章，约他本周六（二十五日）来昌平。

六月二十五日

下午三时半，大春到。他因上午睡觉（既因夜里看了世界杯足球赛，也因他有夜里失眠上午睡觉的习惯），下午才到。他似乎永远的一身黑色装束：短裤和黑色T恤衫。老远的路，穿了一双拖鞋。

为了这次约定的谈话，我着重拟定了几个问题：

1. 关于一平称你"中国浪漫主义最后一位诗人"的背景。

大春说，海雷告诉他亲耳听到一平这么说过，但灿然（一个诗人）说，应该说是第一个。我似乎倾向灿然的说法。大春的诗举目无双。

2. 提倡"新浪漫主义的缘起",其含义。

大春说,"新"更多地是指一种"新浪漫主义"歌行诗风,这是对诗人的吟唱性,对诗的声音的要求。现在这个意思延伸了,应是带象征主义色彩,强调诗的音乐性,把诗歌从印刷品的棺材里解放出来,恢复其原始的声音性。在"朦胧诗人"中,大春说,他与食指、芒克有一种先天的血缘关系。

3. 关于圆明园时期(何时住进,家园感)。

一九八四年十月,大春住进福海三仙岛一所空房。这是一栋主人弃屋而去、而不知主人的空屋。我曾与王军钢到那儿去过一次,看到过这所房子。大春说,由于岛上水咸,这可能是主人离去的原因。他将房子收拾了一下,墙上挂上了马德升"石头系列"油画。住在这里,无论是园方还是所辖派出所都未来过问,无人干涉,周围农民只说这里住了一个黑衣疯子。他用烛光照明,到附近一个气象站煮面。住了整一个月。他印象最深的,是刚上岛时遇到的一只黄鼠狼,花脸,小三角形的脸,拖一条大尾巴(灵的意味,民间的意味)。由于接踵而至的其他诗人、画家,吓跑了它。另一深刻印象是岛上漫山遍野的菊花,蓝色的矢车菊、秋菊等。"菊"的感觉即来自于此(组诗中《菊》)。在这里他完成了《圆明园酒鬼》一诗。离岛后,他又在当地的客农轩村,也称"北远山村"住了一年多。这个村子,即后来云集了全国各地的画家的"画家村"。黑大春是他们的先驱。

4. 诗歌自认的"代表作"。

《圆明园酒鬼》《东方美妇人》《送一平去波兰》。

5. 二十世纪诗歌总体特征是"智性"(大概是奥登讲的),大春的诗不属于这个世纪,但又具有独特的魅力。

他的诗是彻底的抒情的,发出的仿佛是久已逝去的声音,仿佛在世界诗歌史上,这个"抒情"的时代我们刚刚降临(古代史记的叙事性,歌颂与记述;近代诗歌的抒情性,个体释放,自我的声音;现代诗歌的智性化,对人生存,对宇宙的沉思)。

6. 大春诗对"音乐性"的追求,对韵律的偏好,对意象创造的热情,使其有一种笨拙的美。

又谈到了俄罗斯诗歌,它的地域的独特性,非西方诗(主要是英诗)性,非"智性"性。巴尔蒙特、勃洛克(大春说前些年,国内曾出过他的一本原诗集译本)、叶赛宁。谈到了"朦胧诗人",田晓青的智者风度与半个"隐士",一平献给赵一凡的散文(北岛为使散文文体明确给加了个标题)被大春视为楷模(品德的、艺术的)。一平更适于写散文。大春念了一平自波兰回京后,他们相聚时记的日记(一平想回国,但为妻儿着想又无定期,国外艺术家,旅外的中国艺术家的孤独)。

午夜过后,有世界杯足球赛,看了几眼,因非喜爱的队作罢,我主要陪大春。关掉电视,在书房又聊了会儿天。

六月二十六日

星期日

昨夜下了雨,今晨天空湛蓝,仿佛立秋天。想去外面照照相。大春昨夜又读唐敏《走向和平——狱中手记》,凌晨才睡。八时半叫醒他,与妻小松一起去外。照了几张相。

回来,大春执意返回。送他一本《九千只火鸟》(新生代散文选)。写了一句话"诗歌是金",给"最后的浪漫主义者"黑大春。送他去车站时,他忽然说,你们应该要个小孩。又说,有了小孩会很麻烦。

六月二十七日

给上海丁乙信,寄去一份《怀念海子》。(第十五封信)

将重庆一位读者的自制明信片寄回。

六月二十八日

整理书架,找出《国际诗坛》(前几年一种诗歌丛刊)。读布罗茨基文章《诗人与散文》,这是篇谈茨维塔耶娃写散文的文章。我随手摘了几句话:"文人自身的行会心理"。"被先验地认为是与读者交流的'正规'途径——散文"。"阅读是创作过程中的共谋"（茨维塔耶娃）。"唯其存在着伟大的读者，伟大的诗歌方有产生的可能"（惠特曼）。

六月三十日

给贵州《山花》主编何锐寄去《上帝之子》。在"散文研讨会"上，他曾向我约稿。

七月

七月一日

续读《国际诗坛·访问惠特曼》。此时诗人住在新泽西州卡姆登的一个人烟稀少的村庄，村庄在特拉华河畔，这是一八八五年一月三日。诗人谈到贫困和瘫痪是他此时两个重负。"只要我能整天坐在干活的伐木者旁边，我就感到万分愉快。他们的活力与砍下来的木材气味交混在一起，流入我的血管，我就从此青春常在，百病消除。"

作者在文章中提到两个典故：一是"印度诗人毕尔基，精神恍惚地坐在无花果树下，慢慢地让蚂蚁吃掉"。另一是引用了雪莱的诗："内静外宁／圣人沉思发现／宁静胜过财富，／行走时内心充满自豪。"

七月二日

近日与田晓青通了一次电话。他买了电脑，正在写他的长篇小说。

话题主要是请他谈谈他对黑大春诗的看法。他认为，大春是生活与诗一体的诗人，青春类型的诗人（如阿莱克桑德雷、洛尔迦），原初意义上的诗人。这一代诗人缺少传统，好像忽然出现了，无根。大春缺少学识的一面，使他停留在青春之中，很强的离家出走的少年、青年，流浪少年诗人形象。我用了一句：自发的诗人，非自觉的诗人。

七月四日

给林斤澜师打了电话，晚九点。主要谈了散文，及对散文专刊的看法。

七月七日

小暑。

雨。进城，因办学事，回到了一别十年的母校，位于崇文区夕照寺街的原人民大学一分校，现已为北京工业大学的分部。十年中，这条街没变，感觉上窄了，与两边的摊位、商店有关，12路车依然在运行。校内几乎无一熟人。人大一分校已不存在，它经过改名如联大经济学院，现已并入北工大。这位张德业老师告诉我，校舍已卖，暑假就要搬走。

我成了一个没有母校的大学生。过去只是一段历史。

七月九日

与小松一起骑自行车去小汤山。上午八点半上路,经南邵,走运河边,黄鹂、杜鹃、卷尾鸟动听的叫声,景色很美。中途在一个果园下车,进去摘李子,出来与果农合影。近十一点半到。

晚六点返回。一路上蜻蜓很多,它们的交尾季节,在公路上低空飞行,许多被汽车撞死。

晚八点前返家。此行照了许多像。妻甚愉快。

七月十一日

收到贵州《山花》副主编何锐寄来的《山花》第六期。

《北京文学》副主编傅锋打回电话。在八日我给他和林斤澜各寄了一册《九千只火鸟》。

七月十六日(开始放暑假)

晚小松值晚班,接她时,在父亲家给黑大春打电话,他说晚上刚与小松通了电话,找我,说看来有一种感应。

中心是我做准备写关于他的散文。围绕勃洛克,这个大春最敬仰的诗人。我在《国际诗坛》一篇文章读到,"帕斯捷尔纳克总是认为，给他这个诗人打上'最深烙印'的，是勃洛克所特有的'急速的节奏'和他那'四处审视的专注精神'"。我问大春，勃洛克给他最大的是什么？他说：勃洛克是个集大成者，他将浪漫主义延伸至抽象的神秘主义（诗歌），将现代诗歌上升至一种神性，呈示了一种非宗教性的、神秘的、迷人的彼岸世界。他的与世界若即若离的审美。

勃洛克喜穿一件黑衣，大春也喜一身黑色装束，我问他是否因为勃洛克。他否认了：

"喜欢黑色，它是哀逝的、悲哀的，黑色抒情比蓝色抒情更深沉。最初曾身着一件姐姐送的黄色上衣，大有点马雅可夫斯基未来派的派头。"

关于接触勃洛克的过程：

大约一九七九至一九八〇年，二十岁左右时，从爱伦堡《人·岁月·生活》中始知勃洛克，尽管爱伦堡并没有像写其他作家那样，专辟一章节写勃洛克，但书中多次提到他，已使我爱上勃洛克。如爱伦堡去茨维塔耶娃家，女诗人的女儿向爱伦堡背诵勃洛克的诗："多么苍白的衣裳，/多么奇异的宁静；/怀中抱着百合花，/而你却在漫无目的瞧着。"她让爱伦堡吃惊。当时北岛、芒克等一批诗人都喜欢勃洛克（大概西方现代派诗人尚未介绍过来），北岛背诵勃洛克的诗"生活我欢迎你/我将以响铮铮的盾牌向你致敬"，使大春深受震动。勃洛克在一步步进入他的灵魂。后来又在巴乌斯托夫斯基《金蔷薇》中见到一段写勃洛克的文字。及芒克等诗人中流传的手抄本勃洛克的《十二个》。他到山东老家农村时，便带着勃洛克的诗集，他最喜欢《秋天的意愿》，他向我背诵了最后两句"没有你，我们将怎样生活和哭泣！"这祈祷式的诗句。

他认为，诗歌应像空气和水一样。

七月十七日

上午我正在家里看书，是几本《国际诗坛》。今天是星期日，在我的住所西侧忽然响起了铲车用力工作的声音，且持久不息。我走到西阳台，一条楼区间的路西侧，是一块不大的空地，长满了荒草树丛，因建楼挖的灰坑使它起伏不平，这部铲车正在平整这块空地。随后又开来了一辆勘探车，钻地取样。我不知道这里又要搞什么工程。我下楼问了工作人员，他们说要盖住宅楼，三栋，两三个单元一栋的短楼。我觉得，再也没有什么消息使我如此悲哀。这意味什么呢？我的视野，辽远的景色将彻底熄灭。我产生了写一篇散文的冲动，题目就叫《进程》。

七月十八日

写散文《进程》。

收到丁乙信。十月八日至十四日他将在上海美术馆举办个展。信中谈到了我寄他的《怀念海子》一文中关于海子与我选择马蒂斯与塞尚画册的事。

七月十九日

我住进这所新居已三年了。第一年初夏（一九九二年六月初），我的书房外窗户上端筑了一个蜂巢，我看着它们，直到冬天临近，它们弃巢而去。空巢至今还挂在那里。为此我写了《我的邻居胡蜂》。

第二年临近夏天的时候，我的卫生间单扇窗户外部顶端，我发现又在这里有了一个刚筑的小巢，很小，大概只有一只蜂在筑它。我毫无办法，我不能让它在这里安家，因为我将不能开这卫生间的唯一的窗户。我只得请它谅解，将巢捅掉，让它再去寻别的地方。而过了几天，我又在西向的阳台，我的晾衣物铁丝架下发现了（三角铁底）一个小蜂巢，这里也不是它安家的地方，我将无法去阳台上。在蜂离开，趁它去寻巢材时，我又捅下了它。让它找个更安全无碍的地方吧。这一年夏天，蜂再没有在我的住所周围出现。

第三年，一九九四年的六月，又一个蜂巢在我书房窗外顶部出现了，毗邻第一年的那个空巢。现在这只巢的大小，已超过了空巢，我今天用尺量了量，已十三厘米，直径。巢面总保持八到十二只蜂（背部也有，无法数清）。在一分钟内总会有一只蜂归来或离去。

七月二十一日

　　还说这窝蜂。我前一段为什么没有多注意它们呢？现在巢在以每天一厘米的速度扩大。蜂早出晚归，忙忙碌碌，它们采来筑巢的材料、食物和水，分工管理。当一只蜂衔来一个由青虫构成比蜂头部还大的圆球，便将其逐一分给留在家里的蜂，喂幼蜂。而一只衔水的蜂，水珠晶亮，它逐巢穴喂水，喂完又洗一下面部迅速离去。当雨后，楼下积水，蜂就一刻不停地往返于水洼与巢之间，直升上来。有时累使它们飞到窗台，便停下，再顺玻璃爬上去。而天热时，在家的蜂会不停地振翅以降温。我没有见蜂早晨几点出巢，而晚上，直到天黑，它们才停止工作，最后飞回的蜂，几乎找不到巢。

七月二十三日

　　今天"大暑"。

　　今年夏天反常，六月初就热起来了，且出奇地热。搬到"水关新村"三年，前两年夏天，我们没有用电扇，不需要。今年用电扇也燥热难耐，坐着流汗。今年米面里都长了虫，很严重。今年从南到北，全国遍地水灾，内蒙古也意外地被淹。北京雨水很大，几乎天天傍晚下雨。

七月份，除了世界杯足球赛，还有一个大事，即天文学家观测，彗星撞击木星。

七月二十七日

写完《进程》。用了十天，一千五百字。比较满意。打出。

今天，天气焕然一新，极闷热的气候消失了，有了风，有了凉意和可见远山、白云、蓝天的视野。今天令人疑"立秋"提前降临了。

七月二十九日

下午阳光暴晒，骑车去北小营，看祖父祖母。他们瘫卧炕上苦度了一夏。他们的身体没有大的变化。祖母也自己移出屋门。祖父一直躺着，他跟我说了话，由于他听力降低，他也大声跟别人说话，说到南口建的"老北京微缩景园"及"百仙神洞"，他知道是一百零八个仙人。报上变更的小号字，他已看不清了。

收到安民信。顾工寄来了《顾城散文选集》（百花社）。收到《中华读书报》创刊号、《美文》稿酬。

寄出《进程》，给《美文》。给老愚信。

七月三十日

收到所订杂志《世界文学》《美文》。《世界文学》刊载的《理想藏书》中俄罗斯文学中前十本，第一本是《大师与玛格丽特》。

在《随笔》上（一九九四年第四期），介绍了俄国一位鲜为人知的女作家苔菲。目空一切的布宁说："您永远令我惊讶，我一生中从未遇见过像您这样的人。上帝让我认识您对我真是莫大的幸福。"

八月

八月一日

　　八月是一个美丽的月份，诗人常写"八月的果园"。

　　清爽了几天的天气，又恢复了闷热。等待八月八日下午两点五分的"立秋"吧。

　　我的马蜂蜂房直径已达二十六厘米，像个很硕大的向日葵盘，剥净籽粒的。由于一面的窗玻璃，限制了其扩大，使这个蜂房呈现了一个半圆形。几秒钟内便会有一只蜂飞回或飞走，我计算了一下时间，在一分钟内有八到九次蜂的离去或飞回。它们的拼命工作简直是个谜。

　　傍晚，与妻一起骑自行车去京密引水渠游泳，今年第一次下水。我不知前一个时期我为什么没有到水边来。蝉与寒蝉交相鸣叫，很像"枪声大作"，听到了一只布谷鸟孤独的啼声。

　　我预定从今天起写关于诗人黑大春的散文。但全部工作只看了看巴乌斯托夫斯基的《面向秋野》中的关于巴贝尔、席勒和凡·高的三篇文章。并记下了这样的句子："想象力是散文和诗歌的上帝"（巴贝尔）。"他具有一种使他触及的一切变得高尚的才能"（歌德称席勒）。"没有比对人类的爱更富于艺术性的事业"（凡·高）。

八月二日

现在是夜里十一点钟,我记下今天的日记。

蜂房直径已达二十七厘米,即使在夜里蜂也未安静,部分蜂依然忙个不停,且与灯光无关。

傍晚,黑云翻滚,一句"黑云压城城欲摧"最为恰当,下了一阵雨。

读《世界文学》一九九四年第四期毛姆的文章《七十述怀》《七五述怀》。摘下几句话:"一个作家的思想感情的最佳交流对象是他同一代人""我做过各种令人后悔的事情,不过我尽量不让它们困扰我,我对自己说,这不是我做的,而是过去的另一个我做的""艺术,除非导致正义行为,否则只是知识阶层的鸦片而已"。

同良乡的凸凹通了电话,其中我谈了对他送我的《两个人的风景》散文的看法。细节叙述的优胜,但个别中未见一般。对于故乡不宜用一两篇散文表述它,而应写一部小说。

八月三日

蜂房达二十八厘米。它已像一个农民戴的旧草帽,中间凸起,这只蜂房最初成形的那部分,幼蜂居住在每个巢间。而蜂房的宽宽的边缘,是蜂新近筑成,薄薄的,确实像草帽外缘。

又看《九千只火鸟》，为什么我会对自己的《大地上的事情》百看不厌呢？它仿佛不是我写的，让我对自己产生敬意。

想写一篇短文，名为《同一个天空下》，浮想联翩，而另一篇已答应黑大春的文章妨碍我立即写它。

下午，与小松骑车去那条通往十三陵水库的路，在一片蜂箱前停下。有四户放蜂者在这里放蜂。和一个放蜂的小伙子交谈了几句。每天上午十点摇蜜。荆蜜。现在蜜蜂每天下午两点后才出去采蜜，因为上午荆棵的蜜还未分泌。它们一周后就要搬离，找新的蜜源。

看了《山花》杂志上唐晓渡一篇文章《从死亡的方向看》，谈长诗、史诗的。

读《面向秋野》。《浪迹天涯的缪斯》，谈旅行的。这给我一个惊喜，因为我孕育中的散文，就有一篇《旅途》。作者列举萨迪的说法：人的第一个三十年应该获得知识，第二个三十年漫游天下，最后三十年从事创作。这不是说的人的一生。还有一篇讲契诃夫的《香烟盒上的笔记》。作者是这样赞美契诃夫的："俄语中凡是可以用来论述契诃夫的词汇，似乎都说完了，用尽了。"

八月四日

蜂房似乎停止了扩大，也许是暂时的调整。我在测量时仍是二十八厘米,由于另一端已被窗框遮挡,故不十分准确。蜂夜里也不停止工作,尽管它们不再外出,但仍在巢里面蠕动,我夜里用手电照过几次,都是这样。

读《面向秋野》中《桂冠》,讲茨维塔耶娃的;和《艾德加·坡》,一篇非常好的文章,介绍了坡天才贫病的一生。

夜里,拿出《瓦尔登湖》,想起再重读它,第三遍读它,我的"圣经"。

八月五日

从昨天即预报的夜里及明天白天有大到暴雨的景观并未出现。上午天又晴了,出了太阳,而太阳已大大地南移了。秋天已不知不觉降临,寒蝉的黄昏;秋虫的夜晚。

上午我在书房读里尔克《给一个青年诗人的十封信》,冯至译,一本经典性的小书。考虑我将要写的这篇关于黑大春的文章。忽然一阵翅膀的声响,我的窗台上飞来一只灰鸽,从未有过的,它站定,仰头看看头顶的蜂巢,它发现了坐在室内的我,飞走了。这时我才注意,全巢的蜂双翅展开,触角直挺,一动不动。群起而攻之似乎就要发生。鸽子飞走了,蜂的临战状态仍持续了数分钟。我同它们很近,只一层玻璃之隔,即使我敲打玻璃或是动东西,也未见它们有过异常反应(我曾在蜂房上寻找蜂王,但蜂体型大小都一样,今天我看到了两只蜂的交配。

胡蜂蜂王与蜜蜂蜂王看来不同）。

八月六日

　　写关于黑大春的散文《最后的浪漫主义者》。这篇散文进展缓慢，没能顺利写下来，它对我是一个挑战，也是我很想写的其他散文的障碍。

　　下午五点与小松一起去运河游泳，她第一次下水，由怕到入了迷。临近立秋，水开始凉。

　　晚上，入夜临睡前，读《世界散文随笔精品文库·法国卷》，阿兰的《论幸福》选篇，我喜欢，其中的《雨下》令我无比赞赏。它讲了什么呢？我只引它最后所引的古罗马皇帝马可·奥勒留每天早晨对自己说的话："今天我要见到一个追慕虚荣者，一个说谎者，一个处事不公者，一个讨厌的饶舌者。他们之所以这样是因为他们无知。"

　　也看了看《磨坊书简》中的《诗人米斯特拉尔》（住在一个村庄），《蝗虫》。

八月七日

　　上午十点，去城北通向十三陵水库的路边蜂场买蜜。这是一片树龄不大的小树林，四个放蜂者的百只左右蜂箱摆在林里，适逢荆蜜。我买蜜的这个放蜂主是个二十六岁的乡下小伙子，河北赤城人。他说卖蜜并不顺，常受蜜产品公司收购的盘剥，如当时付钱，蜜价压得就很低，两元一斤，不如白糖。如蜂产品收购站先记账、不即时付钱，每斤蜜可卖两元八角一斤。他卖我的是三元一斤。他说，养蜂者常在王浆及蜜中掺杂使假，他似在指责，但又说不假赚不着钱（我买的蜜是我看他新摇的）。天一黑，他们常轮班去县城娱乐、看录像等。

下午不声不响地下起了雨，而只要天不黑，只要不是暴雨，我的这窝蜂依然往返，并不停工。自八月三日蜂房直径达二十八厘米后，这几天蜂房没有扩大。

八月八日

今日"立秋"（下午两点零五分）。

蜂仍在忙碌它们的事情。我看到衔食归来的蜂（团成一球形的青虫，比蜂头部大），艰难地由下面上升，它盘旋着接近蜂巢。

下午两点，我在室外体验"立秋"日的变化，我记起张承志的散文《天道立秋》，两点零五分这一刻，没有变化。接近三点，下起雨来，预报傍晚的雨提前下了，且一直时下时停下到夜晚。凉意骤然有了，一种立秋早晚特有的凉。"立秋"是二十四节气中，在天气中反应最敏感的一个。

八月九日

想明天进城,让小松替我呼老愚,我嘱她只呼一次,对方不复机便罢,没想到她竟呼了二十四次,老愚才打过电话,称感冒了。

小松说黑大春也打来了电话。中午睡觉感觉不适,似受凉。下午又去了一趟蜂场,将一本刊有《放蜂人》的《北京文学》杂志留给了养蜂人。回来便躺倒,腹疼头疼发烧。小松替我去接黑大春的电话,大春说,他也正患感冒。他只想了解文章的进程。

"立秋"这个节气,导人致病。

八月十日

蜂房定形,不再扩大,直径仍为二十八厘米。

关于黑大春的散文《最后一个浪漫主义者》有了进度。改得苦。我是一个写出一段,便要将其改好的作家。当前边已定稿,后边还没有雏形。

八月十三日

下午与大春通电话,这次中间中断了一次,打了一个半小时。我主要问了这样一些问题：

1. 一九七九年，结识《今天》的诗人，先结识的是谁及细节？

黑大春答：要提到周郿英，一个兄长式的教人如何待人、总唤起你什么的人（与赵一凡相同？对）。他安排了我与北岛、芒克会面。在北岛、芒克面前，我有一种类似叶赛宁初见勃洛克时的心情。我朗诵了自己的诗。北岛指出，我的诗有太多的三十年代诗歌语言和泰戈尔的方式。他告诉我应使词从繁重中解放出来。"星星就是星星，不是繁星。"我接受了他们简练的美学（泰戈尔影响我很深，以致我只喜欢他的《飞鸟集》）。北岛有一种神秘莫测的、威严、犀利的感觉，而与别的诗人则开始了随意的饮酒的交往。类似叶赛宁所说的"名士"。

2. 对"行吟诗人"的看法？（他是诗人与人民的媒介。）

我曾说把诗人从印刷品的棺材中解放出来，使诗回到原初。即表示对"行吟诗人"的肯定。它的精神和血液，诗人应部分地接受它，并全部地向它致敬。现在流行歌曲到人民中去了，这是它的精神的表层，诗是它的本质，却还在诗人手里。

3. 圆明园诗社存在年限？

一九八四年至一九八六年（你是它的灵魂）。

4. 关于去校园中办诗会，"浪诗"是谁倡导？

"到校园去"始自圆明园诗社。我的诗有很强的歌咏味，我又朗诵得好。《今天》诗人则是礼仪式的、陪衬性的，是一种礼仪性的诗歌聚会。

5. 漂泊性的诗人生活是永久性的，还是只是一个时期？

应是始终的。这是诗人诗歌品质的试金石。

6. 圆明园是否给了你家园感？（无论怎么说它对你重要也不过分。）

对。你总要有一个依托。如勃洛克的涅瓦河，叶赛宁的梁赞、艾卡河。这是一种彼岸的、梦寐的东西。（据此特征都可视之家园感。）

7. 勃洛克与王维是否是你的两个时期，还是共时的？

李白、叶赛宁烈性些，先选的，现在更爱勃洛克、王维（淡一些），也许已经老了。

八月十四日

在蜂场（蜜蜂），我曾看到马蜂去放蜂人的蜜桶吃蜜。前几天，我做了一个试验，我看到马蜂一次次往来于蜂巢和地面的雨水洼之间衔水，我将一小盘盛上水放在窗外蜂巢下，但没有马蜂碰它。今天下午我在窗外又放了一只空蜂蜜瓶，但到晚上也没有什么动静。直到晚上近九点，我正在厨房，小松忽然叫喊，她叫我看看马蜂出了什么事。我过来看见蜂巢骚乱，蜜瓶里、窗户上，零乱得到处是蜂。是蜂在夜里停止工作后来偷吃蜜，有些带着蜜气味的蜂回巢后遭到了攻击，远有近十只蜂进了瓶里出不来，裹了一身蜜。直到夜十一点，其他蜂陆续回巢安静后，我开窗放倒蜜瓶。里面的蜂浑身湿透，爬了出来。它们艰难地顺窗玻璃爬上去，留下蜜痕，小心翼翼接近蜂巢。到夜十二点，我睡觉前，只有两三只蜂仍在巢外。

八月十五日

早晨窗台上只有一只蜂，蜂巢又正常地开始了它们的一天。我忽然想下楼看看。在楼下，蜂巢下面，我找到了七八只死蜂，有的仍活着不能飞。不知是否蜂巢攻击所致。我的一个做法，导致了蜂的一切灾难。蜂，请谅！

八月十六日

在电脑买了一年后，这一段时间，我才真正学了进去，过去我没有动力摸它。我学的是五笔字型输入法，在小松指导下，我这两天已一小时能打百字。我每天只练一两个小时。

八月十七日

（在四月交了电话装机费后，今天工人终于在楼道打孔了，装备。）

今天下午，同事给我一个楼肇明老师的电话号码，让我速回电话。我打过电话，楼老师告诉我，他应中国对外翻译出版公司之邀，主编一套丛书，第一辑五本，每本十二万字，他说已将我列入，出版社已发了广告，让我速准备，十月份交稿。我说，我的字数不够（大概差四五万字），写得又慢，把握不大，尽管我非常高兴（楼老师主编。第一辑人选：楼老师、止庵、老愚、原野和我）且有信心。我说我回去整理一下，过两天给您答复。

八月十八日

翻阅过去的日记，着手写《关于作家的随笔》。

八月十九日

收到中国对外翻译出版公司编辑方晴发来的"邮政快件"（与平信时间相同），谈前天电话中的出书事。

同时收到《中华散文》龚玉的信及刊。约一稿，九月初截稿。谈了开设《散文理论》专栏事。

八月二十日

给楼老师打电话,确定我全力以赴为出这本书赶写五万字。约定二十二日下午去他家详谈。

八月二十二日
星期一

进城。

上午去书店看了看,买《黑塞小说散文选》(我对黑塞的叙述方式、语言很认同),及《克尔凯戈尔日记选》。

下午按约定时间(两点至三点)在两点四十五分左右到楼老师家。恰好他正要出门,门上贴了留言条。《北京青年报》在通县开一个笔会,他坚持要我同去,说已将我的名字列上。我们边走边谈出书的事,到二环路一个医院前,等报社的车。张颐武出现。上车后,先到报社。我一直犹豫想返回,但在楼老师的坚持下,还是随车去了。

地点在通县城东一个不挨村店的新建"桃花山庄"中。

出席者还有杨匡汉、杨匡满、斯妤、陈染、林白、应红、韩春旭等二十多人。

报社人员、方旭、大仙、北溟等。

我与楼老师住一个房间。

八月二十三日

上午自由活动。与楼老师闲谈散文，列二十世纪十大小说家、十大诗人。其中十大小说家大概是：乔伊斯、普鲁斯特、福克纳、卡夫卡、托马斯·曼、索尔仁尼琴、布尔加科夫、肖洛霍夫、黑塞、蒲宁。（楼老师认为俄罗斯应占五位）十大诗人：艾略特、叶芝、泰戈尔、奥登、庞德、帕斯、博尔赫斯、帕斯捷尔纳克、勃洛克、曼德尔施塔姆。谈国内散文概况，张承志的"伊斯兰"，史铁生的"佛"（楼对张的宗教复仇情绪有看法）。

下午开讨论会，大仙与方旭主持。张颐武发言，再谈"后散文"的新状态，认为散文主要面向高薪阶层（称之"挣小钱者"），使其放松、消遣。大仙以"面的"状态附和。何东亦然。斯妤发言，认为读者是分类、分层次的，应都予照顾，语气很谦卑。张颐武发言时，说张承志是故作姿态，以使读者买他。我在一个间歇发言，原话大体如下：

主持人大仙，我说一点。首先我想先向刚才两位发言者各进一言，一是斯妤女士，为什么在批评家面前不能理直气壮呢？二是张颐武先生，张先生刚才说了张承志，但张先生的说法让我想起梭罗的一句话：由于自己心地不好，也认为邻居心地不好。一九八七年诺贝尔文学奖获奖者布罗茨基说，爱默生讲人类的堕落，导致语言的堕落。这是针对当代作家毫无休止的退化而言。我愿意再引用一句话,因为它恰当地反映了我的看法,古希腊哲学家毕达哥拉斯将全部社会成员分为三种人(以奥林匹克运动会为喻):参加竞赛的、做买卖交易的、旁观者。旁观者就是诗人与哲学家的本义。我觉得一个作家与这个社会应保持距离,而不应参与其中,推波助澜。作家不应堕落为一个取悦"挣小钱的人"的舞文弄墨者。

斯好让我再重复一下最后一句话。陈染让大仙介绍一下发言者是谁。有一点小波澜。时间已近五点半,方旭宣布今天会讨论到这里。走廊中,中青报王长安递我一张名片。

会后,方旭与北青报另一副主编到我们房间来。方旭说,苇岸够冲的,会到这时有点意思了。他到他的房间拿来一本他的散文集《方旭散文集》送给了我。

晚上,出于礼貌,我找方旭,谈了谈他的散文。

小松打来电话,告我蜂巢下的窗台上,有一些黑色东西。这是蜂的幼虫掉下,由乳白变黑。蜂已停止喂幼虫。

八月二十四日

上午仍自由活动。

桃花山庄在田野里,周围不挨村庄,出门有不少鱼塘。这是平原,缺少昌平的一种澄明的地理气氛。

给陈长吟打了电话,告诉他《进程》已给《北京日报》。

同《北京日报》刘晓川一块散步，谈了谈。

又开了一会儿会，上午十点才开始。与《机电日报·星期》刊编辑寇亚南相邻，谈了谈。

下午依然自由活动。想尽快回去。

晚小松、大春打来电话。

八月二十五日

上午九时半，来车返回。

路上，见一车祸现场，一辆大货车撞了一辆小三轮，就像一个大人欺负小孩。

下午一点半后才到昌平家里。小松将家里收拾得很干净。

窗台上，幼蜂继续掉下来，最后成为泥状的黑色东西。

八月二十六日

着手为书稿做准备，想以"世界的灵魂"为题，写一系列有关作家的随笔。进入紧张状态。

八月二十九日

将《世界的灵魂》，约七个片段寄给《中华散文》龚玉。

九月

本月是为《大地上的事情》书稿献身的一个月，没有写一篇日记。(今天已是十一月三日，将九月做的主要事情补记一下。)

我的书稿约差五万字。九月完成了《大地上的事情》十二则（约四千字），《作家生涯》四十则（约两万二千字），《素食主义》（一千八百字），《从汤旺河到黑龙江》（五千字）。

（在月中我称了一下体重，已由原来的一百二十斤左右降为一百一十斤左右。）

我的午觉已取消，夜里睡眠五六个小时，饭量也减少，每天头昏脑涨，上午还稍清醒。妻小松为我买了"北京蜂王浆"补品。

买了打印机，这是去年七八月份买了电脑后，刚配置的打印机，它非常适时，使我的写作更为顺利。我写稿长了后，只有打印出来，才使我更好地理清思绪和修改。妻在这上面，很好地帮助了我的写作。

九月十日，"白露"后的第二天，这一天仿佛最本质地体现了秋天。这天黑大春携妻王兰来访。我写他的文章至今仍停留在一千五百字。我准备书稿的字数基本完成，最后我写这篇东西。交谈，部分内容我写进了《作家生涯》中的《路接天际之地》里。让他看了《进程》,他说由于引文过多,有一种"断""被摔"的感觉(中肯)。我说,如果我想说什么,而我发现别人已将这话说出,并说得更好,我喜欢将他的话拿来,我觉得这里有一种尊重和谦逊。同时,我也对我的文中涉及一些当代的诗人,在可不提及名字而写出他们的名字的做法,做了说明:尽可能对为艺术做过奉献的人给予尊重。

大春讲:一平说过,如果一个青年诗人不狂、不傲,不是一个好的诗人。这似乎为一些青年诗人的幼稚神气找到了根据。

谈起了我的蜂巢。大春说:"这是你的家徽。神对你的恩赐。因为你太喜爱它们了。"蜂自停止繁殖,停止饲喂幼虫后,它们不再忙碌。出飞的蜂很少。它们每天在巢上打闹,不时有一团抱在一起的蜂从巢上摔到窗台上,然后又一只只飞起。它们像末代皇室人员。

进了两次城,主要到楼老师家签出版合同。签过一次后,由于合同做了一点改动,又签了一次。合同主要规定,作者在十月十五日前提交十二万字的书稿,出版社明年三月十五日前出版。稿酬主要以千字三十五元计,另有其他一些费用。

在进城时,看了俄罗斯二十世纪美术展,其中尤喜欢一位画家的风景画,画家的名字记不清了。总之我对俄罗斯的绘画天然接纳(那位画家叫格里查伊)。

买了《福斯特散文选》《勃留索夫日记钞》。

与《光明日报》编辑(《东风》副刊)宫苏艺通了一次电

话，他说《金蔷薇》栏应恢复了，我说我有两文，一已写出，另一即写，他听我讲了后，让我都寄他，说《大地上的事情》片段式的也无妨。我将《大地上的事情》六则寄他，另一即写的是《素食主义》。

很快，稿寄出不到两周，《大地上的事情》于九月二十六日刊出。

《山花》（贵州省文学月刊，更新中）九期刊出《上帝之子》，一字未改。但加了一个多余字。

在美国的宾夕法尼亚、俄亥俄、印第安纳等州，生活着一些阿米什人（来自瑞士苏黎世，于十七世纪移居到美国宾夕法尼亚南部）。二百多年过去了，他们依然故我，保持着古老的传统习俗。他们以家庭为单位，一家经营一个农场（几个，十几个农场连成一片，形成阿米什人聚居地）。他们拒绝使用电灯、电话、电视等电器。但对农业机械欢迎。他们人数不多，自给自足，种植玉米和小麦为主，也种植少量烟草，但只供出售，禁止自用。果树繁多，家畜成群。有铁匠铺、杂货铺。

他们不太重视教育。居住简陋，墙纸、窗帘、画等装饰物，都被视为禁用品。乐器、珠宝、化妆品、避雷针、电影、非《圣经》文学作品，均为禁忌之物。

他们没有教堂，大家轮流在各家做礼拜。聚居地有个不成文的规定：凡是破坏习俗和教规的人，都会受到全体阿米什人的"不理睬"惩罚。

旅游业的发展，使阿米什的年轻人也对现代文明有向往（乘汽车，看电视，打电话）(《世界知识画报》一九九四年第十一期)。

十月

十月一日

未休息。写《自序》。

晚小松值班,陪她。七点四十分开始放礼花,全市十几个放射点一齐进行。昌平放射点在公园。新中国成立四十五周年大庆。

与楼肇明老师通电话,约好十日给他送书稿。

也与吴思敬老师和黑大春通了话。大春有办一个沙龙、一份杂志的想法。

十月三日

开始写《一个人的道路——我的自述》。

今年也没有一个好秋天,冷得快,时有风。马蜂在近午前,一动不动,中午前后,仍有个别蜂外出采集,不知是食物或水。一只蜂飞回来时,巢上的群蜂往往数只蜂拥上去。

十月九日

小传《一个人的道路》写完,较顺利,不足三千字。我自己对它有些爱不释手，特别是小松打出来后。

今天午后约两点，我略午休后，在东向的阳台上，看到蜂巢意外地热闹了，很多蜂从未有过的一起飞起来，它们并不远去，而是在巢附近。我忽然想到，它们要离去了，这是在恋恋不舍告别家园。它们选择了一个阳光晴好的天气。

晚上我查看蜂巢时，蜂已减少一半。

十月十日

进城。

上午去楼老师家，送去《大地上的事情》书稿，目录上所列还差两篇：《最后的浪漫主义者》、《我的邻居胡蜂》（二）。楼老师又给了我十天期限，即争取在二十日前写完这两篇。我的《一个人的道路》中有这样的话："而伟大的《红楼梦》，今天对我依然陌生。"楼老师认为一定要将《红楼梦》改为"几本古典名著"，不然话太激烈。但我坚持了，最终未改。我说，这是我的真实情况。楼老师告诉我，最初是方晴对我的作品因爱而力荐，才列入丛书（因为楼老师认为我的作品数量不够）。"前言"的作者附记中，我加上了"对方晴兄的厚爱，谨表谢忱。"楼老师认为这套书出来后，不说最高水平的，也是最新水平的（每次去楼老师家，除有其他客人，他都要送出来很远，出物资部宿舍大院，直到车站）。

中午，我去了三味书屋，很长时间没来了，但只买了一本江苏的《书与人》杂志，由于它是创刊号。

下午两点，到中华文学基金会找林莽。将《诗探索》第一期十本代销款交他，并再取二、三期各十本（给昌平汤武的成教书店）。《诗探索》第三期刊出了我的《怀念海子》一文，同栏还有西川和另一位作者的文章。田晓青恰好也在。

十月十一日

在一千五百字基础上续写《最后的浪漫主义者——诗人黑大春》。

十月十二日

将从楼老师那儿带回的《散文"文体意识"的新觉醒——读老愚编"新生代"散文选〈上升〉》（从《中国文学年鉴1993》复印出），寄给《山花》。这是代《山花》的副主编何锐约稿。这篇稿未正式发表过。

十月十三日

午后，第二批蜂在这个阳光充足的日子再次离去。巢上还有四分之一的蜂。

（丁乙抽象艺术展今在上海美术馆开幕。拍去加急电报："美拯救世界，贺丁乙抽象艺术展"。）

十月十四日

今天，日本作家大江健三郎获本年度诺贝尔文学奖。

首次听到这个作家的名字。

十月十九日

再次有蜂离去，它们总选择一个好天气。但巢上仍有最后的留守者。

《最后的浪漫主义者》没能收好尾，昨睡得很晚，今天又早起，但仍未写出最后想写的。小松起来后，将文修改打印出。出门时已近八点半。

过十一点才到城里，打的到大春家。

将未完成的稿交给大春。交谈，看《今天》的新老杂志，大春推荐我看"俄国象征主义与亚历山大·勃洛克"。在交谈中及在来时的车上，我已想好最后一段的写法。

下午出来到附近一个书店，大春推荐《俄罗斯抒情诗选》（上下两册），由于他说译得不太好，未买。（王兰送小松两盒日本音乐家喜多郎的音带。）

买了几本小册子：《传奇》《史诗》《民谣》《论幻想和想象》。

十月二十二日

收到《美文》陈长吟信。信说《美文》明年开两个专栏，一《名家》专栏，先为流沙河、余秋雨、张承志、周涛每人三期，另一是《新秀》专栏，也是每人三期，已将我列入。需要准备三篇。

《大地上的事情》完稿后，我本想休息、调整一下，今年到年底不写了，看看书。看来重任又在肩了。

本月也收到了丁乙寄来的他印制的画册，很漂亮。

仅剩的十几只蜂，今天又有数只离开，仍是好天。

十月二十四日

《最后的浪漫主义者》最后圆满地写完，我很满意。约八千字，超出了我的五千字的预想。

给陈长吟打了个电话，未在，他妻子接的，谈了谈。她说，他们现在外租房，每月租金花去一个人的工资，另一个人的工资便养全家三口了。我听了心里很沉重。

十月二十五日

开始写《我的邻居胡蜂》(二)。但我有一种《最后的浪漫主义者》已是最后一篇感,我觉得我已完工了,《我的邻居胡蜂》可有可无了,我已松弛下来。

十月二十六日

与方晴商定见面。我已收到他寄来的诗集,他信中说:"对你很是景慕,这不是客套话。"这使我惭愧。他说周五(二十八日)恰好要与楼老师去出版社,正好我可一起去谈谈。

十月二十七日

晚给林莽打电话,他说,二十九日《诗探索》要在团结湖公园举办一个"九十年代以来诗集展览",让我转告方晴和大春。谈《最后的浪漫主义者》稿子事。

十月二十八日

去中国对外翻译出版公司。西城太平桥路。楼老师和方晴已到。大春如约也已在出版社门前的书店,交他三份《最后的浪漫主义者》。在这个书店以八折买到一本《艾略特传记》。

一起谈了丛书的开本、封面设计、定价等。在开本与定价上有分歧。

楼老师讲，浙江《江南》杂志让他约稿（散文方面）。

十月二十九日

去团结湖公园参观"九十年代以来诗集展览"。有熟朋友，田晓青、黑大春、方晴及主办者刘福春、林莽。能认出的有谢冕、张志民、吴思敬、刘湛秋等。约五六十人参加这次活动。离开时，见到王家新，他已从国外归，在教育学院任教。

十月三十一日

今天去了岳父家。回来时，小松说，她预感马蜂会全离巢。

今天又是一个好天，我看到果真巢上已空无一蜂。在十月的最后一天，我的这些邻居彻底离去了。

（十月三十日已装好电话。）

十一月

十一月一日

回北小营看望祖父母,他们卧床一年,但无大的病变。我为了书稿已两个多月未回来了。到家时感到头晕目眩,在祖母身边躺了一会儿。

十一月三日

大春打来电话,告五日(周六)在燕山区有个诗歌活动。称已通知林莽、大仙、邹静之等人,友情邀请我去。我说,本来晓青五日要来昌平,待我与他联系一下,是否同去。最后说好,我带小松去,晓青也去。

十一月四日

《中国青年报》今日刊出一组《大地上的事情》。编辑王长安,北青报通县"桃华山庄"散文会上认识的,当时约的稿。

十一月五日

去燕山。中午十二点半在大春家附近的金都假日饭店集合。有邹静之、田晓青、何群、王强、中青报王长安、《北京文学》兴安、大春夫妇、我和小松。燕山来了一辆面包车。王健（诗人）来接。

程序是朗诵诗作，我朗诵了自述《一个人的道路》最后几段。名为"蓝色世纪末诗歌朗诵会"。较隆重，有当地电视台录像，我被以著名作家介绍。

一位叫王德恒的中年人，讲了一件出土化石事：当地发现了一枚剑齿虎齿，称为喜马拉雅山以北最大的虎齿化石。

朗诵后是晚宴。然后回来谈诗，开始时已晚七点十分。我由于七点半要离开，歉意地打断了第一个发言的邹静之，讲了几句告别语，大意有：诗向诗人要求得太多，而几乎不给诗人回报。静之的话中引了国外作家的话，如：这是一个为技术而疯狂的时代。诗歌能清洗人的灵魂。自古英雄出渔樵。

这次与邹静之交谈融洽。他说，写散文者中，他最看重原野和我。与晓青谈了他正在写的小说。他带了他的《人道主义的僭妄》给我。

与燕山熟的朋友是王健和盲人小军。小军在团结湖诗集展时与他说了一句话，今天我一说话，他便听出是我。

吉普车将我和小松送到清河345路车站，已晚九点十分，末班车尚未开过去。

十一月六日

给丁乙回了一信。

近几日,将赶写书稿以来的两个月的日记补上了,都是记了一些事情,备忘的。仿佛赶任务一样,这使我很惭愧。我一进入写作状态,便不能再写别的文字,直到一篇东西完成。我的许多日记,都是补写出的。

十一月七日

今天立冬。

读《人道主义的僭妄》一书。我在与田晓青通话时,称它,一个好选题,好视野。只是写法上有学者的晦涩,考证的,逻辑的不畅。

与大春通电话,他嗓子嘶哑,感冒了。谈了燕山诗会最后座谈的情形,他说:你的发言最精彩。

十一月九日

在团结湖公园诗集展览时,看到在展厅张贴的一张启事,人民文学出版社印刷品，启事大意讲，海子的诗集《海子的诗》（西川编）出版工作已准备就绪，封面已印出，但由于征订数不够开印数，故呼吁各界人士，有条件者能相助。上面有海子的照片。

今上午呼西川，下午他回了电话，说上午他在家，但无电话，下午来上课。我谈到了上述事。他说他不知此事，出版社的人告诉他，年底可出，没想到还是订数问题。他说海子的诗原打算出两本，一本抒情短诗，一本长诗，两本出版大概要十几万元，这次先出一本短诗，没有办法。

我说我问情况看我能做点什么。他说等问清此事后，再回电话。

十一月十一日

原约定的今天田晓青来，但他未到，不知什么原因，他也未打电话来。

白天读《人道主义的僭妄》。

晚看内地与香港演员合作的《西楚霸王》。与妻同去。

刘邦与项羽是历史的一个"典型"。我在写《大地上的事情》其中的一则时，有"在生命世界，一般来讲，智慧、计谋、骗术大多出自弱者"的文字，写这句话时，我便想到了历史，刘邦最著名。

这部影片令我感触颇深：历史的构成，胜利者的"德"。项羽的失败实际是"仁、义、信"的失败。北岛"卑鄙是卑鄙者的通行证，高尚是高尚者的墓志铭"，大概主要也来自这里。

十一月十三日

给安民、方晴各复一信（安民寄来过关于新生代散文的两文，一长：《新生代散文取向》；一短：《问题、散文、新生代》。长文是对《上升》和《九千只火鸟》的主要作者进行逐一分析、批评，把握准确。他在信中对新生代的排名是：苇岸、曹晓东或钟鸣、张锐锋、安民、胡晓梦、尹慧、元元、原野、冯秋子、老愚、黄海声。方晴寄来过他的诗集和他以止庵为笔名的几篇随笔）。

十一月十四日

下了今冬第一场雪，昌平的规模是中雪，气温骤降。

这两天，看了一本印刷、设计很好的诗季刊，名《诗季（秋之卷）》，上次燕山"蓝色世纪末诗歌朗诵会"邹静之给的。国内青年诗人的诗中，唯静之的诗有血液。

有一篇布罗茨基文《在但丁的幻影下》，谈意大利诗人蒙塔莱的。还有里尔克长诗《杜英诺悲歌》。

十一月十五日

上午九点,对外翻译出版公司编辑(我们这套丛书的责编)林燕女士打来电话,谈书的插图问题,也谈到了定价。她正在看我的书稿,对《库车笔记》一文,提出了意见,认为较浅显,与我的其他文不大一致,建议我修改一下,当然如维持不变,也尊重作者意见。并促我尽快写出《我的邻居胡蜂》(二),截止日期可到十二月中。

看到昨日的《光明日报·东风版》,再次刊出《爱花说》,张承志的随笔。这是他《故国风光无言》的第二篇。

晚九时半,方晴打来电话,亦催我将《我的邻居胡蜂》(二)写出。谈了谈他的诗文,我建议他的文增加点"硬度"。

张承志《爱花说》最后一句:"失美的民族将不可拯救,这一点千真万确。"

十一月十六日

我曾说十日后动笔,但似乎我的春天仍没有到,所以今天我不得不迫使自己拿起笔来,写《我的邻居胡蜂》(二)。仍用一个月前的起始。

十一月十七日

晚与《山花》常务副主编何锐通了电话。《山花》本月起采用国际标准的大十六开型,明年拟改刊名《文学家》,我倒认为,不如叫《文学》。他说《作家生涯》是必用的,楼肇明老师关于"新生代散文"的文章,由于已有陈旭光的一篇谈新潮散文的文章,尚未定,两者取一。

另与大春通了电话,他告诉我,二十一日是食指的生日,他已与林莽联系好,大概是二十日星期天给他过生日。他与王健到林莽处去过,拿回了《诗探索》第三辑,他说关于海子,我的文章是对海子的一种深情和爱。

十一月十八日

收到《中华散文》的用稿通知,及《武汉晚报》袁毅的信与样报。袁是副刊编辑,写了一封很恭敬的信,样报为十一月八日的,刊用了《一件小事》。

(在家给妹妹建秀过生日,父母、哥嫂也来了,他们都是第一次来这里吃饭,全家在这里团聚,除了建华。)

十一月十九日

上午林莽打来电话，谈食指生日事。谈到了我的稿子《最后的浪漫主义者》，他说很久没有读到这样好的稿子了，他说到的文章的清晰度我很赞同。也谈到海子，关于我的那篇文章。

明天给食指过生日。上午十一点，他们由城里赶到沙河。

由《武汉晚报》读到一条消息，拉什迪在"国际作家大会"上呼吁各国要庇护受迫害的作家。他说，世界各国城市政府应允许这些作家定居，并为他们提供住房和每月两千美元的生活费。目前斯特拉斯堡、柏林等数个城市已经同意了这项要求。

十一月二十日

大诗人食指（黑大春语）的生日是二十一日，今天是星期天，故朋友们在今天为他举办。我上午十点一刻到市第三福利医院，在大门等了一刻钟，十点半林莽他们还没来。我先进去看食指。打听了楼号后，我在楼下喊了两声"老郭"，一病人说，到上边找去。到二层，楼道门锁着，但已见食指在楼道中，他听见喊声出来了。护士开了门，食指很高兴，我们进饭厅交谈。他似乎又老了一些，面显病容。

第一个话题是他问我大春的那组诗在《诗刊》发了没有，我说第九期已发，他说有没有反响，我说那得问《诗刊》的人。

他说一九八〇年他的《相信未来》在《诗刊》发时，便无反响，这是我说现在已不同过去了的话时，他讲的。我说有曲高和寡的因素。他问到了我写大春的那篇文章（在一张我让他写一句话的卡片上，他写了"相信未来，热爱生命"，他说：还是这句话）。

第二个话题是，他说昌平真好，真是一块宝地，他说着这里的四季，他建议我应该写写四季的变化。

然后他谈了他的这几年的精神病院生活，他用十个字概括："野蛮了体魄，文明了精神。"前者是说他经历过挨饿、受冻的病院创业阶段，病院一九九〇年五月建立，而他说，这之前，他已来了。后者是说，他在这里写了很多满意的诗。他告诉我，每天晚上九点前就睡觉，早晨五点起床。我问是去散步？他说是去餐厅做病区五十多位病人碗筷的消毒及擦餐桌工作。我问是不是病院安排的值日？他说是他自愿承担的，数年如一日。他说："为大家做点好事。"

他同我谈起了部队的生活。谈到八千万百姓还在挨饿，他目睹过贫苦的农民的一餐（他学着）：一手一口白薯干，一手一口大蒜。在与我交谈时，他不断将我带给他的橘子分给病友们，有的病友前来与他打招呼，他便递上一个橘子，这吸引了更多的病友，使护士小姐看不下去，将病友叫走，并关上了病房门，以免再有病友为橘子而来。

他说，他在病院待遇很好，院方给他特别照顾，晚上允许他去空无一人的餐厅,并给他准备一壶水、一盒火柴,为他的写作提供条件。

上午已十一点半,大春和林莽到。还有王兰、刘孝存、于晓洋(搞电视摄影的)及随于来的另两个人,于搞了一辆面包车。

到院大门临公路的餐厅就餐,涮羊肉。当大家开始祝福食指的生日时,食指说:"生日从来是为妈妈过的。"

食指的话很多,有些因我不知道背景,而不知他讲的是什么。但有一个话题是清楚的,即他对贫苦的农民的同情,他再次学了农民一口白薯,一口大蒜的样子,农民的不幸仿佛是他的责任,他为今天的一餐感到不安。他提到了他唯一能看到的报纸《北京日报》中缝的电影预告,他说从电影的名字看到今日的文化已堕落成什么样子。大春说:"食指是人类的大婴孩。"林莽说这个说法不确切。大春问我,这个说法恰当不恰当。我说,艾吕雅说:"诗人应该是一个婴儿。"爱伦堡《人·岁月·生活》说,诗人中口齿最笨的帕斯捷尔纳克身上就有一种儿童的稚气。帕说"当他还是一个坏人的时候,他怎么可能是一个好的诗人"。

谈到作品数量问题。大春说《黑马丛书》将列入他一本。

在餐厅,公路边的苇塘,第三福利院大门,病院内的梧桐树下,于晓洋均录了像。食指朗诵了他的诗。在落叶满地、枝上叶子尚未全部脱落的梧桐树下给食指录像时,大春说:老郭真像要被处决的人。

于晓洋要了我的住址、电话，说以后可能为我制作电视散文。我将带着的《我的邻居胡蜂》给了食指，《一个人的道路》给了于晓洋。

十一月二十二日

今日"小雪"。雪已经下过了，近日连日的阴天，零星小雨和使机场关闭的雾。

读《诗探索》第二辑上的美国诗人威廉斯的一篇长文《反风气论——对艺术家所做的研究》。这是一篇晦涩不明的文章，也许与译文有关。但在文章整体不明之中，也有局部（句子的）清楚：

"艺术家是一个完整的人，他不是分裂者，而是聚合者。"

"一个没有艺术影响的世界……还不如说是一个屠场。"

"没有了艺术……他将永远不能算一个真正的人。"

"当一部伟大的艺术作品，把世界凝聚得更紧密，达到彼此相互理解、相互宽容的境界，它就解放了世界。这也正是一部艺术作品的魅力。"

"在艺术家眼中，无论是天主教徒还是新教徒，都永远超不出半个人的水平……一个人，要想成为一个人，应当是超脱于两者之上，进入到一个双方共享的境界。"

"艺术家是把生活作为一个整体来对待的。"

随后还有一篇默温访问记《诗歌的艺术》。默温说他从父亲身上继承了"不是要改造世界的强烈欲望。那是一种强烈的去热爱，去尊敬这个世界上的某些事物的愿望。"默温的悲观："我觉得事物是如此黑暗，作为人类我们已做的一切是如此可怕希望又如此之小，写作当然也毫无意义，艺术真的已经过去了。文化、艺术在我们生活中的有益作用都已结束。除了装饰外什么都没剩下。"

"我有种紧迫感，就是口语传统文化正在灭亡。""每个星期都有物种在灭绝。""我们试着拯救要消失的东西，哪怕仅仅是靠把它写下来，讲出来，时时刻刻提醒我们不能再做任何毁灭的事。"

十一月二十四日

近两日，读了《勃留索夫日记钞》。书后有三篇关于勃留索夫的文章，其中一篇是茨维塔耶娃的文章。三篇文章，对勃留索夫均有微词。

一个很早就为自己准备下供后人研究的资料的诗人（日记与自述），一个为诗歌可以牺牲一切、不择手段的诗人，一个领袖欲很强的诗人，一个刻意突出自己的诗人，一个没有给同代人留下好印象的诗人。

而关于勃留索夫的诗歌,茨维塔耶娃说:"灵感加牛一般的劳动等于诗人,牛一般的劳动加牛一般的劳动等于勃留索夫。"

十一月二十五日

晚电视《焦点访谈》节目介绍了当今国际上最著名的小提琴家伊扎克·帕尔曼来北京访问演出的情况。我曾在电视上见过这张人类中最善良的面孔,今天它依旧那么令人喜爱和怜惜。

晚九点三十分,给沈阳原野打电话。他第一次接到我的电话,很兴奋。他略带口音,他的声音是轻柔的,他谈得很多。他说我的作品有音乐感和建筑美,读我的作品是一种享受,他给读者一种尊重,我的"内宇宙"是完满的,因此可以尽可能多写。他说当他看了中青报上我的《大地上的事情》后,给董月玲(中青报编辑)打电话称赞。

这是我们第一次认识,但彼此心仪已久。促成这次通话的是方晴。

十一月二十七日

与黑大春通电话。我说我或许写一篇关于食指的散文,题目就叫《大诗人食指》。

因《勃留索夫日记钞》而突发奇想:想编一本"诗与散文"

合集，初步设想每人一篇作品，一篇自述性文字、手记、作品目录，人选为四十五岁以下，五十人之内。大春说与他不谋而合，他早就有这方面的想法，极赞成此举，他说他要将今天的通话写进日记。

十一月二十八日

《武汉晚报》的编辑袁毅打来电话，他今天收到了我给他寄去的《进程》和黑大春的诗《鹃》，很感谢。谈了他的编辑设想，现在他正在搞"中青年作家小小说大展"，明年适当时候再搞散文的与诗歌的。他的年龄与安民同。

十一月二十九日

丁乙从上海打来电话，说他即来京，但飞机已误，改乘下一班，推迟到京时间，让我呼一荷兰人汉斯，汉斯将去机场接他。

汉斯回电话，我将此事告他。

十二月

十二月二日

晚，《北京晚报》赵李红打来电话，说《青年文学》的编辑（叫周晓枫）想认识我，且正在报社。后周接过电话，一位年轻女性，她说，已追踪我好几年，只是不知我的地址，只知我在昌平的一所什么学校，曾想挨家（校）打电话找我。这让我感动。她认为我的作品有一种典雅气息，一种古典美，她建议我像现在这样，不要多写。她是中国少儿出版社的编辑，但已接过《青年文学》散文编辑工作，向我约稿，并请我代她约些稿。我说我手里目前只有自传《一个人的道路》和《作家生涯》部分小节，她要求都寄她。明天就寄。

十二月三日

《一件小事》上周六刊在《文艺报》副刊上，这不是我寄的，一定与老愚有关。

十二月四日

《我的邻居胡蜂》续篇定稿打印出。写得并不顺畅，用了半个月。由于在语调上力求与第一篇一致,舍去了一些细节描写的东西,篇幅缺了。依我的本意,我曾想将它写成另一种样子。

十二月五日

今天《北京日报》刊出《进程》,有删改,三个地方。

十二月六日

收到《十月》散文编辑顾建平信,恭敬的语气,他退回了高峰转的《从汤旺河到黑龙江》,他说三审时此稿被撤下了,但他依然保持着对此稿的良好印象。

也是谢天谢地,稿未被刊出,因为我现在看它时,感到脸红,它需要大的修改。

十二月八日

今天给《文艺报》冯秋子打了个电话。"新生代散文"作者,第一次电话结识,她对我的电话很高兴。主要为《光明日报·金蔷薇》稿事,也谈到了前不久《文艺报》副刊刊出的《一件小事》。还有一个提起便是一个话题的人老愚。她的声音是清细的、人情味的、常理的、老朋友式的。

十二月九日

　　晚报赵李红来信，讲她正在陆续编发一些名家随笔，一月份完后，再陆续编发一批"新生代"的散文，与我给她寄的安民一篇谈到新生代散文文章配合起来，让我给她约些稿。

十二月十三日

　　我一般每周到单位两次，今收到信件六七个，《中华散文》的《作家生涯》刊出了，编发很美观，有丁乙的信，有原野和安民的稿。原野一次寄来六七份稿。

十二月十四日

　　一早安民从石家庄打来电话，称今来北京，要晚报赵李红的电话，欲住晚报的招待所。上午我将此事电话告诉了赵。下午一点半，安民打来电话，称已到北京站，欲来昌平，我告之走法。下午三点半出去接他，等到四点，他乘的私人中巴才到。

　　安民婚后胖了，也不像过去那么黑，一九九二年秋武汉东湖之行后，已两年多未见。晚他住下。谈到夜里一点。

　　关于《诗与散文》一书，依然是务虚阶段。关于人选，除年龄在四十五岁以下外,不是以小说或诗为主的作者,应是专事散文的。我和安民议论了一下作者,十五个人中:一平、钟鸣、原野、曹晓冬、胡晓梦、元元、冯秋子、张锐锋、尹慧、唐敏、张承志、周涛、史铁生、安民、苇岸(其中张承志、周涛、史铁生,先以小说和诗名,后主要写散文。史铁生大概除外)。也提到了老愚、王开林、刘烨园、斯妤、苏叶。

与元元联系。

十二月十五日

将原野《静默草原》、安民《为牵手人祝福》和我的《我的邻居胡蜂》寄给《光明日报》宫苏艺。我附信说《金蔷薇》应是:一体现一种年轻的、新鲜的、血性的声音;二是一种美文,有益于散文纯正文体的建立。

安民上午离开昌平。安民写的一句话是"今生最大的遗憾是没有来北京"。

十二月十七日

宫苏艺打来电话,已收到三篇稿,在《金蔷薇》栏目上,我们有共识。

午冯秋子打来电话,谈到湖南王开林将来北京,说到时一块儿谈谈。在谈话中,冯谈到不能达到理想的写作状态问题。我说在"内容"与"呈现"之间,有一个媒介问题,即文字。文字不仅是有限的(还存在一个运用熟练与否的问题),而且自身又是相对独立的,它决定了"内容"到达"呈现"的非一帆风顺性。因此,理想的写作永远是接近,而不能达到。

十二月十八日

中国对外翻译出版公司《游心者笔丛》书责任编辑林燕打来电话,说丛书要求作者写一段话(或作品片段),以将作者手记印在"前勒口"处。并说为了把关,公司领导正审看书稿,故尚未将书稿送印厂。

给原野打了电话,对他的写作"随意性"提出忠告。应有所写有所不写,在一个笔名之下的全部作品,应体现同一姿态,一致性和卓异性。出于对写作现状的不满而写作,又将自己纳入陈旧的写作状态中。也对他个别作品的男性意识提出异议。

十二月十九日

修改了《从汤旺河到黑龙江》,用了一周时间,删去数百字。与手迹一并寄给林燕。

十二月二十二日

今天"冬至",有薄雾。

读完《人道主义的僭妄》。收到翻译出版公司编辑林燕、贾辉丰贺卡。

十二月二十三日

王衍打来电话,欲来昌平,提到一月七日我的生日,并提出为我做他的两个月的儿子的教父事举行一个小仪式。初步定一月七日我过生日,邀请几个朋友同来。

十二月二十四日

圣诞节前日。

晚给一些朋友打电话,祝贺圣诞节。

与楼肇明先生谈了谈"十五位六十年代出生的散文作者"人选问题。

十二月二十九日

在黑大春家聚会,三人,大春、兴安和我。正式谈编六十年代出生的代表性作家（诗歌、散文、小说）集事，大春负责诗歌，兴安负责小说，我负责散文，各确定十五位作者。分别联系出版社。